訳アリ公爵閣下と政略結婚しましたが、幸せになりたいです

別所 燈

illustration 條

ICHIJINSHA IRIS NEO

CONTENTS

序章
P.006

第一章　フィオナと訳アリ公爵の奇妙な縁談
P.009

第二章　フィオナの奇妙な新婚生活
P.057

第三章　フィオナのわくわく新生活
～二人の距離～
P.122

第四章　二人の距離と絆
P.211

第五章　訳アリ公爵の秘密とフィオナの真実
P.253

番外編　あなたとお茶を
P.287

あとがき
P.308

この作品はフィクションです。
実際の人物・団体・事件などには関係ありません。

訳アリ公爵閣下と政略結婚しましたが、幸せになりたいです

序章

キラキラと陽《ひ》の光を反射する青い海。

幼いフィオナは寄せては返す波、さざ波の音にははしゃいだ。お出かけ用の真っ白なワンピースを着ている。頭には揃《そろ》いの白い帽子。これは母にかぶせられたもので、脱ぐととても怒られる。貴族の娘は日焼けをしてはいけないと教えられている。

しかし、初めて見る海の美しさに、そんな教えもフィオナの頭から消えた。浜辺を波打ち際目指して走った。そして水が打ち寄せるぎりぎりで逃げて遊んだ。

「フィオナ、そんなことをしているとお母様に怒られるわよ」

姉、イーデスの声が聞こえる。振り向いた瞬間ふわりと風が吹き、帽子が飛んだ。そして、ひと際高い波がフィオナのワンピースを濡《ぬ》らした。

フィオナは焦った。服が濡れてその上帽子まで波間に揺られている。

どうしよう。

べそをかいて困っていると、バシャバシャと水音が響いた。見ると男の子が海に入って帽子を拾ってくれた。逆光で彼の顔は見えない。

「どうぞ」

優しい声。差し出されたそれを受け取ろうとする。

しかし、フィオナの体を押し、奪うように帽子を受け取ったのは姉のイーデスだった。いつの間にか男の子とフィオナの間に体を滑り込ませている。フィオナを覆い隠すように。

「ありがとうございます。行儀の悪い妹が大変ご迷惑をおかけいたしまして、申し訳ありません」

イーデスの申し訳なさそうでいて、なぜだか晴れやかな声が聞こえる。フィオナは彼女の完璧《かんぺき》な礼を後ろから見た。姉の陰に隠され、助けてくれた男の子の顔が見えない。幼いながらも自分でお礼を言いたかった、自分できちんと謝りたいと思った。

これから、姉が母に大げさな嘘《うそ》の話も交えて言いつけるのはわかっている。母が怖いフィオナは泣き出した。

すると温かい手がフィオナの頭を優しく撫《な》でる。

「どうしたの。怖かった？　もう大丈夫だよ。波は急に高くなることがあるから、あまり海に近づきすぎないようにね。早く着替えないと体が冷えてしまうよ」

とても優しい声。大きなお兄さん。涙に濡れた目でそれだけはわかった。

「僕、もう行かなきゃ」

そう言うと男の子は踵《きびす》を返し走り出す。

待ってまだお礼を言っていない。フィオナが後を追おうとすると、姉に強く腕を引っ張られた。びっくりしてイーデスを見ると頬《ほお》を思いっきり張られた。

しかし、それで泣き崩れるフィオナではない。腹を立てたフィオナは姉の腕にガブリと噛《か》みついたのだった。

その後フィオナは父母に激しく叱《しか》られ、晩御飯は抜きとなった。

次の日イーデスは盛んに父ジョージに聞いていた。自分と同じくらいの年の貴族がこの保養地に遊びに来ていないかと。しかし、「男爵家なら来ているようだ」と言うジョージの言葉を聞くと、小さく舌打ちした。

それ以降、イーデスは彼に興味をなくしたようだった。

第一章　フィオナと訳アリ公爵の奇妙な縁談

　アストリア王国の中央に位置する華やかな王都カーナヴォン。その貴族街の片隅で、フィオナ・キャリントンは伯爵家の次女として育った。貴族街にあって小ぢんまりとした屋敷の中はいつも笑いに溢《あふ》れている。主にフィオナ以外の家族のもので。

「お母様、お父様。見て見て、このドレスどうかしら？」

　キャリントン伯爵家の長女イーデスがあつらえたばかりの真っ赤なドレスに身を包み居間に駆け込んできた。十五歳になった彼女は来週の夜会を楽しみにしている。くるりとターンをして居間で茶を飲む家族に新調したドレスを見せびらかした。

「まあ、よく似合っているわ。イーデス、あなたは本当に華やかな色が似合うわね。目鼻立ちがはっきりしているからかしら」

　母メリッサが褒めれば、

「さすがメリッサの娘だ。メリッサの若い頃《ころ》にそっくりだ。今度の夜会ではお前が一番綺麗《きれい》だぞ」

と父ジョージが嬉《うれ》しそうに笑う。そんなメリッサとイーデスは茶色の髪に少し浅黒い肌を持っている。

「すごい。お姉様、素敵よ。とっても綺麗。お父様、私もあんな素敵なドレスが欲しいわ！」

フィオナが言うと、イーデスが途端に不機嫌になる。

「フィオナ、口出ししないで！」

「そうよ。子供は黙っていなさい。あなたにはお姉様から、もらったドレスがあるでしょう？」

と母のメリッサが言う。

「ううん、そうじゃないの。私も新しいドレスが欲しいの」

「何言ってんのよ。この間、私のあげたじゃない！」

しかし、そのドレスは痩《や》せているフィオナにはぶかぶかだ。

「だって、ちょっと大きいし私には似合わないんだもん」

「それはイーデスのせいじゃないわ。着こなせないあなたが悪いんでしょう？　フィオナはわがままね。少しは我慢を覚えなさい」

とメリッサに叱《しか》られる。

「そうよ。そのお父様にそっくりの白茶けてる金髪じゃあ、どんな色を着ても無駄ね。特に私の着ている赤なんか絶対に無理」

イーデスが得意顔で言う。

「白茶けてる金髪？」

フィオナは意味がわからなくて不思議そうに首を傾《かし》げる。

「そう、フィオナみたいな偽物の金髪のことを言うのよ」

偽物の金髪、フィオナはますますわからない。ただちょっと悲しいことは確かだ。

「じゃあ、私の髪の色は何色なの？」

いくら何でも「偽物の金髪」はないだろう。しかし、フィオナの言葉は聞き流される。

「おいおい。ひどいな、イーデス。そんな言い方はないだろう」

ジョージが眉尻《まゆじり》を下げる。

「ごめんなさい。お父様の髪は、フィオナよりずっと艶《つや》があって綺麗よ」

と言ってイーデスは艶《あで》やかに笑う。そこから先の会話はフィオナなしで楽しそうに進んでいった。

フィオナはしばらく家族を眺めていたが、彼らの会話に入れそうにもないので、いつものように窓の外にぼうっと目を向ける。街路ではちょうどマロニエの木が芽吹いていた。春を見つけた……家族のなかで一番に。マイペースなフィオナはそれを発見してちょっと得した気分になった。


その日の晩餐《ばんさん》は久しぶりに父も家にいて、いつもより豪華だった。

「イーデス、お誕生日おめでとう！」

そう言って父がイーデスにプレゼントを渡す。

「ありがとう。何かしら？」

姉がワクワクしながら包みを解くとなかからルビーをあしらったキラキラ光るブローチが現れた。

「わあ、素敵。お父様ありがとう！」

イーデスが早速身につける。

「まあ、イーデス、あなたは本当に赤が似合うわね。さすが私の娘だわ」

「すごいわ。お姉様、綺麗！　お星さまみたい」

フィオナは青い目を瞬き、綺麗なブローチに手を伸ばす。するとぴしゃりと姉に手を叩《たた》かれた。

「やめてよ、フィオナ。手垢《てあか》がついちゃう」

「どうして？　私の手、綺麗よ？」

不思議そうに首を傾げる。

「フィオナ、宝石はあまり手でべたべたと触るものではないのよ」

と母のメリッサにたしなめられる。

「うん、わかった」

「『はい、わかりました』でしょう？　フィオナ」

イーデスが母親の口調を真似《まね》て注意する。

その後、各自の前に今日のメインディッシュが運ばれてきた。フィオナの好きなローストチキンだ。

しかし、フィオナの前には姉の半分の量。

「ねえ、私ももっと食べたい」

「なに言っているのよ。あなた少食でいつも残すじゃない」

と母が言えば、

「そうよ。残したらいけないのよ」

とイーデスが叱る。

「フィオナ、今日はイーデスの誕生日だから、我慢しなさい。お前も大きくなったら、皆と同じくらい食べられるだろう」

フィオナは父の言葉に頷いた。

「私も大きくなったら、お姉さまと同じくらい食べられるのね」

大きくなるのが楽しみだ。


しかし、そんな日が来ることはなく、フィオナの誕生日にプレゼントが贈られることもなかった。

ただ料理が少しだけ豪華になる。

「ねえ、お母様、明日はフィオナの誕生日よ。夕食は何にするの？　私、ローストビーフが食べたいわ」

「そうねえ、じゃあ、ローストビーフにしましょう」

「楽しみだわ！」

イーデスの一言でメニューは決まる。

「よかったわね、フィオナ。イーデスのお陰で明日はローストビーフが食べられるのよ」

メリッサの言葉にフィオナは首を傾げる。

「ねえ、どうして私の誕生日なのに私の好物ではないの？　他《ほか》のおうちは」

「フィオナ！」

イーデスが余計なことを言うなというようにフィオナの言葉を遮る。

「うちはうち、よそはよそよ。それともフィオナは他の家の子になりたいの？」

メリッサの言葉に、フィオナはふるふると首を横に振る。他のうちもちょっといいかなと思いながら。

そのような調子でキャリントン家では不在がちな父の愛情もすべて姉に向かい、次女を顧《かえり》みるものはいなかった。

「あなたのお母様は、どうしてあなたを悪く言うのかしらね？　それにいつも上のお嬢さんのお古ばかり着ているのね」

母に連れていかれた茶会では、気の毒そうな顔をしてフィオナにそんな質問をぶつけてくるご夫人もいた。それはフィオナも知りたい。多分、母と姉の言うようにフィオナが「馬鹿《ばか》でとろい」からなのだろう。

「イーデスはあなたと違って頭の回転が早くて特別な子なの」と事あるごとに母に言われ、素直で我《が》の強くないフィオナは、この魔法の言葉にあっさり納得する。特別ならば仕方がない。

「私もお姉様のように頭がよかったらなあ」

と独《ひと》り言《ご》ちた。

やがて彼女は次第に諦《あきら》めることを覚え、期待しない方が楽だと気づき、それが日常となっていく。

欲もなく淡白なフィオナは姉イーデスを妬《ねた》むこともなく成長していった。

フィオナが十三歳のとき、五歳年上のイーデスがムアヘッド侯爵家の嫡男ロベルトと結婚した。夜会で見初《みそ》められたそうだ。

「すごいぞ。さすがイーデスだ」

「本当に素敵なお話ね。やっぱり、あなたは特別なのよ！」

父も母もそれが自慢の種で誇りだ。キャリントン家の食堂でも居間でもしばらくその話題でもちきりだった。

しかし、フィオナはその後、母と一緒に参加した他家の茶会で真実を知ることとなる。

「ねえ、フィオナここだけの話だけれど、知っている？」

姉の友人のレイチェルとエレンがフィオナのそばに寄ってきた。彼女たちはいつもイーデスといてフィオナなど相手にしないのにどうしたのだろう。そういえば今日は姉が結婚式の準備でいない。

「ロベルト様がね。侯爵家のご令嬢にフラれたのよ。そうしたら、イーデス様がすり寄っていってね」

とレイチェルが言う。

「そうそう、すごかったの。他のご令嬢がロベルト様に近寄ろうとすると睨《にら》みつけるし、意地悪するしで、随分みんな泣かされたわ。それにイーデス様ったらあざとくて」

エレンが辟易《へきえき》とした表情で言う。

「私なんか、ロベルト様に近づいたって紅茶をかけられたわ」

「私はちょっと口を利いただけで転ばせられたわよ。自分は媚《こ》びこびのくせに」

「ほんとやりたい放題よね。私たちが皆キャリントン家より家格が劣るからって」

いつの間にか他のご令嬢が集まってきて、イーデスの悪口がヒートアップしてきた。皆、わざわざ妹の耳に入れてくるほど腹を立てている。

母が「イーデスは、いつも一人のあなたと違って友達が多いのよ」と言っていたが、このような友達ならいらないと思いながら、目の前にある美味《おい》しそうな焼き菓子に手を伸ばす。

すると「フィオナ、あなたお腹空《なかす》いているのね？」「そんなに痩せちゃって、ちゃんと家で食べさせてもらっているの？」などと言い、イーデスの友人たちがフィオナのために次々に菓子を置いてくれる。

「フィオナ、可愛《かわい》いわね。どうぞたくさん食べて」

「ほんとお人形さんみたい。あなたきっと美人になるわよ」

彼女たちが口々に言う。

（あれ？　この人たち親切なの？）

フィオナは不思議そうに首を傾げる。

「ごめんね。イーデス様に言われて普段はあなたとあまり仲良く出来なくて……」

フィオナはそんな彼女たちの呟《つぶや》きを拾うこともなく、嬉しそうに目の前に積まれた焼き菓子を食べた。

幸せな父母は真実を知らない。母メリッサは気性の激しい人なので、イーデスの悪口をわざわざ伝えに来る者もいないし、苦情を言ってくる者もいなかった。フィオナは告げ口する気も起きない。きっと姉に嫉妬《しっと》して嘘《うそ》を吐《つ》いたと叱られる。それにフィオナにとっては、どうでも良いことだった。とりあえずイーデスが嫁いでほっとした。これからは、フィオナを目の敵《かたき》にして苛《いじ》める姉と毎日顔を合わせることはない。


しかし、その後キャリントン家を未曽有《みぞう》の危機が襲う。

父ジョージが、ダイヤモンドが出ると騙《だま》されて、外国の広大な荒地を掴《つか》まされたのだ。その頃王都の貴族を中心に流行《はや》っていた詐欺《さぎ》に、欲深いジョージは見事引っ掛かってしまった。

◇

父の投資の失敗から四年の歳月が過ぎ、フィオナは十七歳になっていた。

「フィオナ、ちょっと腰が痛いから、シーツを洗濯しておいてくれる」

「はい、お母様」

メリッサは腰が痛い膝《ひざ》が痛いと寝込むことが多くなってきた。そのせいでフィオナは大忙しだ。今では使用人を雇う金もなくフィオナが家事全般をやり、得意の刺繍《ししゅう》で家計にほんの少し貢献していた。

そんな冬のある日、フィオナが食堂で片付けをしていると、いつも留守がちな父が久しぶりに帰ってきた。

「フィオナ！　お前に過分な縁談話が来たぞ」

父のジョージは珍しく上機嫌だ。

「はい？」

フィオナは首を傾げた。今のキャリントン家は父の投資の失敗が原因で没落寸前だ。そのためフィオナは夜会にも参加したことがない。いったいどこから縁談話が来たのだろう？

◇

それから数時間後、フィオナは父に連れられて馬車に乗り、ごみごみとした下町へ向かった。街路を行き交う人々や物売りの大きな声が響き、フィオナは初めて経験する庶民の街の喧騒《けんそう》に圧倒される思いで辺りを見回した。

「お父様、いったいどちらへ？」

「庶民の大金持ちの家だよ。この縁談が上手《うま》くいけば、お前も贅沢《ぜいたく》させてもらえる」

と言って父がホクホク顔だ。

やがて街一番の大きな屋敷の前で馬車は停《と》まる。迎え入れられた先はキャリントン家よりもずっと立派なお屋敷でフィオナは驚いた。貴族街にあるフィオナの家よりずっと大きい。

「お父様、すごいわ。うちよりもずっと立派」

街角でひときわ大きく輝いて見える。御殿のようだ。

「フィオナ、間違ってもそんなことを相手の前で言うなよ。こちらは伯爵家なのだ。どうどうと貴族の令嬢らしくしていろ。くれぐれも伯爵家の品位を落とさないようにな」

と父がいかめしい表情で言う。

「伯爵家の品位？　貴族の令嬢らしくって？」

没落寸前のキャリントン家にあって、フィオナはきちんとした淑女教育を受けていない。だから何をどうすれば貴族らしくなるのかわからなかった。

「つんと澄まして、相手を下に見ればいい」

「え？　お父様、そんなことをすれば嫌われてしまいます」

フィオナがびっくりして目をぱちくりさせる。この縁談が上手くいかなくてもいいのだろうか？

そんな次女にジョージが呆《あき》れたような視線を送る。

「はあ、まったくお前というやつは、イーデスとは大違いだな。それならば、背筋をピンと伸ばして微笑《ほほえ》んでいればいい。お前は余計なことは言うな。話は私がつける。間違っても見当違いな口を挟むなよ」

「はい」

それならフィオナにも出来そうでほっとした。つんと澄ますなんて無理だ。

屋敷の中に入ると、大きなサロンに通された。そこに本日の見合い相手のマコーレ・レイノールとその父親がいた。レイノール家は王都でも指折りの商家で、マコーレは三十歳になるレイノール商会の次男だ。

黒髪にハシバミ色の瞳《ひとみ》を持つ青年は、見目は悪くない。

「そんなに固くならないで。よろしくね。フィオナ嬢」

マコーレの言葉に、フィオナは笑み返す。

少し馴《な》れなれしい感じもしたが、彼は緊張しているフィオナに愛想よく話しかけてくれる。しかし、落ち着きがなく、どことなくだらしない印象。父のジョージのように太っているわけではないが少し腹が出ていた。父娘は、小一時間ほどでレイノール家を後にする。


翌日、早速色よい返事が来た。

「相手は庶民だが、贅沢をさせてもらえて美味しいご飯を食べさせてもらえる。お前には分不相応な相手だ」

と父が言えば、

「そうよ。フィオナは、ほんとに運がいいわ。庶民とはいえ、見目もいいというじゃない。ありがたいと思わなくちゃ。あなたにしては上出来よ。よくやったわね」

と珍しく母にも褒められた。

突然のことで驚いたが、フィオナに不満はない。恋を知らない彼女は、相手は誰《だれ》でもよかった。家が傾き社交など不可能になり、茶会へ行ったのは十三歳で最後だから、社交デビューもしていない。恋をするチャンスすらなかった。だから、結婚とはこんなものかと思う。

庶民とは言ってもレイノール家は豪商で驚くほど立派だ。箔《はく》をつけたかったレイノール家と金が欲しかったキャリントン家の利害が一致し、フィオナは資金援助のための人身御供《ひとみごくう》となった。

◇

「フィオナおめでとう！　あなたが結婚するなんて驚いたわ。相手がいたのね。しかも庶民ですって、びっくりしたわ」

話を聞きつけたイーデスが、早速実家にやって来た。暇なのか姉は頻繁に実家に帰ってくる。今はキャリントン家の食堂でフィオナの淹《い》れた茶を飲んでいる。

「そうよ。フィオナには過分な相手よ。大金持ちなの」

没落寸前のキャリントン家はフィオナの縁談で救われるらしい。メリッサは大喜びだが、イーデスは少し不快な様子で眉根《まゆね》を寄せる。

「いくら金があるからって、私には愛のない結婚なんて無理。それも庶民とだなんて、恥ずかしくてお友達にはとてもじゃないけれど言えないわ」

とイーデスがちらりちらりと家事に忙しいフィオナを見ながら言う。

「そうね。私たちは恋愛結婚だから、お見合いなんてしたこともないわね。それに庶民なんて使用人くらいしか関わったことがなかったわ。でもフィオナのお相手、金持ちで顔はいいのよ」

とメリッサが言う。

「あら、ロベルトだってかっこいいわよ！」

イーデスが口をとがらせる。

「そう？　あなたの旦那《だんな》さん顔はどちらかと言うと凡庸《ぼんよう》よね。ちょっと扁平《へんぺい》？」

メリッサは良くも悪くも正直で、面食いだ。今は太ってしまったジョージも若い頃は見目が良かったらしい。

「まあ、ひどいわ、お母様ったら。ロベルトはとてももてたのよ！　フィオナの相手より、ずっと顔がいいし、第一貴族よ！　それに地位も金もあるわ！」

イーデスがまくし立てる。

「確かに頭がよくてエリートで立派な方よね」

そこでやっと姉が機嫌を直す。

「当然だわ。私の夫だもの。ねえ、お母様はお父様に結婚してほしいって頼まれたのでしょう」

「ええ、イーデスのときと同じよ。もう毎日花や宝石を贈られてたいへんだったわ」

フィオナが家事をする横で、母娘は仲睦《むつ》まじく話し始めた。

愛人宅に入りびたりの父と、母が愛し合っているとは到底思えないし、姉イーデスが繰り返し語る運命の愛はどこか薄っぺらい。

「そうそう、お母様、聞いた？　スミス家のご主人、愛人を囲っていたんですって」

「聞いたわ。殿方はお金があるとすぐに女性を囲いたがるから困ったものね。なんでも離縁寸前らしいわよ。でも、あの家は奥様の方が資産家だから揉《も》めているそうよ。ああ、フィオナ！　私たちに紅茶のお代わりくれる？」

メリッサとイーデスがいつものように噂《うわさ》話を始めた。そんなゴシップばかり聞いて育つと結婚に夢など抱かなくなる。結局のところ結婚は両家の利害の一致なのだろう。

フィオナは世間ずれなど全くしていないのに、母と姉からの聞きかじりで、すっかり耳年増《みみどしま》になってしまった。だから、相手が商家で一まわり以上年上だからといって、泣いてこの世を儚《はかな》むようなことはない。初婚なのに後妻で嫁ぐ人だっているのだ。

「もうすぐ、私も掃除や洗濯から解放されるのね」

そう思うとせいせいする。マコーレは、金持ちで、今ほど厳しい暮らしをしなくて済む。それで十分だ。もうすぐこの家から出られる。

家が莫大《ばくだい》な借金を背負った直後、フィオナは両親に尋ねた。

「お姉様の嫁ぎ先のムアヘッド家は裕福なのでしょう？　家がこれほど困っているのに助けてはくれないの？」

彼らは常々、イーデスは親思いの優しい娘だと言っている。それならば、困っている父母を援助してくれるのではないか。そう思ったのだ。

「フィオナなんてことを言うの！　イーデスは今姑《しゅうとめ》に苛められてとても辛《つら》い思いをしているっていうのに。それに人の財産をあてにするのはいけないことなのよ。ましてやムアヘッド家の財産はあなたのものではないのだから、そんなことを言うのはおかしいわ」

とメリッサが興奮気味に言う。何か論点をずらされているような気がした。メリッサと話をするといつもそうだ。こちらが混乱してしまう。

「そうだぞ、フィオナ。イーデスに恥をかかせる気か？　そんなことをすればイーデスが侯爵家でどれほど肩身の狭い思いをするか。それにお前は姉を立てることを覚えなければならない。なんといってもイーデスは総領娘《そうりょうむすめ》なのだから。お前とは立場も責任も違う。イーデスにはゆくゆくはキャリントン家の跡取りを生み育ててもらうのだから」

父はフィオナに婿を取らせるのではなく、優秀なイーデスが産んだ子にキャリントン家を継がせると常々言っていた。

その後、フィオナは父から「貴族同士の結婚とは複雑なものなのだ」とこんこんと諭《さと》された。話がどんどんずれていく。

フィオナがぼうっと過去を回想している間にも母娘の会話は弾んでいく。

「それより、向こうのお義母様はどうなの？　あなた相変わらず苛められているの？　それで今日も帰ってきたのでしょう。本当にあの方にも困ったものね。さっさと領地にでも隠居すればいいのに。さあ、話してごらんなさい」

イーデスはメリッサの慰めの言葉を待っていましたとばかりに、いそいそとハンカチを出すと、空涙を拭《ふ》いて愚痴を零《こぼ》し始めた。

「そうなの、ひどいのよ。伯爵家から来た嫁だから、マナーもなっていないって詰《なじ》るのよ。だから私言ってやったの。ロベルトは、もう私のものなのですから、諦めて領地に引っ込んでくださいって」

「まあ、もっと言ってやればよかったのに。あなたが若くて綺麗だから嫉妬しているのよ」

姉は姑と喧嘩《けんか》してはしょっちゅう実家に戻ってくる。そして夫のロベルトが迎えに来るまでがルーチンだ。

フィオナはムアヘッド家の姑とイーデスは似た者同士なのではないかと見ている。彼らは近々敷地内に新居を構え別居するそうだ。普通、義父母は家督を譲った時点で領地に引っ込みそうな気もするが、フィオナは社交デビューすらしていない身なので貴族社会には疎《うと》くてよくわからない。

とりとめのない考えをシャットダウンして、刺繍に没頭することにした。今は、家のために少しでも稼がねばならない。彼女の刺繍の腕はなかなかのもので、売りに行くといくばくかの金になるのだ。

もうすぐ正式な婚約という段階になって、フィオナは不穏な噂を耳にする。

「ねえ、フィオナ、知ってた？　マコーレには外に妾《めかけ》と子供がいるよ？」

とイーデスが訳知り顔で言う。その件は母も知っていたらしく、

「大したことないわ、そのくらい。金があると殿方はそうなるのよ。つまり金持ちってことよ」

と澄まして言う。

貧乏伯爵である父にも愛人はいる。母にそう言われてしまえば仕方がない。

だが、その後マコーレについて、とんでもない噂を聞く。遊び人で賭場《とば》に顔を出し、その上不特定多数の女性と付き合っているという。

フィオナはそれを買い物に行った先や、刺繍を売りに行ったときに店で耳にした。あまりにも不潔すぎると思う。その上レイノール家は悪辣《あくらつ》な商売をすると評判が悪いようで、楽天的で普段は悩まないフィオナもさすがに憂鬱《ゆううつ》になった。

そして正式に婚約を結ぶ一か月前、突然この話は流れた。レイノール家の悪評やマコーレのだらしのない私生活が問題になったのではなく、フィオナに新しい縁談が持ち上がったからだ。

「メリッサ、信じられないことが起こったぞ！　無理かとは思ったがローズブレイド公爵のお相手にどうかとフィオナの釣書《つりがき》を送ってみたんだ。そうしたら、フィオナが選ばれたんだよ！」

父ジョージが零れんばかりに目を見開き、メリッサがいつもいる食堂に駆け込んでくる。

「嘘でしょ？　見間違いじゃないの？　なんて運のいい子なの！」

キャリントン夫妻は使者によって届けられた手紙を何度も確認し、その後狂喜乱舞《きょうきらんぶ》した。

なんとローズブレイド公爵アロイスとの婚約が急遽《きゅうきょ》決まった。青天の霹靂《へきれき》だ。彼の母親は王妹、家柄から考えても断ることなど不可能だ。もちろんキャリントン夫妻に断る気はない。

この縁談の話を聞きつけて、姉イーデスが慌てて婚家から駆けつけてきた。

「なんでよ！　なんで公爵家なのよ！　しかもアロイス様ですって？　フィオナなんて絶対に無理。月とすっぽん。とても美しい人なのよ。フィオナとは不釣り合いもいいところ！　破談になるか、結婚出来たとしても離縁されるに決まっているわ。だってこの子ろくに教育も受けていないし、常識もないし、マナーもなってないじゃない！」

イーデスだけは強硬に反対したが、こんな玉の輿《こし》を両親が断るわけもなく。

「落ち着いてイーデス。しょうがないじゃない」

と母が怒り狂う姉を宥《なだ》める。

「なにせ相手は偉い方だ。ずっと家格の低いうちなんかがお断り出来ないよ」

珍しく父もイーデスに靡《なび》かない。それどころか公爵家と親戚《しんせき》になれる上に借金苦から解放されるとあって嬉しそうだ。

「フィオナ、身を引きなさい！　私、恥をかかされるなんて嫌よ」

怒りを爆発させ泣き出すイーデスをメリッサがひたすら宥める。今度ばかりは父母も長女の言うことを頑として聞かなかった。

この婚姻に際して、ローズブレイド公爵家はキャリントン家の莫大な借金を肩代わりしてくれるという。

「あちらさんにしちゃあ、大した金額じゃないんだよ。何せ、大金持ちで大貴族だからな。嫁の実家に借金があると体裁が悪いんだろう」

と父は訳知り顔で言うが、社交界を知らないフィオナにはそこら辺の事情はよくわからない。

そしてキャリントン伯爵家にとってこれほどの良縁はないので、父はマコーレの身持ちの悪さを理由に早速豪商との縁談を断った。鮮やかな手のひら返しである。フィオナは貴族とはこうあるべきなのかと感心した。しかし公爵家との縁談、そんな上手い話があるのだろうか。訝《いぶか》りつつもまだ十七歳のフィオナの胸は期待に膨らんだ。

少しくらい夢見てもいいよね……。

◇

そして、顔合わせはなぜか王宮だった。この知らせにキャリントン家は右往左往《うおうさおう》する。

「イーデスのお古じゃダメかしら」

メリッサが困り顔で言う。フィオナは自分用のドレスを仕立ててもらったことがない。いつも姉のおさがりだ。

「お母様、これサイズが合わないの」

ドレスはずるずるとフィオナの肩から落ちる。

「まったく、面倒な子ね。あなた器用なんだからちょこっと直せない？」

さすがにドレスの仕立て直しなど出来ない。

親子が着て行くドレスがなくて困っていると、こちらが無理を言っているからと公爵家から支度金が送られてきた。

「ははは。金払いがいいというのは悪いことではないからな。ありがたく頂戴《ちょうだい》しよう」

などと偉そうに言いつつもジョージは上機嫌だ。それにしても、随分とタイミングいい。父がそれとなく公爵家に要求したのだろうかと、フィオナは少し心配になった。

「家に借金があって困っていると思ったのよ。若いのに爵位を継いでいるだけあって気が利くじゃない。フィオナ、これは公爵閣下のご厚意なのよ」

母にそう言われて、フィオナはほっとして頷《うなず》いた。

そしてジョージはフィオナのための支度金を当然のようにピンハネし、フィオナのドレス代をケチり、宝石もメリッサのものを借りて、必要最小限の金で賄《まかな》った。そしてピンハネした金で自分たちの衣装を新調し、姉夫婦を呼んで豪華な食事をして、イーデスとメリッサには宝石を買い与え、ロベルトに懐中時計を贈るのに使われる。

それでもフィオナは嬉しかった。姉のお古ではない初めて自分のためにあつらえられたドレス。ドキドキしながら鏡をのぞく。ぶかぶかで流行遅れなドレスではなく、サイズもぴったりで、フィオナに合わせた柔らかな色合い。こんな綺麗なドレスを着たのは生まれて初めてだ。

常に現実的なフィオナだが、今度ばかりは少女らしく気持ちが浮き立った。こんなふうにキャリントン家を気遣ってくれるなんて、きっととても優しい方なのだろう。王宮でローズブレイド公爵に会うのが楽しみで夜も眠れないほどだった。

◇

お茶会という名の顔合わせは王宮庭園で催されることとなり、当日は王妃グレースが取り仕切ることになった。ローズブレイド公爵の両親は早くに亡くなり、他国へ嫁いだ妹がいるだけだ。

キャリントン家の親子三人は女官に案内され、見事にバラが咲き誇る王宮庭園に初めて足を踏み入れる。むせかえるような芳香。

「すごいわ。バラってこんなに種類があるの？」

フィオナは、壮麗さに圧倒された。

そこではすでにアストリア王国の美貌《びぼう》の王妃グレースが優雅に茶を飲んでいた。波打つ金髪にアンバーの瞳、ただならぬ威厳が漂っている。

そしてその隣にはローズブレイド公爵アロイスがいた。端整な顔立ちで、すっと通った鼻梁《びりょう》に少し薄めの形のよい唇。一言で言うと眉目秀麗《びもくしゅうれい》。フィオナはあっという間に目を奪われた。

彼の目元は切れ長で涼やかなのに、冷たさがない。透明度が高いのにそれでいて深いグリーンの瞳と柔らかく弧を描く口元。髪は束ねるほど長くなく短めで陽光を受けた金糸の髪は艶やかだ。フィオナはこれが姉の言う「本物の金髪」なのかと思った。

服装は銀糸の刺繍が入った黒のコートと同色のヴェスト、光沢のあるシルクのクラバット。父のようにここぞとばかりに宝石とレースで特別飾り立てているわけでもないのに、立ち上がった彼はスラリと背が高く、人目を引く。

驚くほど気品があり、フィオナが子供の頃に読んだ絵本に描かれていた王子様のようだった。本当にこの人が？　信じられない思いで、ぼうっと見つめ、彼女にしては珍しく舞い上がった。色とりどりの美しいバラが咲く中にあっても、美貌の王妃と並んでいてもローズブレイド公爵は霞《かす》むことがない。

テーブルの上には香り高い紅茶と見目にも麗しい菓子が並べられている。

クリームとフルーツがたっぷりと載った美味しそうなケーキの上にはミモザの砂糖漬けが飾られていた。他にもフィオナが初めて見る菓子ばかり。

「このケーキとても美味しいのよ。ぜひ、召し上がって」

グレースが菓子を勧める。とても美味しそうだけれど緊張して喉《のど》を通りそうもない。しかし王妃に勧められたのだ。食べないわけにはいかない。

己の手袋を外した瞬間、フィオナはどきりとした。王妃のすべすべした美しい手は、爪《つめ》の先まで手入れが行き届いている。一方フィオナの手はメリッサやジョージより荒れてずっと汚い。目の前のアロイスの手を見ると男性らしく筋ばってはいるがやはりフィオナより何倍も綺麗。

今まで手荒れなど気にしたことがなかった。その上マナーもわからない。フィオナがおずおずと周りを見回していると、かちりと公爵と目が合った。恥ずかしくて荒れた手をテーブルの下に引っ込める。すると彼はフィオナにふわりと笑いかけケーキを食べ始めた。まるでフィオナに手本を示すように。フィオナは恥ずかしくて赤くなり、俯《うつむ》いた。綺麗な公爵に気おくれを感じる。

しかし、しばらくするとフィオナの浮き立つ気持ちは徐々に萎《しぼ》んでいった。公爵はゆったりと微笑むばかりで、全くしゃべろうとしない。

「ねえ、アロイス。あなたはどう思う？」

王妃が公爵に意見を求めても、

「仰せの通りかと」

と感じよく微笑みながら、言葉つきこそ丁寧だがこちらがどきりとするほどおざなりな返事をする。そのため会話は弾むことなく、ほとんど王妃が間を持たせていた。

もちろんフィオナにしても、何を話したらいいのわからなくて相槌《あいづち》を打つのがやっとだった。彼女は今まで社交の機会もなく夜会すら出たことがない。失礼なことを言ってしまうより、黙っている方がよほどいいと思った。

だが、ローズブレイド公爵は違う。常日頃から王宮に出入りしている高位貴族だ。社交の場での会話も慣れているはずだ。それなのに上品な笑みを浮かべたまましゃべろうとしない。本当にこの方、大丈夫なのかしらと一抹の不安を覚える。微笑んでいるように見えて、実は不機嫌なのかもしれない。いずれにせよ、フィオナに関心がないのは明らかだ。

実際に対面してみるとマコーレ・レイノールの方がよほどフィオナに関心を示してくれた。期待が大きすぎたようだ。

いや、公爵は充分親切だったではないか。このドレスだって彼の支援で仕立てたものだ。初めて自分のためにあつらえられた綺麗なドレス。もうたくさんいただいている。感謝の気持ちだけを胸に、フィオナはいつものようにさらりと割り切った。これ以上望むまい。

それにお茶会ではそれどころではなかった。母のメリッサは初めて来たバラ園と、間近で見る美貌の王妃に感激し浮かれていた。

「まあ。陛下、素敵な御髪《おぐし》ですこと！　どのようにお手入れをされているのですか！」

興奮気味に身を乗り出し、馴れなれしくグレースに話しかける。

「侍女にまかせておりますわ」

王妃がさっと扇子を開き口元を覆い、目だけを微笑むように三日月形に細めた。

「ぜひともそこを詳しく教えてくださいませ！　お肌もお美しいですわ。どのようなお手入れを？やはり食べ物でしょうか？」

興奮して関係のないことを夢中になってしゃべりまくる。メリッサの言動にフィオナははらはらした。そうかと思うと父のジョージは緊張してすっかり縮こまってしまい「はあ」だの「ほお」だのしか言わない。ほぼ置き物。ここへ来る前は「私に任せておけば大丈夫だ。お前は余計なことはしゃべるなよ」と豪語していたのに。

フィオナはいつの間にかローズブレイド公爵の様子よりも、父母の不躾《ぶしつけ》な態度が気になり不敬罪になるのではとお茶会の間中はらはらどきどきした。


そうこうするうちに後は二人で庭園でも散歩してきなさいということになった。

「フィオナ、それならば、私もついていくわ。あなた一人じゃ困るでしょ？」

メリッサの茶色い瞳に好奇の色が浮かぶ。

「やめないか、メリッサ」

「どうしてよ。娘が心配だから、母親としてついていくんじゃない」

「頼むからやめてくれ」

父が必死で母を止め、それ以上余計な口を利かないように言い聞かせている。それを見て王妃は目を細め扇子で口元を覆い、公爵は変わらず感情を窺《うかが》わせない笑みを浮かべていた。


二人は連れ立ってバラ園の奥へ入った。フィオナはお茶会の最中、名乗った以外はほとんどしゃべらなかった公爵と何を話したらよいのかわからず、緊張に震えると同時に途方に暮れた。彼は茶会の最中フィオナにもほとんど話しかけてこなかった。気に入られていないのだろう。夜会などに出て殿方と話す機会のなかったフィオナは、生きた心地がしない。姉のように何か気の利いた一言でも言えればいいのに。

しかし、いざ散歩がスタートすると、意外なことに彼の方から話しかけてきてくれた。

「今日はいい天気でよかった。庭園のバラをゆっくり楽しめますね」

天気の話から始まって、庭園に咲いている美しいバラの名前にその由来などフィオナが相槌を打ちやすい無難な話題を出してくれる。そこに恐れていた沈黙はなかった。

「あの、実家へご支援いただきありがとうございました。家族もとても喜んでおります。お陰様で今日このための新しいドレスをあつらえることが出来ました。とても嬉しいです。私、この色が大好きで……あの、あの、本当に感謝しております」

フィオナは拙《つたな》い言葉で、とつとつと感謝の気持ちを伝える。失礼はないだろうかとどきどきしながら。自分にサイズが合う綺麗なドレスを着ることが出来ただけでも充分幸せだ。

「差し出がましい真似をしてしまったかと思っていたのですが、喜んでいただけたのならば、良かった。そのドレス、似合っていますよ」

と言って公爵がエメラルドの双眸《そうぼう》を細める。

「差し出がましいだなんて、そんな……。あの本当にありがとうございます」

フィオナは慌てて首を振りもう一度礼を言う。

いつもメリッサとイーデスにドレスを上手く着こなせない冴《さ》えない娘だと言われてきた。似合うと言ってくれた彼の言葉が思いのほか嬉しくて、頬《ほお》に熱が集まる。

初めて自分のためにあつらえられたドレス。彼にきちんと感謝の気持ちは届いただろうか。こうして一緒にバラ香る庭園を散歩していると、先ほど皆でティーテーブルを囲んでいたときよりも、今の方が涼やかな目元がほんの少しやわらぎ、優しい感じがする。

そう思った瞬間どきりとして、慌ててそれは違う気のせいだと打ち消した。勘違いしてはいけない。これは政略結婚なのだ。

そこでフィオナは疑問に思う。この結婚は公爵にどんな得があるのだろうかと。

散歩もそろそろ終了という頃、公爵が軽い口調で切り出した。

「キャリントン卿には話してありますが、この結婚にあたり、私がキャリントン家の借金を肩代わりします。そして一年、キャリントン家を経済的に支援しましょう」

願ってもない申し出だ。しかも豪商のレイノール家よりもずっと条件が良い。

「ありがとうございます。借金を肩代わりしていただけるだけではなく、一年間実家の面倒を見ていただけるなんて」

借金は莫大だ。このありがたい話にフィオナは背の高い公爵をあがめるように仰ぎ見た。彼はフィオナの反応に満足そうに頷く。最初こそ公爵の綺麗な顔立ちと品のある物腰にどぎまぎしたが、今はその美貌にも少し慣れた。何というか彼の表情は同じ微笑を浮かべたまま変わらない。言うなれば精巧に彫られた美しい彫刻のよう。

しかし、公爵がなぜここまでしてくれるのか不思議だった。それにどうしてフィオナを選んだのか。この縁談が来てからフィオナの頭を占めるのはそのことばかり。父が何か公爵家の弱みでも握ったのだろうか。少々不安はある。

「それとフィオナ嬢。私と結婚するにあたり、約束していただきたいことがあるのですが、よろしいでしょうか。そしてこの話はキャリントン卿には内密に」

穏やかな口調で公爵が切り出した。フィオナはやはり何かあるのだと思い覚悟を決めて頷く。

「はい、何なりと」

「私のことを一切詮索《せんさく》しないでいただきたいのです。そして外出は、必ず私の許可を取り、なるべく控えめに。また、我が家で見聞きしたことは他言無用《たごんむよう》でお願いしますね」

「はい？」

奇妙な申し出にびっくりしたフィオナは、うっかり素っ頓狂《とんきょう》な声を出してしまい、すぐに謝罪した。

しかし、公爵はそれに気分を害することもなく柔らかく微笑んだ。

「お約束していただけますね」

「はい。お約束は必ず守ります」

更に畳みかけられてフィオナは慌てて頷き了承した。公爵相手に否はありえない。何か人に言えないおかしな趣味でもあるのだろうか。好奇心より不安が募る。

「それは良かった。もしお約束いただけなければこの縁談は白紙に戻すところでした」

涼やかな目がすっと細くなり、笑みが薄くなる。

「え？」

そこ、そんなに大事なところだろうか。さらりと放たれた彼の言葉にフィオナは内心ひやっとした。

それに今の彼の笑顔には有無を言わせない迫力がある。

「それが、あなたと結婚する条件です」

フィオナは呆《ほう》けたように彼を見上げた。意図がさっぱりわからない。フィオナの頭は疑問符だらけ。

思わず最大の疑問を口にする。

「この結婚、公爵閣下にとって、益がないのではないでしょうか？」

「もう、お忘れですか？　私のことは詮索しないように」

間髪入れず、にこやかに公爵が応じる。彼の真意を確かめたくて、思わずエメラルドの瞳に見入ってしまったが、澄んでいるばかりで、何の感情も宿していない。涼やかな目元と相俟《あいま》って、緑の瞳は硬質な光を湛《たた》える美しい宝石のよう。

こうして、二人の散歩は終了した。

本当にこのようなうまい話があるのだろうか。そして、今更ながら好きな本や食べ物を聞いても約束を違《たが》えることになるのだろうかと心配になってきた。今度、会った時、そこら辺の話も詰めようとフィオナは心に留める。

◇

キャリントン家を支援するのは結婚後という約束だったが、初顔合わせの翌日には公爵家から使用人が通いで三人来て、家事全般をやってくれることになった。フィオナは何年かぶりに家事から解放される。

そしてフィオナは今、その公爵家から派遣されたメイドたちに囲まれていた。

「お嬢様、ぜひ、こちらをお使いくださいませ」

メイドに手渡されたのは、クリームと香油だ。

「朝晩、このクリームを手によくすり込んでください。そしてこちらの香油は髪をとかすときにお使いくださいませ。それから、水仕事などは私どもでいたしますので、絶対になさらないようにお願いします」

ときっぱり言われた。

公爵はやはりあのときフィオナの荒れた手に気づいていたのだ。彼の心遣いが嬉しくもあり恥ずかしくもある。フィオナは耳まで赤くなった。

その後、彼女はメイドに言われた通り、毎日手にクリームをすり込み、香油を使い髪を梳《す》いた。一週間もすると手荒れが治り、髪に艶が出てきて驚いた。すごい効き目だ。日に日に美しくなる髪を見て鏡をのぞくのが少し楽しみになってきた。やはり公爵は優しい人なのかもしれない。フィオナの心に感謝の念が湧《わ》く。

「お嬢様。衣装をお作りしますので、今日はサイズをお計りいたします」

今回はすべてを公爵家で用意してくれるのだ。

しかし、家事から解放されて自由になったかというとそんな都合のよいことはなく、家計が傾いたせいで淑女教育が行き届いていないフィオナには公爵家が雇った家庭教師が送り込まれた。

日々、マナーにダンスに教養にとしごかれる。最低限、式では公爵家に恥をかかせないようにと何度も予行演習をさせられた。ちなみに公爵とは初顔合わせ後、簡素化した婚約式で一回会ったきりだ。

◇

そして結婚式の当日、フィオナはセント・サンクストゥス教会の控室で、眩《まばゆ》く輝く純白のドレスに身を包み緊張していた。ここは王都カーナヴォン一格式の高い教会で、荘厳《そうごん》な石造りの建物に、美しい天井画や壁画、ステンドグラスで有名だ。

フィオナも何度か見学に来て見惚《みほ》れた覚えがある。王都有数の名所で自分が式を挙げることになるとは夢にも思わなかった。

生まれて初めて着る豪奢《ごうしゃ》なドレスに身を包んでいるのにフィオナは喜ぶどころではなく、緊張で震えていた。失敗したら大変だ。

するとコンコンとノックをする音が響き、フィオナは飛び上がった。返事をすると、ここぞとばかりに着飾った姉のイーデスが侍女を引き連れしゃなりしゃなりと入ってくる。

「フィオナ、綺麗ねえ、厚塗りだけど。馬子にも衣装と言ったところかしら」

相変わらずの姉だ。結婚式当日でもフィオナに対するスタンスがぶれていない。

「どういたしまして」

緊張も手伝って、そっけなく答える。姉に構っている余裕はないのだ。

「あらあら、公爵夫人になるからって気取っちゃって、みっともない子ね」

早速絡んできたが、フィオナは結婚式で失敗しないか、手順を間違えないか、そちらの方で頭がいっぱいだ。だから油断して心の準備をしていなかった。

「しっかし、傷物と結婚するとはねえ」

「はい？」

自分を傷物と言っているのだろうか。姉の言っていることが理解出来なかった。日頃から賢《さか》しら発言をしている姉は、時折そこに馬鹿発言を差しはさむ。傷物の意味を知らないのかもしれない。イーデスはきょとんとするフィオナの耳元に口を寄せ、更に声を潜める。姉の香水の匂《にお》いがきつすぎてフィオナは少し顔をしかめた。

「だから、傷物公爵。あの方は、婚約者だった第三王女に捨てられたのよ。つまり婚約破棄されたの。こんな不名誉なことってないわよね。まあ、そんなだから、王家も大慌てで代わりの花嫁を探したってわけ。でもみんな嫌がるわよねぇ。それに公爵と言っても名ばかりで、特段功績もない方だし。だから、没落寸前のキャリントン家のみすぼらしい子にまで話が来たわけ。つまり、引き取り手がなかったってことね」

「え？」

フィオナの頭の中は真っ白になった。そんな話は聞いたことがない。そしてやはり姉は傷物という言葉の使い方を誤っていた。この人はどこか抜けている。そう考えると冷静になった。

フィオナは父が騙されて大損して以来、社交の場に出ることはなく家に籠《こも》って家事をしていたので、その手の噂話には無縁だ。イーデスはきっとフィオナにゴシップを伝えるこの瞬間を心待ちにしていたのだろう。呆けたフィオナの顔を嗜虐《しぎゃく》的な笑みを浮かべて眺めている。

「あら、やだ。あなた知らなかったの？　有名なゴシップよ。そういえば夜会にも出たことないものね。あなたが知らないなんて、とっても不思議。てっきり了承済みかと思っていたわ。それとも皆気を使ってあなたの耳には入れなかったのかしら。公爵閣下は何もおっしゃらなかったの？」

当たり前だ。わかっていても、そんなこと大っぴらに噂する者はいない。王家と公爵家の問題だ。言うだけ言って姉は満足げに出ていった。フィオナは、だから王妃が縁談を取り持ったのかと合点がいく。グレースは娘の尻拭《しりぬぐ》いをしたのだ。

それと同時に「詮索しないでください」という公爵の言葉を思い出す。もし、彼自身の婚約破棄のことを言っているのなら、心外だ。フィオナは根ほり葉ほり聞くような無神経なことはしない。しかし、いずれはバレることだし、隠す必要のないことだ。案外、気の小さい人なのかもしれない。それとも王女を本当に愛していて傷心なのだろうか。誰にもそのことについて触れられたくないくらいに。

フィオナはふるりと頭を振り、詮索をやめる。そういう約束だ。とにもかくにも結婚式で失敗するわけにはいかない。借金を肩代わりしてくれる公爵のためにもフィオナは気を引き締めた。

◇

式とそれに付随する行事も終わった。しかし、フィオナに息つく暇はない。いよいよローズブレイド家本邸に向かう。

緊張の激しかったフィオナは、結婚式の記憶がほとんど飛んでいる。ただひたすら事前練習の通りにやってきたつもりだ。誰にも怒られていないし、注意も受けていないので、ある程度出来ていたのだろう……と信じたい気持ちでいっぱいだった。


夜も更ける頃、夫婦となった二人は豪華な馬車でローズブレイド邸へ到着した。フィオナは王都カーナヴォンの貴族街の一等地にある見事な屋敷に目をみはる。立派な木立に覆われ、まるで森の中に邸宅があるようだ。

結婚するまで、この屋敷に足を踏み入れることはなかった。今回の結婚は何もかも異例尽くしでそれこそ縁談から結婚式まで三か月しかかからなかった。相手は借金を肩代わりしてくれる上に持参金もいらないと言ってくれる公爵だ。慣例通りではなくても、口をつぐむのが得策。

エントランスホールでは使用人総出で夫妻を出迎え、フィオナはその迫力に固まってしまった。式のときの緊張がまたもぶり返す。隣のローズブレイド公爵を見ると、慣れているのか鷹揚《おうよう》な笑みを浮かべ使用人たちを労《ねぎら》う。若き公爵は父のジョージよりずっと威厳があった。

「フィオナ、私のことを公爵閣下と呼ぶのはやめてもらえないかな。もう、夫婦になったのだし」

横に立つ夫は、その秀麗な面立《おもだ》ちに相変わらず感情を窺わせない笑みを浮かべている。フィオナには夫婦になった実感は湧いてこない。これで彼と会うのは三度目だ。

「それでは、何とお呼びしましょう」

「アロイスでいいよ」

声は低く柔らかく落ち着いていて、心地よく耳に響く。

「承知いたしました。アロイス様」

彼を名前で呼ぶと、ほんの少し近づいた気がする。しかし、続く彼の言葉にフィオナは落胆した。

「私はすぐに出かけなくてはならない。後は執事に聞いてくれ」

そう言うと品のいい笑みを浮かべ、さっと踵《きびす》を返して公爵はそのまま玄関から出ていってしまった。

「……え？」

フィオナは呆然《ぼうぜん》としてその後ろ姿を見送る。夜も遅い時間だし、今夜は初夜のはず。いったいどこへ出かけるというのだろう。広い玄関ホールに使用人が居並ぶ中、ポツリと取り残される。たとえ政略結婚でも上手くやろうと思っていたフィオナの気持ちはシュッと萎む。理想も抱かず期待もしていないつもりだったのに、いつの間にか公爵の綺麗な笑みと柔らかい物腰に魅せられていたのだろうか。

その後、フィオナはチェスターと名乗る執事に部屋へ案内される。年齢はここの主人より少し上で品の良い顔立ちをしていた。濃茶の髪を後ろに撫《な》でつけ、鋭い黒の瞳を持ち威厳がある。名家の執事とはこういうものかと、フィオナは気おくれしつつ彼の後について歩く。「チェスターさん」と呼んだら、「チェスターとお呼びください」と強めに言われてしまった。

エントランスの正面階段を上り広い廊下を歩く。通された部屋は驚くほど広く、床にはワインレッドの毛足の長い絨毯《じゅうたん》が敷かれ、大きな窓にはモスグリーンのドレープカーテンがかけられ落ち着いた雰囲気だ。優美な直線を描く金で縁取られたチェストや文机などの調度品があり、中央には天蓋《てんがい》付きの大きなベッドが置かれていた。

「すごいわ、なんて豪華なの……」

フィオナは驚きに目をみはる。今日からここで暮らすなんて信じられない。キャリントン家の居間よりずっと広い。あまりの豪華さに身が竦む。

そして、これが夫婦の寝室かと思いフィオナは圧倒されると同時に再びどきどきし始めた。

「ここは、奥様専用のお部屋でございます」

チェスターの言葉に再び驚かされる。

「え？　こんな広いところに私一人ですか？」

夫のアロイスはどこで寝るのだろう。

「旦那様のお部屋はお隣でございます」

「はい？」

どうやら夫婦の寝室は別のようだ。キャリントン家とは違う。何せここのお屋敷は広い、部屋だって余っているはずだ。きっと寝室については、それぞれの家で違うのだろうとフィオナは納得することにした。

「奥様、こちらにお越しくださいませ」

促されて部屋に入ると左手の壁に扉が付いていた。

「こちらの扉を開けると旦那様のお部屋になります」

部屋はつながっていた。その事実にフィオナは安堵《あんど》するとともに、新たにどきどきして落ち着かない。今日は心臓が高鳴りっぱなしだ。

「しかし、この扉は開けてはいけません。とは言っても鍵《かぎ》がかかっていますので開けるのは不可能でしょう。旦那様にご用事があるときは、この部屋のドアではなく、廊下側の正面扉をノックしてくださいませ」

衝撃的な事実だ。続き部屋であることに何の意味があるのか。

「……はい」

辛うじて返事を絞り出す。アロイスの徹底的な秘密主義に、一瞬浮き立った気持ちはまたスーッと冷《さ》めていく。これではまるで拒絶されているようだ。仮面夫婦でもやれと言うのか。いや、よくよく考えてみると彼は最初からそれを望んでいたのだろう。


その後フィオナは二人の侍女を紹介された。一人はフィオナと年の近い金茶の髪をしたアリア、もう一人は二十歳を少し越したくらいの黒髪のマリーだ。二人とも美しく物腰に品があり、なおかつきびきびしている。フィオナはプロの使用人を前にして、またしても気おくれを感じる。

湯浴みに人の手を借りるなど抵抗があったが、ここの屋敷のしきたりだと言われ、初日の今日は疲れもあって諦めた。明日からは一人でやろうと心に決める。

着替えも済み、部屋のティーテーブルでぼうっとしていると、

「奥様、軽食をお持ちしました」

とアリアがノックの音とともに部屋へと入ってきた。

「え？」

ワゴンには紅茶と美味しそうなレタスとハムのサンドウィッチが載せられている。頼んだ覚えはなかった。

「今日はあまりお召し上がりになれなかったのではないですか？」

アリアが微笑みながら言う。湯気を立てる熱い紅茶をカップに注いでくれた。彼女の言う通りだ。今日は緊張続きでほとんど食べていない。フィオナはお腹が空いていることを思い出した。

「ありがとうございます」

こんなふうに気遣われたのは初めてだ。一人で心細かったからとても嬉しい。その晩出された軽食はびっくりするほど美味しかった。


侍女も下がり腹が満たされると、夫はどこへ行ってしまったのだろうかと心配になる。「詮索しないでください」そんな言葉がフィオナの頭の中で不吉に渦《うず》巻く。それでも一応、今夜は初夜だ。きっと戻ってくるだろう。結婚式の後、友人に誘われどこかで飲んでいるのかもしれない。

結婚した以上初夜の覚悟は出来ている。フィオナは再びどきどきしながら部屋で待った。アロイスはどちらの扉から入ってくるのだろう。そのことで更に緊張を強《し》いられた。フィオナは両方の扉をそ

わそわしながら見張る。

しかし、東の空が白々と明けても誰も訪ねてこなかった。一晩中待ったせいか疲れ果て、もうショックを受ける気持ちなど欠片《かけら》も残っていない。彼女は実家とは違うふかふかのベッドに感動しながら眠りについた。


そして翌朝寝不足で目覚めたフィオナは度肝を抜かれることになる。

「奥様、本日のお召しものをお選びくださいませ」

マリーとアリアに連れてこられたのは衣装部屋。噂には聞いていたが、まさか自分にもそれがあるとは思ってもみなかった。

「あの、これ全部？」

驚きのあまり、声が震える。実家のフィオナの部屋よりずっと広いスペースに煌《きら》びやかな衣装がずらりと並んでいた。

「はい、ご主人様が奥様のためにご用意されたものです」

確かにフィオナは文字通り身一つで嫁に来た。まさかここまで用意してくれているとは思いもせず、あたふたする。

「あの、本当にこんなにたくさん？」

毎日違う服を着ろというのだろうか。

「こちらはほとんど普段着で占められておりますので、夜会用はまた別途奥様のお好みに合わせてご用意いたします」

　きりっとした表情の黒髪のマリーがにこりと笑みを見せて言う。

「え？　まさか、これほどたくさんあるのに！　とんでもないです。もうドレスは充分です」

　想像を絶する贅沢に、フィオナは震えた。ここまでくると逆に怖くなる。するとアリアが困ったように眉尻を下げた。

「奥様、こちらにございますのは普段着と昼用のドレスです。夜会用ですと、ドレスのデザインもグレードも変わりますので、そういう訳には参りません」

「はい？」

　フィオナは首を傾げたまま固まった。普段着より少しおしゃれなものが夜会用のドレスだと認識していた。しかし、ここにあるドレスは普段着であるのにも関わらず、フィオナの一張羅よりも上等だ。

　それでも夜会用ではないと？

　そういえば、今着ている寝巻の着心地も尋常ではない。昨日は緊張と疲れで気づかなかったが、上品な光沢を放ち新品なのに柔らかく肌に馴染《なじ》む。

「それでは本日は私が代わりにお選びしますね。何かご希望はございますか？」

　目を見開いたまま混乱していつまでも固まっているフィオナの代わりに、マリーがテキパキとドレスを選ぶ。ドレスが決まるとアリアに鏡台の前に連れていかれた。

「奥様、どちらの香油がお好みですか？」

「香油って髪につける？　それなら、いただいたものがまだ残っておりますので」

フィオナが立ち上がろうとすると、やんわりとマリーに座らせられた。

「こちら、右からバラの香り、ミュゲ、ユリ、矢車菊となっておりますが、もちろん奥様ご希望の香りがありましたら、お取り寄せいたしますが、いかがなさいますか？」

それほど種類のあるものだとは知らなかったので、聞かれてもフィオナにはわからない。香りをかがせられたが、どれもいい匂い。迷った挙句ローズブレイド家だからとバラの香りを選んだ。きっと夫もバラの香りが嫌いということはないだろうと予想して。

香油を塗り込み丁寧に髪を梳いてくれる。そして手にもよい香りのするクリームをすり込んでくれた。

「奥様、お飾りはどうしましょう？」

「え？」

ずらりと並ぶ髪飾りにリボン。もう選ぶなんて無理。

「……あの、お任せします」

すっかり気おくれし、フィオナはひたすら恐縮した。

その間にも、皆が甲斐甲斐《かいがい》しく世話をしてくれる。フィオナは恥ずかしさと緊張で、ドキドキしてしまい正面の鏡を直視することが出来なかった。

「奥様、御支度が整いました」

いよいよ。鏡を見なくてはならない。フィオナは勇気を出して目を開く。

「うそ……」

自分とは思えないくらい綺麗だった。髪は艶やかで、美しく結い上げられている。ドレスは初めて着る淡いピンクで、布地がごわごわすることなく柔らかだ。そして手は指先まで丁寧に磨き上げられている。

「嬉しい、本当にありがとうございます」

フィオナは嬉しさと恥ずかしさで、真っ赤になって礼を言う。

「いえ、私たちは当然のことをしたまでです」

とマリーがキリリと言えば、

「フィオナ様、とてもお綺麗ですよ」

とアリアが明るく微笑む。

「あ、ありがとうございます」

声が上ずる。慣れない褒め言葉にどう反応していいのかわからない。これが普段着？　フィオナは汚さないようにびくびくしながら、光沢のある絹の肌触りを楽しんだ。

◇◇◇

新婚早々、王都の本邸に新妻を置いてきたアロイスは、昨晩から馬車に揺られていた。

本来なら今頃アストリア王国の第三王女エリザベスと結婚していたはずだったが、紆余曲折《うよきょくせつ》あり伯爵令嬢フィオナを妻にすることとなった。人生何が起こるかわからない。

アロイスは数か月前のことを思い出していた。


エリザベスとの婚約が破棄され、幾月か過ぎたある麗《うら》らかな昼下がり、彼は王妃グレースに王宮庭園へ呼び出された。王家との縁談が破談になった詫《わ》びとして、グレースが縁談を取り持つという。

「あなたに釣り合う年齢のご令嬢よ。とりあえず募集をかけたら、たくさん来たわ。人気でよかったわね。エリザベスとの婚約破棄の件はそれほどダメージではなかったみたいよ」

アロイスの前には香り高い紅茶に美味《うま》そうな焼き菓子、位の高い順に並べられた釣書が積まれていた。

「外国からでもよければ、もっと増えるけれど、どう？」

王妃が優美な仕草でカップに口をつける。

「いえ、政治的な問題が絡むと面倒なのでやめておきます。こちらにあるもので十分かと」

微笑みながらそう返すと、アロイスは釣書を確認し始めた。第一王子派、第二王子派、その他幾多の派閥を機械的に分け、どっぷりと派閥に浸《つ》かっている家は弾《はじ》いていく。

その結果伯爵家だけが残った。さすがにそれより下の爵位の家の釣書はない。

「そうねえ、援助が必要な家の娘を選ぶっていうのも手かもね。逃げられることもないし、上手くいけば領地ごと取り込めるわ」

金茶に光る眼《め》を眇《すが》め、王妃が冗談ぽく言う。アロイスは王妃の言葉を軽く聞き流す。

「うちと余計な摩擦を起こさない家ならば、どこでも構いません。出来れば政治にはからきし興味のない家がいいですね」

アロイスには妻の実家を乗っ取ろうなどという魂胆はない。ただ、王宮での駆け引きすら面倒なのに、妻の実家と思惑が違ったら、もっと面倒ごとが増える。それが嫌なだけだ。

「政治に興味のない家？　それだと没落寸前の家しか残らないわね」

グレースが笑いながら扇子で口元を覆った。彼女は明け透けにものを言う。

「別に構いません。うちが肩代わり出来る程度なら」

澄ました調子で言うとアロイスは熱い紅茶に口をつけた。

「まあ、さすがに二度目の婚約破棄は避けたいわよね」

王妃が優雅に紅茶と焼き菓子を楽しむ傍らで、アロイスは仕事を片付けるかのように事務的に釣書に目を通していく。しばらく書類を繰る音だけが響いた。

「ねえ、条件ばかりではなく、絵姿ももう少し見てあげたら？　どの家も有名な画家を呼んで描《か》いてもらっているのよ。ほら、その家なんか芸術作品のように美しいじゃない」

「ええ、どの方も美しいですね」

アロイスは淡く微笑んだ。

「ふふふ、実物よりずっと綺麗よね。あなたに言い寄ってきた娘《こ》ばかりじゃない？」

グレースは、扇で口元を隠し楽しそうに笑う。

「皆、親に言い含められてのことでしょう。彼女たちも大変なのですよ」

所詮《しょせん》貴族の婚姻は家の事情だ。

パラパラと見ていくと、その中にあって、ひと際目を引くものがあった。キャリントン伯爵家の次女フィオナ。白茶けた髪に、くすんだブルーグレーの瞳の少女。ぼんやりとした印象、美しくもないことで逆に目立つ。一人だけ会ったことのない令嬢の絵姿。

「あら、その娘が気になるの？　エリザベスと随分違うじゃない」

グレースが意外そうに目を瞬く。

「会ったことがないから気になったんです」

子細に見ると釣書の条件が群を抜いて悪い。借金は莫大だが、派閥には染まっていない。食うや食わずでそれどころではないのだろう。

「それほどの借金がありながら釣書を送り付けてくるなんて、大した度胸ね」

釣書をのぞき込んでいたグレースが呆れたように言う。

「うちが肩代わり出来ないほどの金額でもないですね」

アロイスの言葉に王妃が驚いたように軽く目をみはる。

「まさか、その家と縁を結ぶ気なの？」

釣書には王家が調べた追記事項が載っており、フィオナにはマコーレ・レイノールとの縁談があるという。

「いいえ、悪辣な商売をするレイノール家と縁を結ぶのと、私と結婚するのと彼女にとってはどちらが幸せかと考えていただけです」

豪商レイノール家の次男マコーレは働きもせず身持ちも素行も悪いと聞く。彼女は商家に売られるのだ。家の犠牲《ぎせい》だろう。没落寸前の貴族の家では別に珍しいことではない。

「金のために商家に売られる寸前って訳ね。あら、ムアヘッド侯爵家に嫁いだ姉がいるじゃない。実家に援助はしないのかしら？」

王妃が訝しげに言う。

「そのようですね」

アロイスは微《かす》かに柳眉《りゅうび》をひそめた。夫のムアヘッド侯爵ロベルトは、公金の使い込みなど黒い噂があり、吝嗇家《りんしょくか》だとも言われている。

「ふふふ、その家なら借金さえ肩代わりすれば、後から何か言ってくることもないでしょう。キャリントン家の領地は猫の額ほど狭いけれど王都から近いし、あなたなら上手く利益を上げられるのではないかしら？」

からからと笑う王妃。

「妻の実家を乗っ取ったりしませんよ」

アロイスは端整な面立ちに、にっこりと上品な笑みを浮かべ、冷めかけた紅茶を飲み干した。

その後、アロイスは独自にキャリントン家を調べてみたが、父母とも金遣いが荒く、とくに父親は借金があるにも拘わらず、妾を囲っていた。異性関係を清算する条件で婚約を打診した。

第二章　フィオナの奇妙な新婚生活

公爵家の豪華すぎる環境に、どきどきで始まった新婚生活だったが、いつまで経《た》っても夫は帰ってこない。

フィオナは新妻らしく、毎晩緊張しながら、アロイスが寝室へ訪ねてくるのを待った。しかし、三日経っても夫は部屋に訪ねてこない。

彼の帰りを待ち続け、いい加減寝不足もきつくなってきた。考えるまでもなく父のように愛人がいて、そこへ通っているのだろう。第三王女に一途で、傷心なのかと思っていたが違うようだ。これはきっとどこかに秘密の別邸があるパターン。

すっと通った鼻筋に涼やかな目元、形の良い唇に宝石のように美しい緑の瞳《ひとみ》、輝くような金髪、すらりとした長身に長い足。あれだけ美しい見目を持ち、金もあるのだ。愛人がいて当然だろう。

「殿方は金があれば女性を囲いたがるものなのよ」と母や姉がよく言っていた。

愛人がいても、文句を言わない妻が欲しかったのかもしれない……。しゅっと沈みそうになる気持にフィオナは折り合いをつけようとした。元々釣り合いの取れない相手だ。

しかし、あまりにも夫は帰ってこない。ある朝、とうとうフィオナはポツリと漏らす。

「旦那《だんな》様は、どうして帰ってこないのでしょう」

アリアが少し困ったような表情を浮かべた。詮索《せんさく》禁止だと思い出し、

「ごめんなさい。なんでもないんです」

と慌てて取り消した。

「さあ、奥様、今日はどのお召しものにいたしましょう？」

マリーが空気を変えるように明るい口調で言う。彼女たちはとてもフィオナを気遣ってくれる。ここでの豪華な生活にまだ慣れていないので随分と慰めになった。

◇

そして、慣れない生活で寝不足のフィオナのもとに、呼んでもいない姉のイーデスが訪ねてきた。威厳のある執事のチェスターが知らせに来る。

「奥様はお疲れのようなので、別に追い返してもよいのですが、どうなさいますか？」

怖いことをさらりと言う。

「あの、いえ、まさか」

フィオナは慌てて首を振る。

姉に仮病を使えというのだろうか。フィオナがここで頷《うなず》けば、彼はあっさりやってのけそうだ。しかし、それは無理と言うもの。フィオナは実家で姉を尊重し、常に立てるようにと教え込まれて育った。仮病を使うことなど出来ない。

ここの使用人たちは皆公爵家に仕えているという誇りを持っている。フィオナの家に昔いた緩い使用人とは大違いだ。彼らといると緊張してしまう。フィオナよりずっと教養があり優秀なので引け目を感じる。

早速、マリーとアリアが身繕いをしてくれた。いつものように気が引けるほど豪奢《ごうしゃ》な普段着を身につける。そして彼女たちがアクセサリーを選び、いつもより念入りに化粧直しをしてくれた。鏡を見ると、結婚前よりも肌も髪もずっと綺麗《きれい》になっている。

「奥様、とてもお美しいです」

マリーが目を細めて褒めてくれる。

「本当に素敵ですわ」

アリアも嬉《うれ》しそうに言う。

フィオナは一人赤くなる。ここに来てから褒められてばかりで、少し恥ずかしい。

「そんな……あなた方のお陰です。ありがとうございます。あの、マリーもアリアもいつもとても綺麗ですよ」

フィオナのその言葉に、マリーとアリアが驚いたように目を瞬く。何かおかしなことを言ってしまっただろうかとドキドキしていると二人とも「ありがとうございます」と嬉しそうに微笑《ほほえ》みながら頭を下げた。

「さあ、フィオナ様、参りましょうか」

マリーの言葉で自室を後にした。

今日の衣装は滑らかな絹地のシャンパン色のドレスで、金糸を使った繊細な刺繍《ししゅう》がなされている。生地が揺れるたびにきらきらと糸が光った。それもすべて公爵家で用意してくれていたものだ。

(アロイス様に感謝しなくては……)

素敵なドレスを着させてもらえて浮き立つ気持ちと、姉に会いたくない不安な気持ちがないまぜになる。フィオナの頭には「いつでも姉を尊重し、常に立てろ」という両親の教えが染みついていて、断るという選択肢がない。

二人の侍女を伴ってエントランス中央の大きな階段を下りていく。これもこの屋敷のしきたりで、どこに行くのにも彼女たちはついてくる。大貴族の家はそれが普通なのだそうだ。まだ慣れないフィオナは少し息が詰まる。

「あの、あなた方もお疲れでしょうから、どうか休んでください」

とここへきて二日目の朝に笑顔プラス低姿勢でお願いしてみたところ、「旦那様のご命令なので、承服いたしかねます」とあっさり却下された。

ここの使用人はアロイスに驚くほど忠実だ。ローズブレイド家の公爵夫人は、単独行動が許されないらしい。たとえ湯浴みでも。それを思うとフィオナはほんの少しだけ、貧乏な実家暮らしが懐かしくなった。ここいると、なぜか実家とは別の孤独を感じる。

公爵家のいくつかあるサロンのうち、小サロンの方へ案内された。執事のチェスターが扉を開く。

「奥様、こちらでございます」

奥のテーブルにとびきりおしゃれをした姉が待っていた。眩しいくらいに宝飾品を身につけている。重くはないのだろうか。そして、座り心地のよい絹地で張られた豪華な椅子に腰かけ、自分の家のように寛ぎ、お茶を飲んでいる。

「あら、遅いじゃない」

開口一番《かいこういちばん》がそれだ。

「ごめんなさい。でもお姉様、急に来るから……」

これではどちらがこの屋敷の女主人かわからない。その上挨拶《あいさつ》もなく文句を言い始める。

「あまり人を待たすものではないわよ？　お茶飲みすぎちゃったじゃない」

年若いアリアが一瞬呆《あき》れたような顔した。それも当然なことで、イーデスは姉とは言え、今はフィオナの方が格上だ。

「ちょっとあなたたち、外に出てくれない。邪魔だから」

あろうことか、イーデスは他家の使用人に命令し始めた。フィオナはイーデスの非常識さに慌てる。

部屋にはフィオナ付きの二人の侍女とチェスターがいた。

「すみません。姉が失礼なことを言って、少し、外していただけますか」

フィオナは眉尻《まゆじり》を下げ、すまなそうにお願いする。聞いてくれるだろうかとドキドキしながら。

「奥様、申し訳ございませんが、当家ではお客様があった場合二人きりにしてはいけないという決まりがあるので、承服いたしかねます。ですが、奥様のご命令とあれば私とアリアが外します」

チェスターは心なしか、「奥様のご命令」というところを強調して、キリリとしたマリーを一人置いて出ていった。執事はフィオナの顔を立ててくれたのだろう。出来た人だ。

「まあ、なんでしょう？　主人に口答えするなんて躾《しつけ》がなっていないのね」

イーデスは呆れたように言う。そして相変わらず発言が残念。ここの主人はフィオナではなく、ローズブレイド公爵だ。彼らは己の仕事にプライドを持ち、恐ろしいほど教育が行き届いているから、主人の言うことしか聞かない。そばに控えているマリーなど姉の無礼な発言にも顔色一つ変えない。フィオナだけがどきどきしていた。

チェスターの言う通り屋敷に入れなければよかったと、そっと後悔のため息を吐《つ》く。仕方がないので、しばらくイーデスの自慢話や嫁ぎ先の悪口に付き合うことにした。

「そうそう、あなた、旦那様のお仕事が何か知ってる？」

人の悪口にも飽きたのか、イーデスはなんでもないことのようにアロイスの話を切り出した。

「お仕事の話はなさらないので詳しくは知らないわ」

詳しくどころか、フィオナはまったく知らない。なおかつ彼には三回しか会ったことがない。そして詮索禁止だ。

「王宮の執務室に籠《こも》って資料整理をしているそうよ。歴史書の編纂とか？」

「そうなの。なんだか難しそうなお仕事ね」

適当に相槌《あいづち》を打つ。フィオナはいつしか夫の職業にも興味を持たなくなっていた。慣れない屋敷で緊張が続いていることもあり、帰ってこない夫に対する関心がどんどん薄れていく。

「そんなことないわよ。ロベルトが誰《だれ》でも出来る楽な仕事で羨《うらや》ましいって言ってたわ。ロベルトは皆に頼られて、そりゃあ、もう大変みたいよ。いちいち指示を仰がず、少しは自分たちで考えて仕事をやって欲しいって零《こぼ》していたわ。そのせいか毎日帰りも遅いし、有能すぎるのも考えものね。実務に役立たないような閑職《かんしょく》についているあなたの旦那様が羨ましいわ」

イーデスの発言にフィオナは思わずマリーの顔色を窺《うかが》ってしまった。屋敷の主人をけなされて大丈夫なのだろうか。特に彼女の表情に変化はなかったのでほっと胸を撫《な》で下ろす。フィオナはまだアロイスが自分の夫という実感が湧《わ》いていないので腹は立たなかったが、キャリントン家の恩人に対してなんて失礼なことを言うのだろうと呆れてしまう。

ムアヘッド卿は金があるというのに、キャリントン家に支援などしたことがない。妻の実家の困窮《こんきゅう》に知らん顔をするなんて、やはりおかしいと思う。アロイスの方がよほど立派だ。これは、そろそろ姉のイーデスにお帰りいただいた方がよいのかもしれない。無表情なローズブレイド家の侍女の顔色をはらはらと見ながらそう思った。


姉の最初の訪問から二週間が過ぎた。相変わらず、アロイスは音沙汰《おとさた》なしだ。フィオナは夜の寝室で彼を待つことをやめた。

しかし、さすがに心配になってきた。全く顔を見ていないが、そもそも彼は無事なのだろうか。元気でやっているのだろうか。だが、結婚の条件は「詮索しないこと」だ。

フィオナは迷った挙句「旦那様は生きていますか？」とチェスターに聞き、鉄面皮《てつめんぴ》の執事を一瞬笑わせることに成功した。彼がいつものいかめしい表情を崩すのを見てフィオナは少しほっとする。どうやら生存確認はしてもいいらしい。元気だと聞いて安心した。

イーデスがアロイスは閑職についていると言っていたので、彼は暇なはずだ。きっとジョージのように愛人宅に入り浸りなのだろう。願わくば、複数の女性と遊んでいませんようにとフィオナは祈る。それではあまりに不潔だ。

そして、三日にあげず姉が来る。それに母メリッサも加わった。その空間はまるでキャリントン家の狭い食堂のようだ。イーデスの夫自慢に、ムアヘッド家の義母の愚痴。なぜそれをここでやるのか、理解不能だ。フィオナはぼうっとそのやり取りを見ているだけ。やがて彼女たちは図々しいことを提案してきた。

「ねえ、私たちはいつ晩餐《ばんさん》にお呼ばれするの？」

まるで当然のことのような口調でイーデスが切り出す。

「え？」

「そうよ。家族なのだから、当然呼んでくれるんでしょ」

メリッサが畳みかける。母は、顔の綺麗なアロイスを存外気に入っているようだ。しかし、よくよく考えてみれば、フィオナはムアヘッド家に一度たりとも呼ばれたことはない。

「それは、私の一存では決められないわ。アロイス様に相談しないと」

「あら、あなた、この家の女主人なのにそんなことも決められないの？」

フィオナはメリッサのその言葉ににこりとした。

「お母様、お姉様、もう遅いわ。それにお姉様、旦那様が待っているのではなくて？」

「もう、お帰りになってください」という言葉はかろうじて飲み込んだ。自分を馬鹿《ばか》にする分には構わない。だが、夫のことは別だ。彼はキャリントン家の恩人なのだから、それを忘れてもらっては困る。


その日の晩、アロイスが帰ってきた。結婚式から実に三週間ぶりである。

フィオナが彼と会うのは、これで四回目。夫のはずなのになぜかとても遠い人のように感じる。端整な顔に淡い笑みを浮かべる彼は、元気そうで安心した。フィオナは丁寧に日頃《ひごろ》の感謝を伝えた。ここでは信じられないくらい贅沢《ぜいたく》な生活をさせてもらっている。


ローズブレイド邸で夫と一緒に食事をとるのは初めてだった。燭台《しょくだい》の蝋燭《ろうそく》がゆらゆらと煌《きら》めく広い食堂で、フィオナはこんがりとローストされた美味《おい》しそうなチキンにナイフとフォークを入れる。

だが、アロイスのように優雅にはいかない。時折、かちゃりと食器の立てる音が夜の食堂に響く。それに比べ、アロイスの所作は滑らかで無駄がない。マナーがなっていないのは自分でもわかっている。

それにフィオナは久しぶりに夫に会った緊張も相俟《あいま》って、食事を楽しむどころではなかった。彼女はメインディッシュが済んだところで食事の手を止める。

「キャリントン家とムアヘッド家を晩餐に招待したいのですが、よろしいでしょうか？」

意を決してアロイスにお伺いを立てた。

「うん、構わないよ」

詮索してほしくないと言っていたので、断られるかと思っていたが、彼はあっさり了承した。燭台の明かりを反射し煌めくエメラルドの瞳は美しくも無機質で、優しく微笑んでいるが、興味はなさそう。フィオナは複雑な気分だ。彼女たちは呼んでも面倒だし、呼ばなくても面倒なのだ。それでも彼が断わってくれることを少し期待していた。


その晩、フィオナは、アロイスも帰ってきたことだし、今夜が初夜になるかもと思った。しかし、食事が済むと彼は妻とお茶を飲むでもなく、執務室に行ってしまった。そんな夫を見るとどきどきする気も失《う》せる。毛ほどもフィオナに興味を示さない。アロイスの笑顔はまるで美しい仮面のようで、初めて顔合わせをした日から変わらない。

いろいろ考えるとお腹《なか》が空《す》いてしまうので、フィオナはさっさと眠ることにした。美味しいものが食べられて、綺麗なドレスが着られ、毎日湯浴みも出来るし、使用人たちは皆親切で優しい。だから、とても幸せだ……。

◇

それから一週間後の晩餐にキャリントン夫人とムアヘッド夫人がやって来た。両家とも夫妻でと招待したのに来たのは夫人だけ。いったいどういうことなのだろう。食事の準備だってあるのに、さすがにこれは失礼だ。晩餐が進むなか、フィオナは非礼な母と姉に腹を立てつつも、アロイスの様子をびくびくしながら窺った。

「キャリントン卿の方は聞いていますよ。今は領地の立て直しで忙しいらしいですね」

とメリッサににっこりと笑いかけ、アロイスはイーデスにゆっくりと視線を移す。すると姉が得意げに口を開く。

「まあ、申し訳ありませんわ。うちの夫ったら、仕事で忙しくて急に来られなくなってしまって。本当にどなたかに代わっていただきたいくらいですわ。でも簡単に代わりが見つかるような仕事でもないし、本当にあまりに有能すぎるのも考えものですわね」

真っ赤な紅の塗られた唇をニンマリと開き、ころころと笑うイーデス。フィオナは彼女の非常識な態度ともの言いに驚き、心臓が止まりそうになる。ローズブレイド公爵は王族の親戚《しんせき》。侯爵と公爵の違いをわかっているのだろうか。しかも、この晩餐は彼女たちの方から要求してきたものだ。

「まあ、いいでしょう。これは貸しということで」

アロイスは微笑みを絶やさず、冗談でも言うような軽い口調で答える。しかし、フィオナは「貸し」という言葉に不穏なものを感じた。

「それは誰に対する貸しですか」

フィオナはすかさず確認する。キャリントン家なら大変だ。アロイスには借金を肩代わりしてもらっているのだから。

「もちろんムアヘッド家ですよ」

相も変わらず彼は端整な面立《おもだ》ちに感情を窺わせない微笑を浮かべている。

「でしたら、今度我が家の晩餐にいらっしゃいませんか？　お客様も招待して賑《にぎ》やかにやりたいですわ。ロベルトの部下や知己《ちき》も呼んで。もちろん今日のようなこじんまりした晩餐もよろしいですけれど。まあ、女主人がこれではなかなか盛大にはいきませんわよね」

姉が得意げに小鼻を膨らませる。

「なるほど……」

アロイスが何か言いかけていたが、フィオナはそれどころではなかった。

夫に会ったのはこれで五回目だ。だから、情などはなく、夫婦という実感もいまだ湧かない。だが、このイーデスの発言は許せない。彼は没落寸前のキャリントン家を救ってくれた恩人だ。フィオナはぶちっと自分の血管が切れる音を聞いた。

「お姉さま、いい加減にしてください！　閣下はキャリントン家の恩人なのよ。それを何ですか。夫妻で招待しろと言うから、呼べば夫は来ない。その上、閣下が折角お忙しい中でお付き合いくださった晩餐なのに、なんて失礼な言い方をするのよ！」

フィオナだって彼と晩餐を共にするのはこれで二回目だ。それなのに、姉は失礼なことばかり。気づいたら怒りをあらわにして声を張り上げていた。しーんと静まり返った食堂に、我に返る。ああ、やってしまったとフィオナは思った。しかし時すでに遅く、イーデスは空涙を流し、ハンカチを取り出す。

「まあ、フィオナ、なんてことを……イーデスは気の利かないあなたに代わって場を盛り上げようとして一生懸命だったのに！　本来なら、公爵夫人であるあなたがこの場を取り仕切るべきなのよ」

早速、メリッサによって問題をすり替えられる。

「いいのよ。お母様、私が悪いのだから。いつもそう。いつでもフィオナが一番正しいのよ」

フィオナの熱した感情は一気に氷点下まで下がった。いったいなんの小芝居を見せられているのだろう。

しかし、次に続くアロイスの言葉がフィオナの心を抉《えぐ》る。

「まあまあ、妻は慣れない生活で疲れているのですよ。それに彼女はとてもよくやってくれています。フィオナ、自室に戻って今夜はゆっくり休むといい」

怒っている様子もなく、口調は穏やかで、あくまでもさらりと晩餐から外された。そしてフィオナに向ける彼の微笑みは、メリッサやイーデスに向けるものと何ら変わりはない。

自室に戻ったフィオナは頭を抱えていた。きっと礼儀がなっていないと思われただろう。どうしよう、離縁されてキャリントン家への支援を打ち切られてしまったら。なぜ、あそこでカッとなってしまったのだろう。これでは、家族ともども礼儀知らずの厄介者ではないか。

落ち着かない思いを抱え部屋をうろうろしていたら、ぐうっとお腹がなった。晩餐半ばで追い出されたので、食べ足りなかったようだ。こんなときまでお腹が空いてしまうなんて、間が抜けているように思えて情けない。フィオナは眉尻を下げる。

するとと侍女のマリーが軽食の載ったワゴンをフィオナの部屋に運んできた。まるで計ったようなタイミング。

「あの、ありがとうございます」

おずおずと礼を言うと、マリーはいつものきりっとした表情を崩し、柔らかく微笑んだ。すると途端に張りつめていた空気が柔らかくなる。彼女は優しい人なのかもしれない。

「奥様がお腹を空かせているだろうからお夜食を持っていくようにと、旦那様から申し付かりました」

アロイスの思いやりに、恥ずかしいやら嬉しいやらで、フィオナは目頭が熱くなり、慌てて瞬きをした。早速、美味しそうな夜食をありがたくいただくことにする。

ローストビーフと薄く切った玉ねぎ、トマトが温かいパンに挟まれている。その他《ほか》、ポテトサラダとイチジクのコンポートが添えられていた。

嬉しそうに食べるフィオナの横でマリーがとぽとぽと熱い紅茶を注いでくれる。

「とてもいい香りです」

「お気に召しましたか？　フルーツとバラの花びらがブレンドされていますから、お夜食にはぴったりのお茶です」

彼女の言う通り、口に含むと馥郁《ふくいく》たる香りが広がる。フィオナは紅茶を飲み干しひと心地つく。

キャリントン家の面倒を見てくれるだけあって、公爵はやはり優しい方なのだと改めて思い、心から感謝を捧《ささ》げた。もちろんマリーにも。

それから、いつものようにメイドの手を借りて湯浴みをする。

「そういえば、この家のシャボンはとてもいい香りがしますね」

「はい、こちらのシャボンはローズブレイド家の北の領地で作られているものなんです」

とメイドが答える。

「そうなんですか、知らなかった……」

いい香りに包まれ、さっきまで怒ったり、青くなったりしていたのが嘘《うそ》のように気持ちがなごむ。髪を乾かし、いつものようにふかふかのベッドに一人もぐり込んだ。フィオナは眠りに落ちる前、夫アロイスと会うのは今日で五回目だったなと五本の指を折る。

母と姉を招いた晩餐の翌朝、フィオナはいつものように薄く化粧をして、アリアが選んでくれたモスリンの若草色のドレスを身に纏《まと》い食堂に降りていくと、白いシャツに深緑のヴェスト、シルクのクラバットを巻いたアロイスがすでに席に着いていた。

彼と会うのは六回目。出会いから数え始めて、やっと片手の指では足りなくなった。フィオナがどきどきしながら昨晩の非礼を詫《わ》びる。

「閣下、昨晩は家族ともどもたいへん失礼を。申し訳ございませんでした」

叱《しか》られる覚悟でいたのに、アロイスはいつもの微笑みを浮かべ、鷹揚《おうよう》に頷いただけだった。

それから夜食の礼を伝え、キャリントン家の三倍以上の広さはある食堂で、緊張しつつテーブルに着いた。

大きなガラス張りの窓から穏やかの朝の陽《ひ》が差している。かちゃりと時々フィオナが食器の音をさせてしまう以外は、鳥のさえずりが聞こえてくるだけ。

静寂に包まれた朝食も終わりに差しかかった頃、彼がおもむろに口を開く。

「フィオナ、実家のご家族と仲が良いのはいいことだね」

「え？　あ、はい」

皮肉だろうか？　やはり彼は怒っているのだろうかとどきりとした。しかし、顔はあくまでもにこやかで口調もサラリとしている。

「ただ、君は公爵家の人間なのだから、相応の立ち居振る舞いをしてほしい」

彼の言う通りだ。

「至らなくて申し訳ありません。閣下」

これから始まるだろう説教にフィオナはびくびくしながらも姿勢を正した。

「もう少ししたら、君を伴って王宮で催される夜会や茶会に出なければならない。だから、実家のご家族と遊ぶのはしばらく控えて、勉強してね」

そう言って、夫はいつもと変わらぬ笑みを浮かべる。

「はい？　……勉強ですか」

話が思わぬ方向に転がり、フィオナは目を瞬いた。そういえばマナーのレッスンは結婚式の前に受けたきりで、この家に入ってから何もしていない。

「マナー、ダンス、教養その他もろもろ、詳しくはチェスターから聞いて」

アロイスは流れるような美しい所作で、ナプキンでさっと口元を拭《ぬぐ》うと席を立つ。夫の態度はあっさりしたもので、叱られると思って身構えていたフィオナは拍子抜けした。

今日もアロイスはすぐに出かけてしまうようだ。次はいつ帰ってくるのだろう。そこでフィオナはハッとして慌てて席を立つ。妻として夫の「お見送り」をしなければと。するとアロイスが急に振り返り、驚いたフィオナはびくりと飛び上がった。

「フィオナ、以前も言ったけれど閣下はやめてね。アロイスと呼んで」

「は、はい。承知いたしました。アロイス様」

フィオナは勢いよく、こくこくと頷く。つい「閣下」と呼んでしまうのだ。彼はいつも微笑んでいるのにどこか近寄りがたくて、名前を呼ぶことが恐れ多いと感じてしまう。

「見送りも迎えもいらないよ。私の出かける時間はまちまちだし、帰ってくる時間も遅い。ゆっくり食べて」

「はい……」

彼は口の端にふっと淡い笑みを浮かべ食堂から出ていった。フィオナは夫の後ろ姿を呆然《ぼうぜん》と見送る。

彼のソフトな口調に皮肉が隠れていたのかどうか判断がつかなかった。

思うに夫の笑顔には感情がない。優しいけれどまるで精緻《せいち》に彫られた仮面のよう。ふと、イーデスの感情豊かなどう猛な笑みを思う。嘘吐きでえげつない姉だが、少なくとも彼女は自分の感情や本能に正直だ。彼の本音はいったいどこにあるのだろう。

次はいつ会えるのか……。掴《つか》みどころのない夫を思い、その夜もフィオナは一人眠りについた。

◇

翌朝から、フィオナの一日の過ごし方は一変した。今まで、午前中は部屋で刺繍を刺しながらぼうっとして、午後は姉や母とお茶を飲んでいたが、次の日から、一日中勉強することとなった。午前中は教養の座学で外国語、歴史などを学び、午後からは、マナーやダンスのレッスンを受ける。

毎日が驚くほど忙しくなった。特にマナーのレッスンは厳しくて、結婚前に付け焼き刃《ば》で身につけたものだけでは、全く足りない。

家庭教師にはハリエットという子爵夫人が付いた。ハリエット夫人は三十歳を過ぎて二人の子がいるにもかかわらず、スタイルがよく美しい。

「奥様、美しい所作を身につけるためには、普段の生活が大切なのでございます」

と彼女が教えてくれた。

そしてローズブレイド家の食卓も変わった。食べるのに技術を要するメニューが並ぶことが多くなり、日ごとに難易度を上げられている気がする。

広い食堂で一人黙々と食事をとっているので、かちゃりと食器の音を立ててしまうととても響く、するとチラリと給仕が視線を飛ばすようになった。今までは皆フィオナの無作法を見て見ぬ振りをしてくれていたのに、がらりと変わる。これもアロイスの命令なのだろうか。まるで屋敷全体で教育されているようだ。

だが、使用人たちに冷たさはなく、むしろ眼差《まなざ》しは温かい。その上、公爵家の食事は驚くほど美味しいので、フィオナの食欲が衰えることはなかった。

そんな忙しい毎日を送っていると、時には息抜きがしたくなる。

「マリー、お庭でお散歩したいのだけれど、だめかしら？」

とお願いしてみる。庭に出るのも外出になるのだろうか、アロイスの許可が必要なのだろうかと少し心配になる。

だが、そのようなことはなく、二人の侍女に付き添われて毎日散歩するようになった。

◇

広い庭は王都にあって木々が多く深い緑が目に優しい。木立の間を心地よい風が吹き抜ける。エントランス正面の整えられた植木や芝生《しばふ》も素敵だが、フィオナは屋敷全体を覆う森のような木立が気に入っていた。小鳥やリスも来るし、なによりキャリントン家にはなかった厩《うまや》まである。それが珍しくて馬丁《ばてい》を質問攻めにして、それを見ていたアリアがうっかり笑ってしまい、マリーにたしなめられていた。

「奥様、申し訳ございません」

「いいんです。気にしないでください」

いつも完璧《かんぺき》な使用人に頭を下げられて、フィオナは赤くなる。はしゃぎすぎた自分が恥ずかしい。詮索禁止なので、気を使わずに質問出来ることが嬉しくて、つい舞い上がってしまった。


毎日庭を散策するうちに小鳥やリスが来る四阿《あずまや》を見つけた。

「あの……あそこで午後のお茶を飲みたいのですが」

遠慮がちにおずおずと使用人に許可を求めると、マリーが口元をふっと綻《ほころ》ばせる。

「奥様は、ただ私たちに命じればいいのですよ」

そう言って彼女は、一見冷たく見えるブルーグレーの瞳《め》を細め、柔らかく微笑んだ。

四阿に座り、小鳥のさえずりに耳を澄まし、リスを探していると、気を利かせたアリアが餌《えさ》を持ってきてくれた。途端にフィオナの青い瞳が輝く。実家には広い庭などなく、餌付《えづ》けする余裕などなかった。

リスや小鳥に餌をやるようになってからは、更に庭に出るのが楽しみになる。そのうちふっくらと丸いコマドリと仲良くなった。フィオナが近づいても逃げないし、すっかり慣れて、最近では彼女の手から、直接餌を食べてくれる。コマドリにはアクセントのようなオレンジ色の模様が入っていて、いつも来る小鳥を見分けることが出来た。

しかし、小鳥は現金なもので、食べ終わって満足すると用は済んだとばかりに空高く、飛び立ってしまう。自由でとても楽しそう。それが少しそっけなくて、羨ましくて。

「まるで、旦那様みたい」

フィオナは小さく独《ひと》り言《ご》ちる。そしてひそかにアロイスの名前をもじって一番仲の良い小鳥をロイスと呼ぶようになった。

「何を考えているかわからない旦那様も、このくらい可愛《かわい》ければいいのにね」

と今日も四阿に餌を求めてやって来たコマドリのロイスに声をかける。フィオナの独《ひと》り言《ごと》はほんの少し大きくて、それが聞こえてしまったアリアとマリーは笑いを噛《か》み殺すのに必死だった。

「奥様、小鳥の餌の時間ですよ」

最近では年の近いアリアが知らせに来てくれる。二人の侍女とは随分打ち解けてきていた。アリアはとても明るく、親しみやすい。マリーは最初のうちこそ、キリリとしていて厳しい感じがしたが、馴《な》染《じ》んでくると思いやりがあり、細やかな心遣いが出来る人だとわかった。

午前のお茶の時間は、チェスターが給仕につくことが多い。彼は香り高いお茶を淹《い》れ、ローズブレイド家の歴史や領地についていろいろと教えてくれる。クロテッドクリームが添えられた出来立てのスコーンに舌鼓《したつづみ》を打ちながら、フィオナは興味深い話に耳を傾けた。

使用人たちと過ごす時間が増えていき、フィオナは知らずしらずのうちに屋敷に馴染んでいく。いつも誰かがそばにいて、声をかければ、「黙って」と遮られることもなく、無視されることもない。彼らはきちんと言葉を返してくれる。それがとても幸せで、いつの間にか孤独感は薄れていった。もちろん、ここでは誰も愚痴や人の悪口など言わない。気持ちの良い人ばかり。

「そういえば、最近、母も姉も来ないわ……」

チェスターの淹れてくれたブレンドティーを飲みながら、ふと呟《つぶや》いた。

「奥様は、ご家族にお会いしたいのですか？」

そう問いながら、鉄面皮の執事がひょいと片眉《まゆ》を上げる。

「いえ、まったく。でも来なければ来ないで、どうしているのか心配になってしまうんです」

フィオナ自身、教育が行き届いていなかったため、教師までつけてもらって世話になっているのに、家族が何かしでかしはしないかと心配だった。馴染めば馴染むほど、この家に迷惑をかけたくないと思う。

「奥様、ご心配には及びません。皆さま、お元気にしておられますよ」

「……」

なぜ、チェスターが知っているのだろう？　もしかしたら来ないのではなく、追い返しているのでは……。フィオナはその件に関しては深く考えるのをやめた。ただ次に彼女たちと会うときは罵《ののし》られる覚悟をしておいた方がよさそうだ。

「あの、それとアロイス様はお元気ですか？」

その問いにチェスターが思わずと言った感じで苦笑する。そういえば夫の安否確認が実家のついでのようになってしまった。豊かな生活をさせてもらっているのに、いまだに自分に夫がいるという実感が湧かない。

「ええ、旦那様は、お元気ですよ」

チェスターが笑みを浮かべる。最初の頃こそ、このいかめしく隙《すき》のない執事を怖いと思っていたが、馴染んでみれば頼りがいがあって親切な人だった。最近、勉強でいっぱいいっぱいのフィオナに、彼はさりげなく励ましの言葉をかけてくれる。

◇

レッスンの成果が出てきた頃、フィオナは、この国の王妃グレースに非公式のお茶会に呼ばれた。とても緊張したが、断れないお誘いだ。

王宮の美しい庭園に案内された。ここは二度目で、一度目はアロイスとの顔合わせで来た場所だ。そして今回の茶会は二人きり。たくさん勉強したにもかかわらず、いざその場になるとフィオナは緊張して相槌を打つのがやっとだった。

金髪に金茶の瞳、深紅《しんく》の豪奢なドレスを身に纏う王妃は艶《あで》やかで、フィオナはグレースの気高い雰囲気に圧倒される。茶の味も、勧められて口にした焼き菓子の味もわからない。

最初のうちは、王妃のフォローで何とか会話が成立していた。せっかく家庭教師をつけてもらって特訓したのに、会話がスムーズに出来なければ淑女として合格とはいえない。

しかし、グレースは気にしたふうもなく、当たりさわりのない世間話をして、フィオナの緊張をほぐしてくれた。そのうち、だんだんとかけられる言葉に何とか答えることが出来るようになってきた。

「あなた、随分変わったわね。なんだか、とても素敵になったわ。それに言葉遣いも美しいわ」

「お褒めにあずかり恐縮です。すべて主人のお陰です」

この国の王妃からいただくお褒めの言葉が嬉しくて、照れながらもフィオナの顔は綻んだ。日頃のレッスンの成果が出たのだろうか。家庭教師や協力してくれたローズブレイド家の使用人、それに夫に感謝しなくては。

そしてグレースは茶会もそろそろ終了という頃に、こんなことを言いだした。

「この時間だとアロイスは王宮の図書館にいるわ。なかなか会えないのでしょう？　寄っていくといいわ」

フィオナはその言葉に目をみはり、頬《ほお》を赤らめる。なぜ、王妃が夫となかなか会えないことを知っているのだろう。アロイスが家に帰らないのは周知のことなのだろうか。だとしたら、少し恥ずかしい。

「訪ねていって、お仕事の邪魔にならないでしょうか」

フィオナが自信なさげに言う。

「あら、大丈夫よ。まったく、そんな心配いらないから」

王妃がいたずらっぽく微笑んだ。グレースとアロイスはフィオナが思っていたより、親しくしているようだ。親戚なのだから当然なのかもしれない。そういえば、イーデスがアロイスは歴史書の編纂《へんさん》をする閑職についていると言っていた。執務室にいるわけではないのだから挨拶するくらいなら、いいのかもしれない。


結局、王宮に一緒についてきたマリーを伴って図書館に行くことにした。広いエントランスを抜け階段を上り、立ち並ぶ書架の間を通り、王妃が教えてくれた場所にたどり着く。アロイスを見つけた。大きな窓から柔らかく陽の差す閲覧スペースの片隅で、彼はぐっすりと眠っている。

(この人は家に帰らず、こんなところで眠っている)

その寝顔は安らかでとても綺麗。エメラルドの瞳は閉じられ、金糸の長いまつげが影を落とす。いつもの笑顔が貼《は》り付いていない分、若々しく見えた。初めて彼の素の表情を見たような気がする。とても気持ちよさそうに眠っていて、起こすのが忍びない。

「あなたの旦那様、昼行燈《あんどん》と呼ばれているのよ」

そんなイーデスの言葉を思い出し、フィオナは小さく笑う。

(お休みなさい。アロイス様)

安らかな夫の寝顔に、心の中でそう告げるとフィオナは王宮を後にした。

「アロイス様には秘密にしておいてくださいね」

「承知いたしました。奥様」

フィオナがマリーにお願いすると、笑って了承してくれた。

最初の頃はローズブレイド家の使用人を怖いと感じていたし、どこに行くにもついてくるので息が詰まりそうだった。今は彼らが未熟な女主人を馬鹿にするでもなく、かといって甘やかすでもなく、成長するのを支えながら、見守ってくれているのがわかる。いつの間にか、キャリントン家の者よりも心許せる存在になっていた。なぜなら、彼らは嘘を吐かないし、誠実だから。

今日は夫と会っていないことにしよう。だから、カウントは六回のまま。

◇

その晩、珍しくアロイスが早く帰ってきた。燭台に火がともる食堂で食事を共にする。これで会うのは七回目とフィオナは数えた。この頃になるとフィオナもかちゃりと音を立てずに食事が出来るようになっていた。

フィオナは慣れた手つきで鹿肉《しか》を切り分ける。黒コショウと赤ワインのソースが鹿肉ととても合う。マナーが身につくと不思議と今までよりもずっと食事が楽しめた。しかし、やはりフルコースは量も多いのでアロイスほどは食べられない。元々少食のフィオナは少なめに盛ってもらっている。

食事の後アロイスに誘われて、一緒にお茶を飲むことになった。初めてのことだ。シフォンケーキに生クリームとブラックベリーのジャムが添えられた一皿が出される。夫からの土産《みやげ》だ。心遣いが嬉しい。ケーキは口に含むととろけていく。フィオナの口元は自然と綻んだ。

「君はとても美味しそうに食べるね」

「……ありがとうございます。とても美味しいです」

見られることを意識していなかったフィオナは、夫の視線に気づくと真っ赤になって俯《うつむ》いた。

「ハリエット夫人から聞いたよ。とても頑張って勉強しているそうだね」

フィオナは褒められてさらに頬を染める。出来て当然のことが出来るようになっただけなのに、労《ねぎら》ってもらえるのがとても嬉しい。実家にいる頃は褒められることなどなかった。フィオナはいつでも姉の影。

だから夫にも彼が喜ぶような言葉をかけてあげたいと思った。フィオナは言葉を探したが、何も思い浮かばない。驚くほど彼のことを知らないのだ。どんな言葉をかければ彼は喜ぶのだろう？　だが、詮索はしない。そういう約束だ。

向かい側に座るアロイスの金髪が燭台の光を受けてきらきらと輝く。彼が動くと髪がさらりと揺れ、端整な顔に影を作る。フィオナも金髪だがその色は淡く、姉によく薄い色でみっともないなどと言われてきた。彼の髪色が羨ましい。夜、しんとした中で、二人だけでお茶を飲んでいるとどうしても相手のことを意識してしまい、先ほどから心臓がとくとくと音を立てる。

しかし、そのフィオナのどきどきも次のアロイスのひとことで吹き飛んだ。

「二週間後、王宮の夜会に出るから、よろしくね」

「え？」

いつもの微笑とともに告げられた予定に、フィオナは驚いて目をみはり、固まった。彼女は夜会に行ったことがない。初めての夜会が王宮ということになるのだろうか。

「えーと、あの、その……私はどうすれば」

もしかして留守番かな、という淡い期待を込めて聞く。

「ん？　ただ陛下と賓客にご挨拶をして私とダンスをすればいいだけだよ」

自信がなさそうなフィオナに、アロイスがさらりと簡単なことのように言う。フィオナはつい癖で頷いてしまってから、慌てて「はい」と小さく返事をする。不安でいっぱいだ。

「君はとても頑張っているし、所作も綺麗になったから、もっと自信を持つといい」

アロイスにそう言われて、フィオナの顔がぱっと輝く。

「はい。私、頑張ります！」

と元気いっぱいに言う。

「よく聞こえているよ。とても近いからね。フィオナ、もう少し小さな声で話そうか」

変わらぬ笑みを浮かべたままアロイスが言うと、フィオナは再び頬を赤らめる。また、声を張り上げてしまった。貴族は大きな声で話したりしない。フィオナは実家で家事を手伝ううちに、いつしかそうなってしまったのだ。ハリエット夫人からも注意されていた。

今日はいろいろとあったので、とても疲れてしまった。フィオナは湯浴みを手伝ってもらいながら、うとうとする。明日から、ドレスを作ったり、アクセサリーを用意したり忙しくなるとチェスターに言われている。ベッドに入るとあっという間に眠りに落ちた。この頃では夫を待つという習慣はすっかり忘れ去られていた。

◇

一生かかわりを持つことはないだろう思っていた王室御用達《ごようたし》の仕立て屋と宝石商がローズブレイド公爵邸にやって来た。どうやらローズブレイド家はお得意様らしい。フィオナのドレスを異例の急ピッチで作ると言う。しかし、フィオナは布の一枚すら決められない。どの布も上質で美しく、高いのだろうなと値段ばかり気になる。

「どうしましょう……」

フィオナは困ったように眉尻を下げる。するとマリーが、

「旦那様から、奥様が決められないときの指示は申し付かっております」

とテキパキと決めてくれた。こんなとき彼女は本当に頼りになる。

「ありがとうございます、マリー。助かります」

そして、夜会の当日、フィオナは白い絹地に水色の小花が刺繍されたドレスに身を包んだ。幾重にも光沢のあるシルクが重ねられたドレスは、袖《そで》にレースがふんだんに使われており、胸元と袖についた青いリボンがアクセントになっている。とても華やかなものだ。

髪はアリアが夜会用に結ってくれた。飾りにはサファイヤを使う。本当にマリーやアリアが言っていた通り、夜会用のドレスも化粧も髪型も普段とは違う。豪奢な装いといつもより華やかで念入りな化粧にフィオナは緊張した。そして初めての夜会。夫にエスコートされる。

「サファイヤの青もドレスの青も、フィオナの瞳によく映《は》えているよ」

アロイスの言葉が嬉しくて、フィオナは透けるような白い頬をバラ色に染める。こんなふうに瞳の色を褒められたのは初めてだ。

アロイスは銀糸で刺繍の入った濃紺のコートを身に纏い、カフスが華やかさを添え、それがとても似合っている。飾りにフィオナと揃《そろ》いのサファイヤをさりげなく身につけていた。すべてフィオナの瞳の色に合わせてくれたのだとわかる。それもまた照れくさい。彼の方がよほど素敵だと思う。

しかし、浮かれているのもそこまでで、フィオナはアロイスの許可を得て、行きの馬車で国王、王妃並びに賓客への挨拶の練習をした。もちろん、それには外国語での挨拶も含まれている。馬車が王宮に近づくにつれ、心臓が早鐘のようになり、緊張で唇も喉《のど》も渇いてくる。ドレスの上で握りしめたフィオナの震える手に、向かい側に座る夫の大きく筋張った手が宥《なだ》めるように重なった。手袋越しに温《ぬく》もりが伝わり、少し気持ちが落ち着く。

「大丈夫だよ、フィオナ。君は一生懸命練習したのだから、ちゃんと出来るよ」

落ち着いていて、低く柔らかな声が耳に心地よく響く。彼は深い緑の双眸《そうぼう》を細め、いつもよりほんの少し柔らかい笑みを浮かべた。

会場に入ると二人はすぐ陛下夫妻に挨拶をした。次に賓客との挨拶。フィオナは噛まずにどうにかこなせた。しかし、笑顔は引きつっていたかもしれない。

本日の最重要課題である挨拶が終わりに差しかかり、フィオナが一息ついたときにそれは起きた。

「いやあね。アロイス、殿下だなんて他人行儀すぎやしない。今まで通りエリザベスと呼んで」

そう宣《のたま》ったのは、第三王女にしてアロイスの美しき元婚約者エリザベスだ。彼女はアロイスの腕に手をかけ寄り添う。

フィオナは呆然とした。なぜか二人の間には濃密な空気があって、入り込めないような気がする。妙に生々しい。アロイスは普段から、品の良い微笑を浮かべていて、どこか浮世離れした印象がある。だから、いつの間にか男女の色恋沙汰《ざた》とは無縁な人のように感じられていた。やはり、彼も男性なのだなと思うと、胸がちくりと痛む。彼を振ったのはエリザベスなのに……。

「あら、随分可愛らしい方ね。でも、あなたには似合わないわ」

エリザベスが言葉の矢を放ち、艶やかな笑みを浮かべる。会場に入った瞬間から、ローズブレイド公爵夫人を値踏みするような冷ややかな視線をたくさん感じていた。フィオナは一番痛いところを王女に突かれ、息が止まりそうになる。

（夫には釣り合わない……。そんなこと、私が一番よくわかっている）

するとアロイスは、ほんの少し眉根を寄せ、仕草こそ上品だが気遣うことなくエリザベスの手を振りほどいた。

「ええ、フィオナは私にはもったいないくらい、素敵な妻ですよ」

そう言うと何の感情も含まない微笑をエリザベスに向ける。

アロイスは何事もなかったようにフィオナの手を取り「失礼いたします」としれっと言うと貴賓席への挨拶を締めくくり、パーティ会場へと妻を伴って降りていく。フィオナは堂々と王女に無礼な真似《まね》をして自分をエスコートするアロイスに度肝を抜かれた。ちらりと貴賓席にいるエリザベスを振り返ると怒りで頬を染め、他の王女たちに宥められている。自分がひどく場違いなところにいるような気がして、気おくれを感じ、フィオナは俯きそうになった。

「フィオナ、俯くな」

その言葉に、思わずアロイスを見上げた。彼はふっと微笑むと、

「では、一曲踊りましょうか」

と澄まして言った。


ダンスの輪に加わった瞬間、難しいワルツに変わる。まだダンスに自信の持てないフィオナは青ざめた。

「安心して、私は君を転ばせるような真似はしないから。それから、口角を上げてごらん、それだけで微笑んでいるように見えるよ」

落ち着き払った声で彼がそう囁《ささや》く。フィオナはステップと、夫の出す指示に集中した。なんとか一曲踊り終えると、ほっとして口元が自然に綻ぶ。それを見た夫が片眉を上げる。まるで初めからその笑顔ならばよかったのにというように。

ダンスが終わると、アロイスは飲み物や食べ物の世話を甲斐甲斐《かいがい》しくしてくれた。そうしているとまるで仲睦《むつ》まじい新婚夫婦のようだ。ほとんど会ったことがない二人なのに。フィオナも頑張って彼に合わせた。アロイスは第三王女に捨てられたのだから、彼が恥をかかないように、精一杯楽しそうに振る舞う。

本当は会場に入った瞬間から、フィオナに刺さる好奇の視線が痛くて怖くて、ともすると顔が引きつりそうになる。だが、そこは頑張って微笑んだ。フィオナも自分の役割を心得ている。

しばらくするとアロイスを呼びに、立派な身なりをした従僕が来た。自分も一緒に行かなくてはならないのだろうかとフィオナが逡巡《しゅんじゅん》していると、アロイスはハスラー男爵家令息クロードと令嬢ザカリアを紹介した。

「私はちょっと行ってくるから。クロード、ザカリア、フィオナをよろしくね」

そう言うとアロイスは去っていった。

ハスラー兄妹はブルネットの髪に水色の瞳を持つ、すらりと背の高い美しい人たちだった。夜会にも慣れている様子だ。フィオナはいきなり知らない人の間にポツンと取り残され、心細さを感じていたが、この兄妹は感じの良い人たちで、気さくに話かけてくれた。ザカリアはフィオナと年が近く十九歳だと言っていた。そしてクロードはアロイスの部下だと言う。フィオナは図書館でうたた寝していたアロイスに部下がいることが意外だった。

「歴史書の編纂の仕事をしていると聞きました」

フィオナがそう言うとクロードが固まり、ザカリアが不思議そうな顔をする。

「誰がそのようなことを言ったのですか？」

「姉のイーデスから聞きました」

「いえいえ、奥様違いますよ。閣下は、外国語の通訳や翻訳《ほんやく》など外交関係のお仕事をしているのですよ」

とクロードが苦笑する。フィオナは初めて聞く話に目を丸くした。

「え？　そうなのですか」

夫の職を勘違いしていたなど恥ずかしい。慌てるフィオナに、「まだ新婚ですもの」「まあ、翻訳もなさる方なので、書物の編纂は間違ってはいないですよ」とハスラー兄妹の対応は温かい。

「あちらで今、お仕事をされていますよ」

クロードに言われて振り仰げば、貴賓席で陛下夫妻と外国からの賓客を挟んで談笑している。豪華なシャンデリアに照らし出されたアロイスは、見目麗しく堂々として有能そうに見えた。

図書館でうたた寝をしている彼を見て以来、少し身近に感じていたが、いきなりまた遠のいてしまった。近くなったり、遠くなったり、まるで掴みどころがない、万華鏡のような人。

ぼうっとアロイスを見ていると、

「フィオナ、何をしているの？　私のところに挨拶にも来ないで」

とイーデスのとがった声が耳朶《じだ》を打つ。

真っ赤な布地に黒のレースをあしらったドレスに身を包み、ここぞとばかりに飾り立てたおしゃれな姉がロベルトを伴って近づいてくる。フィオナはそのとき初めて姉を華やかというより、けばけばしいと感じた。

「そちらのおふた方はどなた？　紹介してくれないかしら」

夫婦揃ってずんずんと分け入ってくる。フィオナはイーデスも嫌いだが、ムアヘッド侯爵ロベルトも苦手だ。彼はとても傲慢《ごうまん》で不遜《ふそん》な態度を取る。二人を紹介したとたん更にそれが顕著になった。

「あらやだ。男爵家の人間と仲良く付き合っているの？　まあ、庶民と大して変わらないじゃない。でも、品のないあなたにはお似合いね」

イーデスのその言葉に場の空気が凍りつく。クロードは微笑みを貼り付けたままだったが、ザカリアの水色の目が鋭く光る。

クロードがザカリアを制して口を開きかけた瞬間、後ろから穏やかな声が降ってきた。

「フィオナ、賑やかで楽しそうだね。仲間に入れてくれるかな。あれ、どうかしたの？　私の大切な友人のクロードとザカリアの顔色が悪いようだ」

いつの間にか陛下方と話していたはずのアロイスがそばに来ていた。薄く形の良い唇に優美な笑みを浮かべ、口調は楽しげなのに、その目は一切笑っていない。先ほどまで温かい色を湛《たた》えていた緑の双眸が氷のような光を放つ。今までもほんの時たま彼から、圧力のようなものを感じることはあったが、フィオナはこのとき初めて怖いと思った。

アロイスが来た途端、ムアヘッド侯爵ロベルトの尊大さが鳴りを潜め、代わりに愛想笑いを浮かべる。その豹変《ひょうへん》ぶりにフィオナは呆気《あっけ》にとられた。早々に立ち去ろうとする姿は、逃げ出すようで滑稽《こっけい》だ。イーデスはそんな夫にとても不満げで、フィオナを憎々しげに睨《にら》んでくる。最後は顔色を失《な》くしたロベルトに引きずられるようにして姉は連れ出された。


帰りの馬車は初めて夫妻で参加した夜会なのに少しもロマンチックな雰囲気はなく、反省会が開かれた。

「自分より下位の者を守るのも、上位貴族の務めだよ。だからまず相手に挨拶させてね。礼儀は大切だから。今度彼らがだしぬけに声をかけてきたら、無視をするか非礼を詫びさせてね」

彼らというのはムアヘッド夫妻のことだ、特にイーデス。アロイスはいつもの微笑を浮かべ穏やかに諭《さと》すように高位貴族の心得を言う。彼のエメラルドの瞳は深みを帯び、形の良い唇は柔らかく弧を描いている。いつもと同じ笑みなのに、そこには先ほど感じた怖さと冷たさはひと欠片《かけら》もない。

しかし、彼は今度同じことがあったら、姉に謝るように言えと言っている。フィオナは途方に暮れた。傲慢で尊大な姉に、かなり舐《な》められている自信はある。そんな自分は公爵家に相応《ふさわ》しい人間ではないと気持ちが挫《くじ》けそうになる。だが、彼の妻であるからにはやはり精進しなくてはならない。

するとアロイスはフィオナの気持ちを読んだように言う。

「フィオナ、慌てる必要はない。ゆっくりでいいから」

この人は心の機微に敏感なのだ。一見そうは見えないが、繊細なのかもしれない。フィオナは、素直に「はい」と返事をした。

その後、アロイスは、ダンスも上手《じょうず》でマナーが格段に良くなったと褒めてくれた。フィオナは嬉しくて頬がつい緩んでしまう。実家では誰かに褒められるということはなかったからだ。

屋敷へ着くとアロイスは、夜更けにもかかわらず出かけていった。いつものことなので、フィオナは気にしない。

夜会でエリザベスが彼の腕に触れた時、微《かす》かな引っかかりを覚えた。王女はまだアロイスのことが好きなのだろうか。彼らの間にいったい何があったのだろう。

つらつらと夜会のことを思い出しているうちにフィオナはうつらうつらと眠りに落ちた。今日はとても疲れた……。


その後、夜会と茶会をそれぞれ二つ三つこなした。アロイスと会えた回数が計十回を超え、両手の指がすべて折り曲げられると、フィオナはそこで数えるのをやめた。

王宮での夜会以来、姉夫婦は向こうから挨拶に来るようになった。いつも会話もそこそこに彼らは立ち去っていく。ロベルトに腕を引かれ、イーデスは毎回不満げだ。時々フィオナにとがった視線を向けてくる。目が合うと憎悪を向けられることもしばしばだ。子供の頃から母似の姉をずっと綺麗だと思っていたのに、なぜか最近姉が品なく思える。

もう一つ不思議なことに、どの催しものでも父母の姿を見かけなくなった。借金があるときもダンスが得意で派手好きなメリッサは夜会に出たがったのに、どうしたことかとフィオナは不思議だった。

キャリントン家の現状ならば、なぜか何でも知っているチェスターに聞くと、今は父が一人領地に赴き、母が留守を預かっていると言う。さぞや退屈な生活を送っていることだろう。

しばらくは、平穏で変化のない日々が続いた。相変わらずアロイスと屋敷内で会うことはほとんどなかったが、その代わりハスラー男爵家のザカリアとクロードが時折茶を飲みに来るようになり、フィオナは彼らと打ち解け、楽しいひと時を過ごすようになった。

◇

そして兆《きざ》しは突然訪れた。

ある朝、目覚めると屋敷が騒然としていた。フィオナは何事かと、ベッドから起き出し、夜着の上にガウンを羽織るとドアを開け廊下をのぞく。それを見かけた従僕が、慌ててフィオナに近づいてくる。

「奥様、部屋へお戻りください。マリーかアリアを呼んで参りますので、今しばらくお待ちくださ い」

フィオナは言われるままに、大人《おとな》しく部屋に戻った。いつも世話になっている屋敷の者に迷惑はかけたくない。しかし、落ち着かないのも事実で。いつもはメイドが開けてくれるカーテンをさっと引く。爽《さわ》やかな朝の陽《ひ》が部屋に差し込んだ。そして庭に目を落とし、フィオナはそのまま固まった。

「……小鳥やリスが来る木も四阿もないわ」

緑に溢《あふ》れた庭が一変していた。三分の一ほどが、荒らされ焼け焦げている。フィオナに懐いていたあの可愛いコマドリは無事だろうか。

「ああ、ロイス！　どうしよう……」

呆然として見ていると、横から逞《たくま》しい男性の腕が伸びてきて、シャッと音をさせ素早くカーテンを閉めた。

驚いて見上げたフィオナの視線の先に、アロイスが立っていた。口を固く引き結び、一瞬厳しい表情をしたので、フィオナの心臓が跳ねた。なんだか怖い。笑顔を貼り付けていない彼の顔は、整っているせいか凛《りん》としていて冷たく近寄りがたい。しかし、アロイスはすぐにいつもの感情を窺わせない笑みを見せた。

「今日は、家庭教師は来ない。フィオナは大人しく部屋で刺繍でもしていてくださいね」

口調は静かで穏やかだが、よそよそしい。その上何の状況説明もない。フィオナは口をあんぐりと開けて彼を見つめた。

いつもきちんとした服装をしている夫らしくなく、袖口がまくり上げられ、胸元がくつろげられて少し乱れている。普段は綺麗に撫でつけられている前髪も、今はさらりと額に落ちていた。

「フィオナ、いい加減口を閉じて。わかったのなら返事をして」

声音は穏やかだが明らかに命令口調の夫に、フィオナの意識は現実に引き戻された。

「え、ちょっと待ってください。お庭がたいへんです。おかしいわ。あれ、絶対に変だわ。ロ、ロイ……じゃなくて小鳥やリスが来る木がないの！　何があったのですか？　話してください」

フィオナは動揺して、まくし立てる。すると彼は一呼吸置いてから口を開いた。

「言いたいことはそれだけですか？　詮索はしない、そういう約束だよ」

初めてピシリと言われ、驚いた。いつもとテンションが違うアロイスに気圧《けお》され、フィオナは思わず「はい」と素直に返事をしてしまい、唇を噛む。

さっと踵《きびす》を返すと、夫は部屋から出ていってしまった。彼がフィオナの部屋に入ってきたのはこれが初めてだ。フィオナはぴたりと閉ざされた扉に向かって憤然と言った。

「これって、詮索するなっていう方が、おかしいわ」

◇

その日フィオナは一日中カーテンを閉め切った自室で過ごすこととなった。朝以来、アロイスが来ることはなかったが、昼頃にフィオナの部屋に可愛らしいガーベラの花束が届いた。カードには「不便をかけて申し訳ない」と詫びの一言が彼の直筆で記されている。ただそれだけのことが嬉しくて、腹立ちが薄れていった。

今まで夫から花を贈られたことはない。縁談から結婚まで急ピッチで進んだせいか、二人の間には婚約者らしい期間もなかった。そして何よりも異性から花を贈られたのは初めてだ。婚約期間に彼から贈られたのは宝飾品で、嬉しさよりも気おくれを感じた。

フィオナはいい香りを放つ瑞々《みずみず》しいガーベラの花束に心が浮き立つ。ここまでしてくれるのならば、夫の考えを尊重しよう。もやもやとした気持ちを吹っ切ると、黙々と刺繍を刺し始めた。

ただ一つ気になるは、小鳥やリスが無事だろうかということ。住処《すみか》をなくしていないといいけれど。アリアはフィオナの気が紛れるようにと話し相手になってくれた。マリーは「大丈夫ですよ、奥様。小鳥というのは存外強いものです。きっとどこかに避難して元気にさえずっていますよ」と慰めてくれる。

翌朝、フィオナが自室で簡単な朝食をとっていると、チェスターがやって来た。

「奥様、旦那様より、屋敷が片付くまでの間、郊外にあるローズブレイド家の別邸に行くようにとのご指示がありました」

そう告げられた瞬間、フィオナは持っていたフォークをかしゃんと取り落とした。確かに庭は三分の一ほど燃やされたが、厩も無事だったと聞いているし、屋敷はほぼ被害など受けていないはずだ。

それなのにフィオナを自室に閉じ込めた挙句、別邸に行けと言う。

「そんな……私、この家から出されてしまうの？　昨日、詮索するようなことを言ってしまったから？　離縁されたらどうしよう」

やはり、夫に気に入られていなかったのだと取り乱し震えるフィオナに、そばにいたアリアと珍しくチェスターまで慌てた。

「違います。奥様、お屋敷が片付くまでのことでございます」

「そうですよ。奥様、昨日お見舞いに、旦那様から素敵なお花をもらったばかりではないですか」

ショックを受けたフィオナを二人がかりで宥める。

「旦那様は、一度決めたことを簡単に覆す方ではございません。ですから奥様と離縁などなさりません」

チェスターの一言がフィオナを落ち着かせた。なぜか、その言葉はすとんと腹に落ちる。いつの間にかフィオナの中で、アロイスの印象が浮世離れした綺麗な人から、当たりは柔らかいが強情な人に変わっていた。


フィオナはその日の夕暮れには馬車に乗り、ローズブレイド家の別邸に向かっていた。王都の中心地から外れたそこは、雑木林に囲まれたこじんまりとした屋敷で隠れ家的な雰囲気がある。本邸のようにすべてが石造りではなく、半分は木材で板張りの床があり温かみのある素朴な造りとなっていた。

マリーやアリアを始めとする屋敷の使用人たちはついてきていて、本邸と変らず何不自由ない暮らしが始まった。

「奥様、ここのお屋敷の庭には綺麗な小川が流れているのですよ」

マリーが微笑みながらそんな情報を教えてくれる。ここの使用人たちは皆親切で気の良い人ばかりだ。どのみち詮索禁止なのだから、考えたり、思い悩んだりしても仕方がない。マイペースで切り替えの早いフィオナは、ここでの生活に自分なりの楽しみを見つけることにした。

ひんやりとした静寂に包まれた王都の屋敷とは違い、朝からたくさんの鳥のさえずりが聞こえてくる。可愛い小鳥やリスは来るかしら？　フィオナは餌を持って早速庭の散策に出た。新緑の発する清々《すがすが》しい香りを胸いっぱいに吸い込む。

ここでの生活も、きっと楽しめるはず。


別邸での新しい生活が始まって五日が過ぎた頃、チェスターが本邸に届いた一通の手紙を携えてやって来た。

「奥様、御尊父からお手紙です」

珍しいこともあるものだ。父ジョージから手紙をもらうのは初めてだった。それはとても短いものだったが、内容に衝撃を受けた。

――メリッサの具合が思わしくない。すぐに実家に戻れ。私は領地の建て直しで忙しく帰れない。

イーデスも今はムアヘッド家が忙しくて帰って来れない。メリッサは一人で食事もままならない状態だ。王都にいるお前だけが頼りだ。

以前から膝《ひざ》や腰の痛みは訴えていたが、今まで大きな病気一つしたことがなかったメリッサがいったいどうしたことだろう。

「まあ、どうしましょう！　母の具合が悪いと書いてあります」

フィオナは心配だった。

「奥様、そのようなことはないと思いますが……」

チェスターが珍しく困ったような顔をする。しかしフィオナは母が心配で、それには気づかない。

メリッサが、具合が悪いうえに一人ぼっちでいるという。

「姉も実家に行けないそうです。母の面倒をみられるのは、私しかいないのです。申し訳ないのですが、少しの間実家に帰らせてください」

フィオナが、いつになく決然とした口調で言った。父もイーデスも行けないのならば、フィオナが行くしかない。もちろん、アロイスがこのことについてどう思うか心配だったが、彼はきっと干渉されたり、詮索されたりしなければ構わないはずだ。外出もあまりして欲しくないと言っていたから、実家から出なければ問題はないだろう。

◇

再び、ガタゴトと馬車に揺られ、王都の郊外から実家に帰る。

一人でいる母が心配で駆け込むように玄関に入ると、屋内は掃除が行き届いておらず、以前よりみすぼらしくなっていた。慌てて二階に上がり母の部屋をノックする。

「ああ、フィオナ……」

ベッドに臥《ふ》した母がいた。メリッサが弱々しい声でフィオナの名前を呼ぶ。そんなことは初めてで、母が心配なフィオナは一晩中付き添った。その日も次の日もフィオナは献身的に彼女の世話をした。

しかし、三日目の朝、まるで病人生活に飽きたように母はむくりと起き上がる。

「あら、なんだか具合がよくなったみたい。フィオナが来てくれたからかしら」

ケロリと言い放つメリッサを見て、フィオナは寝不足の目をぱちくりした。

「え？　あの、お母様？　具合が思わしくないと、お父様から……。それにこれからお医者様を呼ぼうかと」

母は昨晩まで、今にも死にそうなことを言っていた。だから、チェスターに頼んで医者を手配してもらおうとしていたのだ。

「嫌だわ、医者なんて呼ばないでよ。やあね。ジョージも大げさなのよ。それともフィオナは、大きくて綺麗な屋敷に慣れて狭くて汚い実家に帰ってくるのが嫌になったの？」

と言って母が少女のように首を傾《かし》げた。

結局、やれ頭痛がする、腰が痛い、膝が痛むと言うメリッサに付き合いフィオナはそのままずるずると実家から出られなくなった。

フィオナの滞在が長引くにつれ、うらぶれていたキャリントン邸はすっかり活気を取り戻していた。修繕され、明るく綺麗になった食堂で母メリッサは美味しい朝食に舌鼓を打つ。

「本当にローズブレイド家のシェフは素晴らしいわね。あなたいつもこんなにおいしいものを食べているの？」

「はい、それもこれもアロイス様のご配慮のお陰です」

フィオナはアロイスのお陰だという点を強調した。しかし、母は聞いているのかいないのか「ほんとに美味しいわ。フィオナは贅沢ね」などと言っている。

その後もメリッサは「部屋が勝手に片付けられて何がどこにあるのかわからないわ」とぼやきつつ、隅々まで掃除が行き届き綺麗に磨かれ気持ちの良い屋敷に満足し、出来立ての料理を楽しみにしていた。

ちなみに機嫌の悪いときには「あなたがいるせいでイーデスが来ないじゃない」とねちねち繰り返す。なぜフィオナがいるとイーデスが来ないのかと不思議に感じつつも、メリッサが不平不満を零すのはいつものことなので、鳥のさえずりと思って聞き流している。もちろんフィオナだって帰りたいが、メリッサが何だかんだと体の不調を訴えて引き留めるので、別邸に戻るに戻れなくなっていた。

それにしても姉は婚家が忙しいとはいえ、ここから近い屋敷に住んでいるのにもかかわらず、なぜ母に会いに来てやらなかったのだろう？　日頃二人はとても仲が良いのに。

結局、フィオナは母がいる以外はローズブレイド邸にいるのと変わらぬ生活を送っていた。たくさんの使用人が、別邸からついてきていたので、キャリントン家の部屋は満杯だ。

一日おきにフィオナの様子を見に来る執事のチェスターに、さすがに屋敷が心配になって聞いてみた。

「ローズブレイド家の方が大変ではないのですか。私が勝手を言って実家に帰ってきたのに、なんだか皆さんにお越しいただいて申し訳ないです。こちらにこんなに人出を割いていただいて、お屋敷の方は大丈夫なのでしょうか？」

母は使用人を気遣うことなど一切しない人なので、フィオナは心苦しい。それにメリッサは本当に死にそうなほど具合が悪かったと主張しているが、結果的には詐病《さびょう》だったようで……。

「フィオナばかり、贅沢して狡《ずる》いわよ。少しは親孝行してくれたっていいじゃない」

と開き直る。本当にローズブレイド家の使用人たちには申し訳ないことをした。

「問題ありませんよ。奥様」

チェスターはフィオナの言葉に、温かくも頼もしい笑みを浮かべた。それを見てフィオナは少し安《あん》堵《ど》する。いつの間にか彼を怖いと思う気持ちは消え、今では頼りになる相談相手になっていた。プロ意識が強く、気遣いに溢れているチェスターをフィオナは尊敬している。

「あの、それから、アロイス様はお元気でしょうか」

本当はどうしているのか聞きたいのだが、詮索はしない約束である。もどかしさを感じながら、フィオナがいつものように質問すると、チェスターが「わかっていますよ」というように口元を綻ばせる。

「とてもお元気です。奥様に贈られる花は、毎回旦那様が選んでいるのですよ」

フィオナが実家に帰ってから、アロイスからはほぼ一日おきにカードの添えられた花束が贈られてくる。記されているメッセージは『元気にしていますか』『不足はないですか』など一言なのだが、屋敷にいたときよりも気にかけてもらえているようで嬉しい。フィオナもチェスターが来るたび、一日の様子を数行書いてアロイス宛《あて》のカードを渡す。文通みたいでわくわくした。

そして、三日前についうっかり「公爵邸のふかふかのベッドが懐かしいです」などと書いてしまったら、次の日キャリントン家に業者が来て、最高級のベッドをフィオナの部屋に置いていった。フィオナの部屋は狭く、今はスペースのほとんどを高級ベッドに奪われている。さすがに嬉しさより、申し訳なさが先に立つ。そんな大それたものを要求したつもりはなかった。ただ帰りたい気持ちを表現しただけなのに。

フィオナの今の楽しみは、アロイスから贈られる花をめでながら、夫の流麗な文字で綴《つづ》られたカードを読むことだ。不思議と、今までよりずっと近くに彼の存在を感じる。

フィオナは夫からのカードを毎晩読み返し、小箱に大切にしまう。今まで、姉に奪われたり、捨てられたりするのが怖くて大切なものを持ったことがなかった。だが、今はその姉もいない。

（もう、大切なものを持っても大丈夫よね？）

屋敷が襲撃されたことで中断していた勉強も再開し、家庭教師も毎日のように来るようになった。フィオナはまだ自分の力不足を感じていたので、今まで以上に真剣に取り組んだ。

それからクロードとザカリア兄妹が遊びに来てくれた。最初、二人が遊びに来たときはメリッサが爵位を知って渋い顔をしたが、顔の良いクロードをかなり気に入ったようで、二回目からは積極的にお茶に加わるようになった。そういうときのメリッサはとても人当たりがよくて助かる。ハスラー兄妹はその後も何度か遊びに来て、王都で人気のカフェの菓子を土産に買ってきてくれた。

フィオナの毎日は意外にも充実していた。変わったのは屋敷だけで、ほとんど同じ人たちに囲まれている生活は思った以上に快適だ。母の愚痴には慣れているし、夫はもとより留守なので、フィオナの生活に不足はない。

それでも夜、部屋の明かりを落とすと、ふともの思いにふける。無残に破壊された屋敷の庭にリスや小鳥は戻ってくるのだろうか。ロイスはどうしているだろう。あの柔らかな陽の差す食堂で、またのんびりと食事を楽しめる日はくるのだろうか。今度はいつアロイスに会えるのか……。彼は二日に一度、花と短いメッセージを送ってくれるが、帰ってこいとは言ってくれない。

（早く家に帰りたい）

ここは実家のはずなのに、今では他人の家のように感じる。

フィオナはローズブレイド邸へ思いを馳《は》せ、眠りについた。

◇

そんなある日、チェスターがローズブレイド家に届いた一通の手紙を持ってきた。王家の印璽《いんじ》が押されたそれはフィオナ宛で、王妃グレースからのお茶会のお誘いだ。このことを知ったら、王室好きなメリッサはついてきたがるに決まっている。

「どうしましょう……」

困ったフィオナが、ポツリと呟く。

「奥様どうなさいました？」

マリーが目ざとくフィオナの様子に気づき声をかける。フィオナは茶会の招待状を見せた。

「母はついてきたがるだろうし、駄目だと言えば不機嫌になってしまうわ。そうしたら、皆に迷惑をかけてしまいます」

不機嫌なメリッサは手が付けられない。しかし、連れていくなどありえない。彼女は母というより娘のようなところがあり、少女がそのまま大きくなったような人だ。フィオナだけでなく、使用人にも当たるだろう。

「大丈夫です。お任せください。すぐにチェスターに相談いたします。奥様はぜひお茶会へ。ひとまずはメリッサ様には秘密にいたしましょう」

そう言って、マリーが頼もしい笑みを浮かべる。

その結果、王妃とお茶会当日はメリッサが王都で評判の演劇を見られるようにチェスターを通してアロイスが手配してくれた。これで母に知られることなく茶会に参加出来る。

――アロイス様、綺麗なバラをありがとうございます。

母の為《ため》に観劇の手配ありがとうございました。感謝しております。

もうすぐ王妃陛下とのお茶会です。

マナーのおさらいをして、粗相のないよう精一杯つとめます。

――フィオナなら、大丈夫ですよ。マナーなど気にせず、楽しんで来てください。

◇

その日のお茶会はまたも色とりどりのバラが咲き乱れる庭園で行われた。王妃と二人きりの非公式のお茶会はこれで二回目だ。優美な曲線を描くテーブルには、白の繊細なレースのクロスが敷かれ、香り高いお茶と上品な焼き菓子が載っていた。

「この間の夜会では嫌な思いをさせてしまったわね。エリザベス、困った子」

話というのは夜会でのエリザベスの非常識な態度のことのようだ。第三王女エリザベスはグレースの実子ではない。愛妾《あいしょう》の子だ。

「まったく、自由奔放な子でね」

と言い、グレースはからからと笑う。

さっぱりとした気性で、明け透けなもの言いをする。夜会での上品で隙のない姿とはまた違う。こうでなければ一国の王妃は務まらないのかもしれない。

「いえ、そんなことは……とても素敵な夜を過ごさせていただきました」

フィオナは言葉を探しつつ、選びつつ答えた。言った後にこれが正解なのか、不明瞭《ふめいりょう》ではなかったかと不安になる。

「そんなに固くならないで。今日はね、エリザベスとアロイスの婚約破棄に至った事情を話そうかと思って、あなたを呼んだのよ」

「……はい」

なぜ今更そんな話を王妃はするのだろうとフィオナは不思議に思う。それにアロイスはエリザベスに捨てられたわけだし、別に詳しく聞きたいとも思わない。

「実はね。あれ、アロイスから申し出たことなの」

「え？」

話が見えなくて、フィオナは目を瞬く。アロイスが捨てられたのでは？

「アロイスがエリザベスに愛想をつかして、婚約を破棄したいと言ってきたのよ」

彼は王家になんてことを言うのだろう。あまりのことに、フィオナは礼儀も忘れ、あんぐりと口を開けた。

「でね。体裁が悪いだろうから、私が捨てられたことにすればよいでしょう。なんて言うから、その通りにさせてもらったけれどね」

「……」

フィオナは固まった。

「やっぱりね。彼、あなたにも話していないのね。変なところ律儀《りちぎ》で、プライドが高いのよ。悔し紛れの言い訳に聞こえてしまうのが嫌だったのかしら。とは言ってもこれは今のところ極秘事項よ。一応ね」

グレースが艶やかに笑う。フィオナは返答に困った。そんなときは頷くしかない。

「原因はエリザベスにあってね。もともと容姿に自信があって、いろいろな殿方に色目を使う子だったのよ。それで、結婚前におかしな噂《うわさ》が立っても困るっていうので、遊学させていたの。そうしたら遊学した先で、ベテランの侍女をいつの間にか首にしていてね。若い侍女を金品で抱き込んで、連れていった護衛騎士といたしちゃったわけよ」

「いたしちゃった」の意味がわかった瞬間フィオナの頬が上気する。不敬にならないのなら、耳を塞《ふさ》ぎたいくらいだった。

グレースはそんなフィオナの反応を見て扇子で口元を覆い、「ふふふ」と笑う。

「まあ、何だかんだで、それがアロイスにバレたわけ。嫌になるわよね。もともと彼は、この縁談に乗り気ではなかったわけだから。それに、その護衛騎士も貴族の令息だし、そこそこの家格だから、アロイスが身を引く形でと言いだしたの」

「そうだったんですか」

アロイスがエリザベスを好きなのかと思っていた。だとしたら自分は全く彼の好みではないと、そう思っていた。エリザベスは女性らしい丸みのあるスタイルと艶《つや》を持っている。両方フィオナに足りないものだ。

王妃はアロイスがなぜエリザベスの婚約者になったのかも教えてくれた。もともと婚約者候補は四人いた。皆、名門貴族の子息か家督を継いでいる者たちだった。

「あの子ね。面食いなのよ。アロイスが一番見目が良いからって。彼も災難よね」

そこまで話すと王妃は紅茶に口をつけた。フィオナにも「これ、美味しいのよ」と言ってきつね色に焼けた美味しそうな焼き菓子を勧めてくる。勧められるまま口にした。舌に載せるとすっと溶けたが、話のインパクトが大きいせいか味がしない。辛うじてバターの香りが舌に残る。

「もちろん、この話は秘密よ。まあ、噂が広がり始めているから、そろそろ秘密ではなくなるだろうけれど。その頃にはエリザベスは北の最果ての辺境伯のもとに嫁いでいるわね。元護衛騎士との縁談も破談になったし、あっ、これもまだ秘密」

そう言ってグレースはウィンクを一つよこす。

「あの、どうして護衛騎士の方と上手《うま》くいかなかったのですか」

フィオナはその質問が不躾《ぶしつけ》かどうかを考える前に口走っていた。アロイスという素敵な婚約者がいながら、他の男性を求め関係を結んだのに、それまで捨ててしまうとは不思議だ。

「う～ん、問題はそこなのよ。エリザベスが、やっぱりアロイスが好きって言いだして、その縁談を蹴《け》っちゃったの。勝手なものよね。それもあって彼の結婚を急いだのだけれど、結局、手に入らないとなったら更に執着してしまったの」

だから、あの夜会で、エリザベスの手を無造作に振りほどいたアロイスを誰も非難しなかったのかと納得した。

「それで、急遽《きゅうきょ》、国内であの子の引き取り先を探したわけ。まさか王女を修道院に入れるわけにもいかないでしょ。それに外国の貴族に押し付けるわけにもいかないし」

フィオナはもう第三王女に関しては、何でもありのような気がしたが、とりあえず首肯した。

「事情はわかりました」

「そう、よかった」

王妃はアンバーに輝く瞳を細め、優美な微笑を浮かべる。フィオナはこれが今回お茶に呼ばれた理由なのだと思った。

「ときにあなた、アロイスと上手くいっているの？」

不意打ちを食らってフィオナの心臓は跳ねる。

「いえね。この間の夜会で、アロイスは仲睦まじい様子を装っていたけれど。なんだか、あなたがぎこちなくてね。ああ、緊張していただけなのならごめんなさい。私の勘違いね」

悪びれることなく、嫣然《えんぜん》と笑う王妃。フィオナなりに頑張って取り繕ったつもりだったが、バレていたようだ。グレースは二人が仮面夫婦だと確信している。フィオナは再び顔に朱が上るのがわかった。それでもアロイスに恥をかかせるわけにはいかない。

「あの……アロイス様にはよくしていただいて、その、私にはもったいないくらいです」

たどたどしいフィオナの返答を聞いて、王妃がからからと笑う。そして優雅に扇子であおぎなら、更に言葉を紡ぐ。

「いくら、エリザベスから婚約破棄されたからと言っても、公爵家だからそれなりに候補者の数はあったわ。結構選べたのよ。その中から、アロイスがなぜあなたを選んだのかわかる？」

またしても不意を打つ質問にフィオナは考える間もなく素直に答えた。

「うちに借金があるからですか」

その言葉に王妃が片眉をひょいと上げる。フィオナは言ってからしまったと思い、慌てて己の口を塞ぐ。しかし、それ以外考えられない。彼は素敵だから、他にも候補はいただろうことは気づいていた。

「あら、意外に冷静な子なのね。見た目はとても可愛らしいのに。彼と結婚して舞い上がっているのかと思っていたわ」

フィオナは王妃の言葉にどう反応していいのかわからない。こんなときどんな表情を作ればいいのだろう。戸惑いつつも口の端を上げ、微笑をキープする。きっと引きつっていることだろう。

「アロイスは若くして公爵家の家督を継いだ身だから、計算高くなければ、貴族社会を生き抜いていけないわ。エリザベスでこりているし、今度はあっさり弱みを握れて操りやすい家の娘を娶《めと》ろうと思うわよね」

王妃はそこまで一息で言うとフィオナの反応を見た。フィオナは驚くこともショックを受けることもない。なぜなら、王妃の言う通りなのだから。間違ってもフィオナの絵姿を見て一目ぼれをするなんて、夢物語はありえない。そこは貴族の政略結婚だ。

「はい。お恥ずかしい話ですが、キャリントン家はアロイス様のお陰で持ち直しつつあります。とても感謝しております」

フィオナがそう言うと、グレースの笑みに初めて温かみが籠る。

「あなたのことを試すような残酷なことを言って、ごめんなさいね」

フィオナは王妃の謝罪に驚いて、「いえ、本当のことですから」と言っておろおろした。王妃は上品な所作でカップを持ち上げ、紅茶を一口含むとまた語り始める。

「アロイスはね。家族と縁が薄いの。成人する前に両親を馬車の事故で亡くして、ただ一人の妹は里帰りもままならない遠い外国に嫁いでしまったわ」

アロイスの両親が馬車の事故で亡くなったのは知らなかった。彼は家族の話はしないし、フィオナも詮索はしない。ここは王妃の話に口を挟まないことにした。

「エリザベスともめでたく破談になったわけだし、今度は素敵な方と結婚をして、幸せな家庭を持てたらと思うの」

フィオナもそうなったらいいなと思った。ただ、その相手に自分は相応しくないのだろう。彼は心を開かない。王妃の言葉に途方に暮れた。

「フィオナ、あなたなら、きっと彼の支えになってあげられると思うわ」

「え？」

話が思わぬ方向へ行き、フィオナは戸惑う。

「彼は難しい人かもしれないけれど、安らげる場所を作ってあげて。お願いね」

「はい」

王妃に畳みかけられて、つい素直に返事をしてしまった。

「約束よ」

そう言って王妃は金茶の目を猫のように細め艶やかに笑う。

(どうしましょう。承ってしまったわ)

フィオナの心臓はとくとくとなる。

その後グレースと他愛《たわい》もない話をし、お茶とお菓子を楽しんだ。今度はちゃんと程よい甘さと芳醇《ほうじゅん》なバターの味がした。それでも、やはり王妃は少し怖い人だなとフィオナは思う。


——真っ白なユリとても素敵です。

お茶会で、いろいろなお話を伺いしました。お茶もお菓子もとても美味しかったです。もちろん、ローズブレイド家のお茶やお菓子も最高です。

フィオナは早速王妃との茶会の様子をカードで伝えた。すると次の日、美しい花束とともに返信が来た。

――この花の淡い色合いを見てあなたの姿が思い浮かびました。

茶会ではなんの話をしたのですか？　今度ゆっくり聞かせてください。

花にたとえられるなんて初めてだ。花束を腕に抱いた途端甘い香りが広がる。フィオナは今の思いをカードにしたためた。

――スイートピーとても可愛らしいです。

今度、ゆっくりお会い出来る日を楽しみにしています。

スイートピーの優しい色合いと甘い香りに包まれて、今夜はよい夢を見られる予感がする。

フィオナはスイートピーが気に入り、押し花を作ることにした。ただ初めての作業でどうやったらいいのかわからない。こういうことに詳しそうなアリアに相談すると、

「色が抜けないように作るのが難しいのですが、得意なのでぜひお手伝いさせてください」

と言ってくれた。

手間はかかったが、満足のいく出来栄えだ。仕上がった押し花は少し色が抜けて透明感を増し、繊

細な花びらが美しい。フィオナはしおりにして、彼から贈られたメッセージカードと一緒に小箱にしまう。宝物がまた一つ増えた。夫はいつか心を開いてくれるだろうか……。

◇◇◇

アロイスが執務室で仕事をしていると、キャリントン家にフィオナの様子を見に行っていたチェスターが戻ってきた。

「旦那様、奥様からのメッセージです」

フィオナの字は達筆とは言えないが大きくて丁寧で読みやすい。綴られていたのは、簡単な近況と感謝。フィオナの素朴《そぼく》な人柄を表している。いつの間にか彼女からのメッセージを心待ちにするようになっていた。

「奥様は旦那様から送られる花をとても楽しみにされています」

「そうか、良かった」

そう言われるとつい口元が綻んでしまう。彼女を思い花を選ぶのは楽しい。不思議とフィオナは華奢《きゃしゃ》で可憐《かれん》のような花も似合う気がした。いや、花に囲まれているのが似合うと言った方がいいか。なフィオナは、本人が思い込んでいるように地味ではない。

「旦那様、今後も奥様には事情をお知らせしないおつもりですか？」

チェスターが困惑気味に眉尻を下げる。

「ああ、今まで通りで」

そうは答えたものの、それが正しいとは思えない。今回のことは「詮索するな」で通すにはさすがに無理がある。チェスターとてそれは同じだろう。実家に帰るとフィオナが言いだしたときは、さすがに心中穏やかではなかった。

なんの瑕疵もない妻に、このような生活を強《し》いて申し訳なく思う。フィオナから感謝の言葉が届くたび、喜びを感じると同時に胸がズキリと痛む。今はまだ本邸に呼び戻してやれない。

アロイスは妻からのカードを大切に文箱にしまった。彼女と自分をつなぐ唯一の糸だから。


仕事の手を止め、暮れ始めた窓外に目を移す。アロイスはフィオナと初めて会った日のことを思い出していた。

王宮庭園での顔合わせ当日、フィオナ・キャリントンの美しさに一瞬目を奪われた。

ここぞとばかりに着飾った父母に連れられて、おどおどしながら現れた彼女は、陽の光に透ける金髪に白い肌、澄み切った青い海のような瞳を持つ、稀《まれ》に見る美少女だった。

「キャリントン伯爵家次女フィオナと申します」

ぎこちないカーテシーとともに震える声で挨拶する彼女は、冴《さ》えない絵姿とは別人だ。

だが、腕はか細く気の毒なほど痩《や》せていて、年頃の貴族令嬢であるにもかかわらずあまり髪の手入れもされていない。そして荒れた手を恥ずかしそう隠す姿に胸が痛んだ。

「あらあら、今日の主役の娘には安物を着せて、伯爵夫妻は随分張り込んでいるのね。衣装や飾りが眩《まぶ》しいくらいだわ」

王妃が呆れたようにアロイスの耳元で囁いた。アロイスはフィオナの現状と支度金がどう使われたのかを理解し不快に思う。


しばらく茶を飲んだ後、一緒に庭園を散歩したフィオナは、異性と話すのは初めてのようで、途方に暮れていた。アロイスはいまどきこんな娘がいるのかと内心驚いていた。聞けば、彼女は夜会にも出たことがないと言う。

「あの、こういう場は不慣れなので何か失礼がありましたら、おっしゃってください」

と心細げに青く美しい瞳を揺らしながら言う。

「そんなことはありません。楽になさってください」

「は、はい……」

緊張して俯きがちな彼女は、今にも逃げ出してしまいそうだった。それでも健気《けなげ》に精一杯の笑顔を浮かべている。

散歩も終わりに近づく頃、フィオナは支度金のお陰で素敵なドレスが作れたと、ぎこちないが心が籠った礼をして、晴ればれとした笑顔を浮かべた。アロイスは、彼女がここに来てからずっとドレスの礼をしたかったのだとわかった。

気立ての良さそうな彼女を守れるだろうかと一瞬気持ちが揺れたが、マコーレ・レイノールに嫁ぐよりましだろうと考えた。それが自己満足なのは承知の上で……。


散歩から戻ると、顔合わせの場は早々にお開きとなり、キャリントン家は帰っていった。アロイスは「もう少し」と王妃が引き留めるので、付き合うことにした。

「あの娘、あまり教育を受けた形跡はないわね。マナーも教養も怪しそうだし。夜会にも出たことがないらしいけれど、ダンスは踊れるのかしら？」

グレースが首をひねる。

「それについては家庭教師をつけようかと思っています。こちらとしては結婚式までに形になればいいので」

アロイスの言葉にグレースが軽く目をみはる。

「あらあら、随分肩入れしているわね。まあ、美人で気立てがよさそうな娘《こ》だし。それにしても露骨な親だわ。最初から、爵位のない金持ちに嫁がせるつもりで教育していないのね、きっと」

王妃が呆れたように言う。

「ええ、しかし、彼女には境遇による翳《かげ》りがありません」

フィオナにはジメジメした暗さがない。清楚《せいそ》な雰囲気で、澄んだ青い瞳は明るく穏やかだ。

「確かにマナーがなっていないわりには不思議と品のある娘ね。儚《はかな》げな見た目だけれど結構図太いのかしら」

と言って王妃はからからと笑う。思っていたより気立てが良さそうなのが気になるが、図太い娘はローズブレイド家には大歓迎だ。

フィオナと別れたあと、彼女が一度もアロイスに媚《こび》を含んだ目を向けなかったことに気がついた。

第三章　フィオナのわくわく新生活　～二人の距離～

王妃との茶会のあった五日後、かねてから招待されていた夜会に予定通り出席することになった。夫婦揃《そろ》っての招待とあって、さすがにメリッサもついてきたいとは言わなかった。

いつものようにマリーやアリアに世話をされ、クリーム色の地にキラキラと光る金糸の刺繍《ししゅう》が施された華やかで洒落《しゃれ》たドレスに着替え、髪を高く結ってもらう。支度を終えるちょうどその頃《ころ》、アロイスがキャリントン家に迎えにやって来た。フィオナはアロイスに手を取られ、馬車に乗る。

「フィオナ、久しぶりだね」

向かい側に座る彼がそんなことを言う。確かに本当に久しぶりに夫の綺麗《きれい》な顔を見る。だが、よくよく考えてみれば、本邸に住んでいたときもあまりアロイスとは会っていないので、何の違和感もなく日々を過ごしていた。

「そうだ。今日はザカリアとクロードは来ないから」

「それは、残念です」

彼らに会えるのを楽しみにしていたので、フィオナはがっかりした。その様子を見て、アロイスが苦笑しているとも気づかずに。

今晩はキャプラン家というローズブレイド家と並ぶ家格の公爵邸での夜会だ。アロイスは挨拶《あいさつ》が済むとすぐに呼ばれてしまう。彼はいつでも忙しい。仕事は通訳ばかりではなく、いろいろと交渉ごとなどがあるようだ。

「フィオナ、すぐに戻るから」

そう言いおいて、アロイスは離れていく。

フィオナは緊張して喉《のど》が渇いていたので、さっそく飲み物をもらうことにした。果実水で喉を潤している間に、彼も戻るだろう。

しかし、彼女は飲み物を取りに行く途中で、派手に着飾ったご婦人方に囲まれてしまった。こんなことは初めてだ。

「あら、まあ、奥様今日もお美しい」

と社交辞令《しゃこうじれい》から始まったかと思えば、いきなり質問攻めにあう。

(誰《だれ》？)

フィオナは彼女たちを知らない。王族及び公爵家と侯爵家の人間は憶《おぼ》えているので、伯爵家以下の人たちだというのは辛うじてわかる。

「旦那様《だんなさま》とはどうですか？」

とピンクのドレスを着た婦人が言う。

「えっと、どうとは……？」

いきなり漠然とした質問をぶつけられて面食らった。それともこれも社交界での挨拶の一種なのだろうか？　フィオナは戸惑い、不思議そうに首を傾《かし》げた。

「いやですわ、奥様。新婚生活に決まっているではないですか。お二人でどこかにお出かけになることはあるんですの？」

今度は黄色いドレスを着た婦人が口を開く。

「え？」

「そうそう、お忍びで外へお食事に行くとか」

これは緑のドレスの婦人。

「お食事ですか？」

「そうですわ。閣下は何がお好きなのですか？　お二人は王都でどのようなお店へ行かれますの？」

（そんなこと知らない。結婚してから出かけたこともないし。どうしましょう）

フィオナは内心焦って、頬《ほお》を赤らめる。彼女は王都にある貴族の行く料理店の名前すら知らないのだ。このご婦人たちをどう躱《かわ》せばよいのかわからない。それどころか慌ててしまい、彼女たちが不躾《ぶしつけ》だということにすら気づかなかった。

「閣下はいつも微笑《ほほえ》んでいらっしゃるのに、ご自身のことはあまりお話しなさらないようですし、私生活を窺《うかが》わせない方でしょう？　私共としましても気になってしまいまして」

と赤いドレスの婦人がずけずけと言う。

「気になってしまいまして」と言われても困る。フィオナだって彼のことは知らないのに。そうこうするうちに、あっという間に好奇に満ちた四対の視線に囲まれてしまった。

ローズブレイド家で詮索《せんさく》は禁止だから、フィオナは夫の行動は気にしないようにしている。それなのに彼女たちはお構いなしに社交慣れしていないフィオナに畳みかけてくる。

「お二人で共通のご趣味とかあるのですか？　観劇とか何がお好きですの？　王都の店でお二人の姿をお見かけしたことが一度もないのですが、いつもどちらへ行かれているのです？」

「え、あの」

まさか、「どこにも行ったことはありません」とは言えない。

「その素晴らしいドレスのお値段はいかほどですの？　それから、夜の方ですとか……」

興味津々《きょうみしんしん》の様子で根掘り葉掘り聞いてにじり寄ってくる。

「えっと」

彼のことを何も知らない。私生活のことを聞かれると本当に困る。何せほとんど会ったことのない夫なのだから。ドレスの値段なんて知らない。きっと目が飛び出るほど高いのだろう。それに夜の方って何？

フィオナはたじたじになった。いつの間にか彼女たちのやり取りに野次馬が集まってきていた。周りの者たちがフィオナたちを興味深そうに注視している。どうやら、アロイスは社交界で話題の中心人物のようだ。

「あの、申し訳ないのですが、わ、私は」

「フィオナ、どうかした？」

頭上から降ってきたアロイスの声に救われた。

「アロイス様！」

彼はフィオナを庇《かば》うようにさり気なく前に立つ。

「うちの妻になにか？」

アロイスが微笑みを浮かべ、そう問うただけで、婦人たちは愛想笑いを浮かべ蜘蛛《くも》の子を散らすように消えた。これが威厳というものかと感心する。フィオナは舐《な》められているのだろう。彼といるときにこのような目に遭ったことはない。更に言えば、ハスラー兄妹といるときも。しかし、アロイスはそのことに関して何も言わず。

「フィオナ、喉が渇かない？　飲み物を取ってこようか？」

と穏やかな口調で聞いてくる。それだけでフィオナの気持ちは鎮まってきた。

「アロイス様、私も一緒に行きます」

彼のそばから絶対に離れないという決意を込めてフィオナが言う。アロイスはそんな妻を見て微笑んだ。


夜会が終わりほっとしたのも束の間、帰りの馬車でアロイスに突然切りだされた。

「屋敷はまだ片付いていないので、南のうちの領地でのんびりしていてください。ルクレシアと言って景色《けしき》も気候も食べ物も素晴らしいところだよ」

薄暗い車内で、いつもの微笑を浮かべて。ショックだった。このまま王都から追いやられてしまうのだろうか。それに今度は別邸どころではない遠さだ。勝手に実家に帰ったのが悪かったのだろうか……。フィオナの気持ちはずぶずぶと沈み込みそうになる。

「あの、それで、私はもう王都の屋敷には戻れないのでしょうか？」

詮索するなと言われても、口をついて出てしまった。アロイスはフィオナの言葉に軽く目をみはる。

「いや、だから、本邸が片付けばもちろん戻ってもらう。社交もしなければならないからね」

アロイスの言葉に力なく頷《うなず》いた。今のところフィオナが社交の役に立っているとは思えない。しょんぼりと肩を落とした。

「夜会でご婦人方に囲まれていたけれど、何か不快なことでも？」

そう聞かれ、フィオナは首を振る。別に意地悪をされたわけではない。彼女たちの質問に上手《うま》く答えられない自分が情けなかっただけだ。

「そういう訳ではありません。ただ、旦那様のことを聞かれました」

「私のことを？」

「はい、でも私はアロイス様のことは何も知らなので、上手く答えられなくて」

「ああいう輩《やから》を相手にする必要はないよ」

アロイスがきっぱりと言う。彼の言わんとしていることはわかる。しかし、フィオナはこの際だから、疑問に思っていたことをぶつけてみることにした。南の領地に行かされたら、次は彼にいつ会えるかもわからないのだから。

フィオナは膝《ひざ》の辺りでドレスをぎゅっと掴《つか》むと意を決してアロイスに質問する。

「あの、アロイス様。詮索をしてはいけないというお話ですが、何をどこまででしょうか？」

「え？」

「私は、あなたのことを何も知りません。だから、先ほど夜会でアロイス様のことを聞かれても何をどう答えてよいのかわかりませんでした。例えば、好きな食べ物とか好きな本とか、観劇には興味があるのかとか、そういうことが知りたいのです」

フィオナが勇気を出して震える声で素直な気持ちを告げれば、ふと彼の口元が緩んだ。

（笑っているの？）

彼女の視線に気づいたアロイスが、苦笑する。

「いや、すまない。笑いごとではないね。そんなことまで秘密にするつもりはないよ。いらぬ気を使わせてしまったね」

穏やかな口調でそう言った。フィオナはほっとしたというより、早くに聞けばよかったと後悔した。何というかアロイスには王妃に似た近寄りがたさがある。いつも微笑んでいるのに一度拒絶したら二度と口を利いてくれないような、そんな怖さがある。

「詮索してほしくないのは家にまつわることだよ。それから仕事のこと。どこへ出かけるのかとか。そうだね。差し支えないときは君に言うというのはどうだろう？」

とアロイスは言ってくれた。

「本当ですか？」

フィオナは目を瞬いた。彼が譲歩してくれている。この人でも譲ることがあるのだと驚いた。本邸が襲撃されたときはかたくなで、こうして話してくれるとは思わなかった。

フィオナは早速どういう本が好きなのか聞いてみた。彼の好きな本をフィオナも読んでみたいと思った。それで少しでも彼に近づけるのならばと……。しかし、アロイスはフィオナの知らない難しい経済の本の名前をたくさんあげた。かなりの読書家のようだ。フィオナには読むのはちょっと無理そう。早速質問を変えることにした。

「あの観劇は？　好きな劇とかありますか？」

彼が好きならば見てみよう。

「いや、付き合い程度で興味はないよ」

「音楽は？」

好きならば勉強しようと思った。

「たしなむ程度だね」

「趣味はなんですか？」

「読書と仕事かな」

「……」

彼の読む本は難しすぎて、仕事のことは詮索出来ない。もうフィオナの質問は食べ物の好き嫌いに関してしか残っていない。しかし、彼は好き嫌いはないと答えた。いまのところ共通点は何一つない。

(それって結局、彼の好きなものがわからないわけで、やっぱり共感し合えないってこと？)

少し悲しくなる。

そしてローズブレイド家の立派な馬車はキャリントン家の粗末な門扉《もんぴ》の前に着いた。まるで時間切れのように。

アロイスは、先に馬車から降りてフィオナの手を取った。強い視線を感じ、ふと顔を上げると、彼の真摯《しんし》なエメラルドの双眸《そうぼう》に見つめられていて、フィオナはどきりとした。

「フィオナ、君とは縁あって夫婦になった。私はこれから先少しずつ君と知り合っていけたらと思っている。まだ先は長いのだから」

真剣な声、そこにはいつもの作り物めいた笑みは貼《は》り付いてはいない。口を引き結び、凛《りん》とした表情を浮かべている。本心を言ってくれているのだと感じた。

「まだ、先は長いのだから」という彼の言葉が思いのほか心に染みる。フィオナと離縁する気などないのだ。そのことに安堵《あんど》した。

少しずつ知り合っていけたらとアロイスは言ってくれている。共通点はないけれど、これから先二人の距離は縮まっていくのだと期待してよいのだろうか？　だとしたら、今日の夜会は大きな進展だ。

彼には質問しても大丈夫。詮索さえしなければ……。でもそれは意外に難しいことだと、フィオナは気づいた。

◇

彼を乗せた馬車は角燈《かくとう》を揺らし夜の闇《やみ》に沈む街へと去っていく。

ローズブレイド邸に帰るのか、それともフィオナの知らないどこかへ向かうのか……。

春が終わりを告げる頃、フィオナはガタゴトと田舎《いなか》道を馬車に揺られ南に向かっていた。

いろいろなことがあったので長く感じていたが、結局実家にいた期間は二十日にも満たない。父が実家に戻るタイミングで、フィオナは南の領地へ向けて旅立つこととなった。

家を出る時、父母にごねられるのではと心配していたが、意外にすんなりと出発出来た。アロイスがきっと上手く言ってくれたのだろう。

「お前の旦那様は、その、なんというか……若いのに随分しっかりしていて気性が強そうだ」

と言う父の顔が、なぜか若干引きつっているように見えた。

車窓にはのどかな田園風景が広がり、青々とした緑が眩《まぶ》しい。土埃《つちぼこり》が舞い、草の香りが漂う。そのうち、景色にも飽きてフィオナはいつの間にかうとうとしていた。馬車の旅は快適だが、道が悪く、ひどく揺れるので刺繍にも読書にも向かない。揺れに身を任せ、いつしか気持ちよくまどろんだ。

そして、馬車に揺られること数日、フィオナは海辺の街に着いた。公爵領の飛び地、ルクレシアーナ領の領都である海辺の街ルクレシアだ。ここは国の東南に位置しており、王都カーナヴォンよりずっと暖かく、避寒に来る富裕層も多いと聞いている。

フィオナは白い石造りの屋敷の前に馬車から降り立った。王都にある屋敷より少し小さな感じがするが、街を見下ろす丘の上に建つ白亜の建物は、舞い降りた白鳥のように美しい。優美であるのに、南国を象徴するかのような開放的な雰囲気を纏《まと》っている。フィオナは一目で気に入った。


敷地に入った途端、使用人揃ってのお出迎えにすっかり恐縮してしまう。なかなか慣れない。

この屋敷の執事ジェームズに案内され、マリーとアリアを伴って吹き抜けとなっている広いエントランスを抜け、中央階段を上る。

「随分中は明るいんですね」

そこかしこから光が差してくるさまは壮麗だ。

「ええ、こちらの屋敷は王都の邸宅の重厚な雰囲気とは異なり、開放的な造りとなっております」

と言って、ジェームズが感じの良い笑みを浮かべる。

壁や床にところどころ使われている磨き込まれた大理石が美しい。

フィオナがきょろきょろとしながら、ジェームズについて廊下を奥へ進んでいくと、この屋敷の主寝室と思われる両開きの扉の前についた。

「こちらが、奥様のお部屋でございます」

ジェームズが扉を開くと、広く贅沢《ぜいたく》な空間が広がっている。フィオナお気に入りの寝心地のよい天《てん》蓋《がい》付きのベッドがあり、大きな窓のそばには、涼しげな籐《とう》家具のテーブルセットが置いてあった。

部屋の中に足を踏み入れると、主《あるじ》を歓迎するように色とりどりの花々がそこかしこに飾られていて、甘く爽《さわ》やかな香りを運んでくる。そして正面の大きく開いた窓の向こうにはカラフルな屋根を持った家並みが続き、その先に煌《きら》めく海が一望出来た。そよぐ風が、大きな窓にかかるレースのカーテンを揺らす。フィオナは心地の良い風を頬に受けた。

「街の高台にありますから、景色は最高です」

ジェームズが微笑む。

「本当に素敵ですね」

想像以上の素晴らしい部屋だ。王都の部屋とはまったく違う明るい雰囲気に気持ちが浮き立つ。しかし、頭の片隅では、やはりアロイスとはここでも別室なのだなと思う。

「そしてこちらの扉ですが、お隣の旦那様の部屋とつながっております」

ジェームズが左手の壁にある扉を指し示す。そこでフィオナは現実に引き戻される。どこかで見た光景だ。

「しかし、この扉は開けてはいけません。とは言っても鍵《かぎ》がかかっていますので開けるのは不可能でしょう。旦那様に用事があるときは、この部屋のドアではなく、廊下側の正面扉をノックしてくださいませ」

以前、チェスターにされたのと寸分違《たが》わぬ説明だ。屋敷や景色の美しさに浮き立っていた気持ちが途端にシュッと萎《しぼ》む。少しはアロイスと近づいたつもりでいたのにここでまた現実を突きつけられた。

「不公平だわ……」

フィオナの口からぽろりと本音が零《こぼ》れた。

「はい？」

ジェームズが不思議そうに目を瞬く。ここの執事はチェスターより若く、ずっと表情豊かだ。

「普通は鍵って女性の側からかけるものだと思います。私も内鍵をつけようかしら……」

フィオナがそう呟《つぶや》いた途端、場の空気が凍る。いつも冷静なマリーも明るいアリアも固まった。そのときになって、ようやくフィオナは自分の失言に気づく。彼らを困らせたかったわけではない。ただ思いつきを口にしただけだった。

「ごめんなさい！　今のは、ちょっと不思議に感じて言っただけなので、忘れてください！」

慌てて取り消した。使用人たちは、目に見えてホッと胸を撫《な》で下ろす。ここの使用人たちは皆フィオナとアロイスが上手くいくことを望んでいるようだ。それは肌で感じている。

なるほど、領地については、夫の言葉に嘘《うそ》偽りはなく素晴らしい場所だ。だがおそらく王都の屋敷はとっくに片付いているのだろう。正直、王都から追いやられたのかなという思いは拭《ぬぐ》えない。だが、アロイスはフィオナにもキャリントン家にもとても良くしてくれていた。

（ロイス……）

ふと屋敷に馴染《なじ》む前から懐いてくれた小鳥を思い出すと切なくなる。マリーによるとアロイスがまた小鳥が来るようにと木を植えてくれているという。きっと思いやりのある人なのだろう。彼との短い手紙のやり取りで、フィオナはそう感じるようになっていた。

約束を律儀《りちぎ》に守る誠実さと隠しごとを持つ不実。どうやって心を開かせよう。とりあえず複雑な夫の難しい問題は棚上げにした。せっかく素敵な領地にいるのだから。

アロイスはこの屋敷にも十分な数の使用人がいるのに、マリーやアリア他数人の馴染みの使用人をつけてくれた。更にフィオナの好みに合うように部屋まで改装し、私設騎士まで彼女の護衛のためにつけてくれた。至れり尽くせりで不満の言いようがない。

それならば海辺の街ルクレシアで新たな快適生活を過ごそう。箱は変わったが、周りの人たちは気持ちの良い人たちばかりでほとんど変わらない。

そして、ここはもうフィオナの実家ではない。母の不平不満を聞くこともないし、こんなに遠くなら、姉のイーデスが訪問してくることもないだろう。フィオナは、不意にとてつもない解放感に見舞われた。王妃との約束もすっかり忘れてしまうほどに。

大きな窓から見える美しい景色に心が躍る。心地の良い風がふわりと部屋に流れ込み、微《かす》かに潮の香りが漂う。

フィオナは広がる景色と南国特有の眩しい日差しに目を細めた。

「奥様まずはお茶を飲みませんか？　それから屋敷を見て回りましょう」

マリーが気を利かせて茶の準備を始めてくれる。

「ここのお庭は眺めがよくて、広くてとても綺麗なんですよ」

目を輝かせてアリアが言う。どうやら彼女自身も見に行きたいようだ。

「リスや小鳥も来るかしら」

フィオナは早くも南国の開放感にわくわくし始めた。

ジェームズに案内され、白亜の建物を回った。大小二つの食堂、小サロン、大サロンに案内される。主要な施設はすべて、一階と二階にあり東側の廊下の隅にある階段を上がると使用人たちの部屋になっている。

そして円柱の並ぶ回廊に囲まれるように中庭があり、錬鉄《れんてつ》製の洒落たテーブルセットが置かれていた。緑の芝生《しばふ》に程よい木陰、壁には緩く蔦《つた》が絡まりいい雰囲気だ。

「とても素敵……」

フィオナが呟くと、

「奥様、屋敷は広いのでいったん休憩を挟みませんか？　あの中庭で」

マリーが微笑みながら絶妙なタイミングで声をかけてくれる。彼女はフィオナが蔦の這《は》う中庭に心惹《ひ》かれていたことに気づいていたのだ。

「はい、ぜひ」

一も二もなく頷いた。

「そうおっしゃると思っておりました」

ジェームズが明るい笑みを浮かべる。

いったん休憩を挟んでから、大きな図書室や遊戯室などに案内してもらった。だが、それ以外の場所は手入れが行き届いていないから、行かないようにと言われた。

確かに広い屋敷ではあるが、これだけ多くの使用人がいて、手入れが行き届かない部屋がいくつもあるというのは不思議だ。しかし、この頃にはローズブレイド家の隠しごとにすっかり慣れていたので、フィオナは別段気にも留めなかった。


ルクレシアについて三日を過ぎると、フィオナは早くもこの屋敷に馴染んできた。ここの執事のジェームズはいかめしい雰囲気のチェスターと違い、気さくで陽気だ。若いアリアも交えていろいろ話をした。フィオナはそこで初めて、執事や侍女を養成する学校があることを知った。

「知らなかったわ。みんなそういう学校を卒業したのね。てっきり先輩について教わるのかと思っていたわ」

いわゆる行儀見習いというやつだ。フィオナの場合、逆に彼らから行儀を教わった。

「はい、大半のお屋敷はまだそうだと思います」

とアリアが答える。

「だいたい学校に通うのは、下位貴族や商家の次男次女以下の者が多いです」

どうりで、公爵家の使用人は皆威厳があるはずだ。それにフィオナより、ずっと教養があり、礼儀作法も完璧《かんぺき》だ。そして隙《すき》がない。

フィオナの家も傾く前は、二、三人メイドを雇っていたと思う。もちろん普通のメイドで侍女や執事とは社会的な地位も立場も違うし、立ち居振る舞いもここの使用人たちとは雲泥の差だ。キャリントン家の使用人たちは母のメリッサと喧嘩《けんか》をして出ていってしまったり、姉イーデスと上手くいかなかったりで、しょっちゅう代わって誰もいつかなかった覚えがある。

そういえば、彼らは不平不満の多い母と上手《じょうず》に付き合っていた。キャリントン家を引き上げるときには、

「マリーは気が利くし、チェスターは紳士でいいわね。あなたは別に出ていってもいいから、マリーとチェスターを置いていってくれない？　なんでかうちで雇うメイドはやめちゃうのよね」

と母に言われた。二人はアジサイのように様変わりするメリッサの気分に動じることなく接していた稀有《けう》な存在だ。

昼食が済むとフィオナは、ジェームズの案内で庭へ出た。

「奥様、お帽子をお忘れです」

マリーに今日のドレスに合わせた真っ白な帽子をかぶせられた。

「こちらは王都よりも日差しが強いのでお気を付けください」

アリアには凝った刺繍が美しい日傘《ひがさ》を渡される。ここでも日に焼けてはいけないのは一緒だ。

思った通り高台にある庭は広く見晴らしもいい。鮮やかな緑で溢《あふ》れ返ってはいるのだが、なぜか色が少ないとフィオナは感じた。せっかく開放感がある場所なのに、どこか王都の公爵邸と似通ってい

る。なんというか固い印象だ。

フィオナは庭に花が極端に少ないことに気づいた。屋敷の中は、鮮やかな南国の花で綺麗に飾られているのに、なぜか庭には花がない。王都の屋敷もそうだ。

少し歩くと、茂みの先に木造の小屋が見えてきた。フィオナはそこで庭師のアダムスに紹介された。茶色の髪にこげ茶の瞳を持ち少し日に焼けた明るい感じの青年だ。その小屋は彼の仕事場だという。中を少し見学させてもらったが、堆肥《たいひ》や造園作業に必要なものがところ狭しと置いてあった。

ジェームズはまだ仕事があるのでと屋敷に戻り、ここから先はアダムスに庭を案内してもらう。彼はこの地方特有の木や草の名前を教えてくれた。

「奥様、この時期ですと、ちょうどあちらに月桂樹《げっけいじゅ》の花が咲いていますよ」

見ると白黄色の小花が群れて咲いている。

「月桂樹の花は初めて見ます！　随分可愛《かわい》らしいのですね」

フィオナはその姿にいたく感動した。木に咲く花の姿はとても優しい感じがする。

花は好きだが、それほど詳しくはない。そして、今まで草木にそれほど興味を持ったことはなかったが、庭師の話は面白く、知らない世界の話に次第に引き込まれていった。

午後のお茶の時間には、ジェームズが庭でハイビスカスティーを入れてくれた。ガラスの茶器で淹《い》れられたそれはルビー色が美しい。真っ白なティーテーブルに赤い影を落とす。

「色が綺麗……、それにとても美味《おい》しいです」

フィオナが目を輝かせる。ほのかな甘味があり爽やかで飲みやすい。

「肌に良いのですよ」

アリアが教えてくれた。

「ここのお庭はとても素敵ですね。でも、花が少ないような気がするのだけれど、どうしてですか？」

フィオナは、先ほど思いついた疑問をぶつけてみた。考えてみれば大きなお屋敷はたいてい温室を持っている。そういえばローズブレイド家は王都にもこの別邸にも温室を持たないし、花壇もない。あれだけ大きな屋敷なのにもったいないとフィオナは思った。

「旦那様が、必要ないとおっしゃるので」

「えっ？」

ジェームズの言葉にフィオナはびっくりした。アロイスはよく花を贈ってくれたので、彼も花が好きなのかと勝手に考えていた。

「アロイス様は、花がお好きではないのですね」

先ほど庭で花壇によさそうな場所を見つけていたので、フィオナは少しがっかりした。

「いえっ、決してそういうわけではなく。あの、その……」

ジェームズが慌て始めた。ふと視線をアリアに移すと彼女も困ったような顔をしている。これはこの家では触れてはいけない話題のようだ。仕方がない、庭に花を植えるのは諦《あきら》めよう、また他の楽しみを見つければいい。

「奥様から旦那様に花を植えるようにお願いしてみてはいかがでしょう」

マリーの言葉にフィオナは目を瞬いた。

「聞いてくださるかしら？」

自信がない。彼はだめなものはだめときっぱりと言う人だ。当たりの柔らかさの裏に鋼のような硬さを秘めている。

「大丈夫ですよ。奥様のお願いなら、聞いてくださいますよ」

と言ってマリーが微笑む。きりっとした中にふと見せる彼女の優しさにフィオナの心が動く。

「いい考えだと思います」

そう言ってアリアも背中を押してくれた。

後で、アダムスにそのことを伝えると「花を植えられるようになったら、楽しみです」と朗らかな笑みを見せた。フィオナの心は決まった。


フィオナは夕食が済むと屋敷の図書室へ向かった。花の図鑑を見に行くのだ。この地方にはどんな花が適しているのだろう。わくわくしながら図鑑を開く。精緻《せいち》に描かれた花の絵が美しい。

フィオナはその夜、図鑑を持って寝室へ行った。

花を植えたいと言ったら、アロイスはなんと言うだろう。明日は彼に手紙を出そう。もし、許可が下りたら、フィオナは自分でも花を育ててみたいと思っていた。こんな風光明媚《ふうこうめいび》な場所で、部屋に籠《こも》って刺繍ばかりしているのはもったいない。

ここは王都から遠く、一日おきにアロイスから届いていた花とカードは来ない。手紙を書いてもいつ返事が来るかわからないが、フィオナは図書室の本で花の勉強をしながら、ゆっくりと気長に待つつもりでいた。


ルクレシアでの生活がスタートして、気づけば半月が過ぎていた。フィオナは今までの人生で一番の解放感を存分に味わっていた。

夕方になると海から吹く風が潮の香りを運んでくる。窓から緩やかに入ってくる風がこんなにも心地のよいものだとは思わなかった。高台にある屋敷の食堂やサロンから海に沈む夕日を眺める。そんな時刻に静かに食事をすることが至福となっていた。ちょっと一人では味気ない気もするが……。


王都で仕立ててもらったお気に入りの着心地のよいモスリンのシュミーズドレスを身に纏い、部屋で就寝前のひと時を過ごす。フィオナはここに来て覚えたハーブティーを飲みながらくつろいでいた。侍女たちには下がってもらっている。すぐに休むつもりが、いつの間にか夢中になって植物図鑑を読みふけっていた。するとドアをノックする者がある。

アリアかマリーだろう。

「どうぞ」

声をかけるとカチャリと扉が開く。フィオナはふわりと香る花の匂《にお》いに、目を上げる。久しぶりにアロイスから、手紙と花が届いたのだろうか。ここから王都までは遠い。いつの間にか彼との文通も途絶えていた。

「フィオナ、元気そうだね」

低く柔らかく、笑いを含んだ声が響く。開いた扉の先では、花束を手にし、貴公子然としたアロイスが微笑んでいた。その面差《おもざ》しは相変わらず輝くばかりに美しい。彼が身に纏う深緑の上下が、エメラルドの双眸を引き立てている。

しかし、フィオナは突然のアロイスの訪問に呆気《あっけ》にとられ、不思議そうに目を瞬く。

「あれ？　アロイス様……」

(何しに来たの？)

フィオナはアロイスの訪問に首を傾げた。ほどなくしてここが彼の屋敷であることを思い出す。そういえば、この屋敷で彼と会うのは初めてだ。ほんのりと懐かしい。思えばフィオナは随分長く放置されていた。もちろん、彼がキャリントン家の恩人であることは忘れていない。フィオナは慌ててアロイスにかけるべき適切な言葉を探しつつ、椅子《いす》から立ち上がり彼の元へ行く。

そういえば、以前王妃グレースから彼に安らげる場所を作ってあげてと頼まれていた。「いらっしゃいませ」ではおかしい。だから……。

「お帰りなさいませ」

すると彼は深緑の瞳《め》を細め、笑みを深める。フィオナはいつももらうものよりも大きめの花束をアロイスから受け取った。いくつもの大輪の花をレースフラワーが引き立てている。夜気に香るバラに気持ちが浮き立つ。フィオナは丁寧に礼を言った。

「ちょっと早いけれど、フィオナ、誕生日おめでとう」

「えっ」

フィオナは明日、自分が十八歳になることを思い出した。そういえば、家が傾く前は、誕生日にはいつもより少し豪華な料理を食べた覚えがある。

こんなふうに誰かに誕生日を祝われたのは初めてだ。戸惑いと嬉《うれ》しさが同時に溢れてくる。

「ちょっと部屋を見せてくれないかな？」

花束をもらった余韻《よいん》に浸っていると夫がそんなことを言う。

「はい？」

フィオナはきょとんとした。部屋に入れてくれではなく、見せてくれ？　なぜ、部屋の中など見たいのだろう。フィオナは戸惑いながらも戸口から退《ど》いた。とりあえず花束をテーブルに置き、花を生けるための花瓶を用意しなければ。


そこへずかずかとアロイスが入ってくる。女性の部屋に入るときには、男性はもっと気を使うものだと思っていた。フィオナは彼の態度に驚き、いつも紳士な夫らしからぬ行動に少々不満を抱いた。いったいどうしたというのだろう。

しかし、彼がこの家の主であるのだから、何も言わないことにした……つもりだった。

アロイスは、左の扉の前でぴたりと立ち止まる。彼とフィオナの部屋をつなぐドアだ。フィオナは彼のその行為にふつふつと怒りが湧《わ》いてきた。なぜなら彼の意図が読めた気がしたからだ。

「アロイス様、それは何をなさっているのですか。まさか、私がドアを開けようとしたなどと疑っているのですか？」

フィオナの声が珍しくとがる。

「違うよ。フィオナ、誤解だ。君を疑ったりしていない」

彼は平然とした態度でフィオナを顧《かえり》みることなく、ドアの周りを検《あらた》めている。それが火に油を注いだ。

「なら、どうして扉を調べているのですか？」

フィオナが自分よりずっと背の高い夫ににじり寄る。

「いや、それは……」

妻の異変に気づいたアロイスがはっとして振り返るが、どうにも歯切れが悪い。

フィオナは詮索しないという夫との約束をちゃんと守ってきた。結婚式当日の夜、彼が出かけてしまって一晩帰ってこなくても、どこに行っていたのかなんて聞いたりしなかった。

それ以降も彼が帰ってくることはほとんどなく、王都の屋敷で放置され、謎《なぞ》の襲撃で郊外の別邸に送られた挙句、実家から南の領地に直送され、再び放置された。それでも詮索するような真似《まね》などしてこなかった。それなのにどうして？

アロイスに疑われている。悔しくて悔しくて頭にきて、気がついたら、フィオナはぽろぽろと涙を零していた。

「違うんだフィオナ、これは」

アロイスがフィオナの涙に目をみはる。

「いいんです。違わないんです。私、もう休みますから、気が済むまで調べたらいいじゃないですか。そうしたら、アロイス様は、またいつもみたいにどこかに出かければいいんです」

「フィオナ……」

アロイスが誤解を解こうと彼女に手を伸ばすが、フィオナは逃げ出し素早くベッドにもぐり込んでシーツをかぶってしまった。そのため、夫が珍しく慌てているのに気がつかなかった。


ふかふかのベッドの中でシーツにくるまって、しばらく泣くとフィオナは落ち着いてきた。フィオナは子供の頃から慰められたり、甘やかされたりすることもなく育ってきたので長泣きはしない。泣き止《や》んでみると、また大きな声を出して、癇癪《かんしゃく》を起こしてしまったことを恥じる気持ちがむくむくと湧いてきた。

アロイスがキャリントン家の借金を肩代わりしてくれて、今フィオナは快適な生活を送らせてもらっている。続く幸せに感謝の気持ちを忘れていたのかもしれない。フィオナは反省した。明日、きちんと謝ろう。

夫はきっと呆《あき》れて部屋を出ていってしまっただろう。フィオナはかぶっていたシーツからひょっこり顔を出す。

「フィオナ、落ち着いた？」

「ひっ！」

突然頭上から降ってきたアロイスの声にフィオナは飛び上がるほど驚き、転げるようにベッドの端まで移動した。

アロイスが、まだ部屋にいるとは思わなかったのだ。

「えっと、フィオナ、危ないよ。そんなに端に寄ると、ベッドから落ちてしまうよ」

彼は形の良い眉《まゆ》を下げ、困ったような表情を浮かべていた。しかし、フィオナは驚いて固まったままだ。

(なんで、まだ部屋にいるの？)

彼女はベッドの端に蹲《うずくま》ったまま警戒するように、アロイスのもとに寄り付かない。まるで主人に懐かない仔猫《こねこ》のように。アロイスは諦めたように小さくため息を吐《つ》く。

「説明するから、聞いて。ここへ着いたとき、君が、部屋に内鍵をつけたいと言っていると聞いて、それを確かめたかったんだ」

「はい？　つけていませんよ」

アロイスの言葉に反応してフィオナの片眉がくいと上がる。屋敷の主人に無断でそんな勝手なことをするわけがない。

「うん、それは今見た。あと、ドアの前に何か障害物を置いて塞《ふさ》ぐなどしていたら、危ないから、それも確かめていた」

せっかく明日は謝ろうと決心したのに、彼の説明を聞いてフィオナの殊勝な気持ちはしおれていく。

「それで、何もありませんよね？」

「ん、なかったね」

彼の抑揚のない声音に、フィオナは黙り込む。

「ね、だから君が思っていたようなことを確かめていたわけではないんだ」

そう言ってアロイスはとってつけたようにいつもの笑みを浮かべる。フィオナは首を傾げた。夫の考え方や行動がまったく理解出来ない。誤魔化され、煙《けむ》に巻かれているようで、素直に頷けない。信じているのなら聞けばいいのに、彼は自分で確かめた。なんだか、また沸々と腹の底から怒りが湧いてきそう。

フィオナはそこで思考を止め、難しいことを考えるのはやめにした。

「アロイス様。よくわかりましたので、もう、部屋から出てもらえませんか。私、休みますので」

フィオナが平板な口調でそう告げると、アロイスの瞳に一瞬悲しげな色が浮かんだような気がした。驚いてまじまじと見つめると、それはいつもの笑顔のままで、エメラルドの瞳は宝石のような硬質な光を湛《たた》えていた。

「フィオナ、誕生日プレゼント、何がいいか考えておいて」

不意に言われて戸惑う。そういえば、彼はまず初めにフィオナの誕生日を祝ってくれた。

「お休み、いい夢を」

そう言うと、アロイスはふわりと口の端に笑みを浮かべ部屋から静かに立ち去った。

◇

翌朝、食堂に行くとアロイスはまだいた。

フィオナは昨夜感情を爆発させてしまったので、ちょっと気まずい。不思議なことに、この夫は留守がちなわりに使用人たちに慕われている。屋敷の中に彼がいるだけで皆が活気づく。実家の家族は使用人たちに横柄だったが、アロイスは彼らに対して丁寧だ。しかし、本当にそれだけなのだろうかと、フィオナは時折疑問に思う。

だが、それよりも昨日の非礼をきちんと詫《わ》びなければ。恩知らずな真似をしてしまったのだから。

「アロイス様。昨夜はとても失礼な真似をしてしまい申し訳ありませんでした」

フィオナは丁寧に心を込めて頭を下げる。

「別に気にしていないよ。昨日はゆっくり休めた？」

何事もなかったかのようにさらりと流されて、ほっとしたものの、なぜだかもやっとした。

ほどなくして二人分の朝食が運ばれてきた。ふんわりとしたオムレツにバターの香る焼き立てのパン。ハムとチーズ、カットされたトマトとキュウリのサラダにピクルスが添えられている。いい匂いにフィオナの食欲は刺激された。給仕がこの地方の特産品の一つであるブドウジュースをグラスに注いでくれる。

食堂の大きな窓から見える素晴らしい景色を楽しみながら、淡々と食事は進む。そういえば会話がないが、いいのだろうか。今までも二人でとる食事はこんな感じだっただろうか。

フィオナは思い出してみようとしたが特に印象はない。彼とはめったに会わないのだから、それも当然だ。別に話すようなことも思い浮かばなかったので、また大きな窓に視線を戻す。外はからりと晴れていた。今日一日何をしよう。庭を散歩するのもいいなとのんびり考える。

デザートのフルーツにフォークに刺したとき、だしぬけに声をかけられた。

「ときに、フィオナ」

フィオナはびっくりして瑞々《みずみず》しい桃を取り落とすところだった。景色に見惚《みほ》れながらいつものように自分の世界に入り込んでいて、アロイスが同じ食卓にいることをすっかり失念していた。夫は、そんな妻を見て苦笑を浮かべる。

「誕生日には何が欲しい？」

そう問われて、フィオナは素直に答えた。

「花の苗が欲しいです」

「え？」

アロイスが怪訝《けげん》そうな顔をする。フィオナの手紙は行き違いになってしまったようだ。フィオナは自分の書いた手紙の内容を説明して、庭に小さいものでよいから、花を植える場所が欲しいとお願いしてみた。実は花壇によさそうな場所ももう見つけてある。

「えーっと、それは庭が寂しいから、花が欲しいということ？」

質問で返された。どうやら快諾してはくれないらしい。

「はい。花があると、日々楽しみがあるというか……。庭の目立たない場所でいいのです。自分で選んだ花を育ててみたいと思ったんです」

訥々《とつとつ》と思いを伝えるフィオナに対して、アロイスの言葉は淀《よど》みない。

「花を育てると言っても虫はいるし、水も肥料もやらなくてはならない。手間もかかるよ。手だって気を付けなければけがをしたり、荒れたりしてしまう。葉で手を切ることもある」

これはだめかなと思い、フィオナはしょんぼりと肩を落とす。手紙を送って、彼の返事を気長に待っていた分、花への思いが膨らんでいたようだ。フィオナは早速いつものように自分の気持ちに折り合いをつける準備を始めた。

しかし、しばしの沈黙の後、アロイスがしょうがないなというように口を開く。

「いいよ。これから、街へ花の苗でも探しに行こうか。その代わり、目立たない場所で細々と育ててね。間違っても庭を花でいっぱいにしないように」

フィオナは弾《はじ》かれたように顔を上げる。

「本当ですか！」

すごく嬉しい。図鑑で見た花を注文するつもりだったが、外出の許可まで出た。いつも窓辺から見る街へ、一度は降りてみたいと思っていたのだ。楽しみでたまらない。

◇

「奥様、今日はどのような髪型になさりますか？」

アリアの瞳がキラキラと輝き、いつもより張り切っている。

「お召しものはどうなさいますか？」

あまり感情を表に出さないマリーもなぜかうきうきしているように見える。

「どうしたのですか？　マリーもアリアも……」

フィオナはいつもと様子の違う二人にきょとんとする。

「今日は旦那様と初めてのデートではないですか！」

アリアがとても嬉しそうに言う。確かに彼女の言う通りで、フィオナはあらためてそのことを意識して頬を赤く染めた。

「そ、そうですね。どうしましょう。園芸店に行くから、動きやすいものがいいかしら？　でも、せっかくだから……」

おしゃれがしたいと思った。

すると決められないフィオナに代わりアリアが袖《そで》やスカート部分に細かなプリーツをふんだんに使った可愛らしいドレスを出してきた。

「奥様こちらはいかがでしょう？　一見ボリュームがありそうに見えますけれど、生地が軽くて動きやすいですすよ」

色は着たことのないサーモンピンクで、スカート部分はふんわりと花のように広がっている。元々このお屋敷で用意されていたもので、フィオナは今日初めて袖を通すドレスだ。

王都ではあまり着ることのなかった色合いとデザインに似合うかどうか不安だった。今日はあの綺麗なアロイスの隣に並ぶのだ。彼の横で出来るだけ見劣りしないようにしたい。

フィオナはアリアが勧めるドレスを着てみた。

「軽くて動きやすいです」

洒落ているのにとても着心地の良いドレスで驚いた。

「ええ、奥様とてもお似合いですよ」

そう言ってアリアが嬉しそうに目を細める。

ルクレシアの明るい日差しのもとで映《は》えそうな綺麗な色合いだ。髪は下ろして両脇《わき》から編み込み、飾りはいつもよりシンプルにしてドレスと同色のリボンを付けた。そして口紅はピンク系が多かったフィオナだが、今日はドレスに合わせてオレンジ系のものを選んだ。

鏡に映る自分はいつもと違う雰囲気でどきりとする。

「奥様、とてもお綺麗ですよ」

マリーが目元を緩め、にっこりと微笑む。

「ありがとうございます。あの、私には少し派手じゃないかしら……」

いつもは淡い色の服を着ているので、こういう色合いは自信がなくて俯《うつむ》いてしまう。イーデスやメリッサにもフィオナはぼやけた雰囲気だから、はっきりした色は似合わないと言われてきた。

「いえいえ、奥様、お似合いですよ！　そのうち赤いドレスも着てみてくださいね」

アリアが期待を込めて言う。

「え？　赤ですか？　私、ぼんやりした感じだから似合わないんじゃ……」

赤というとどうしても姉を思い出してしまう。彼女が好んで着る色だ。イーデスは絶対にフィオナに赤いドレスを着させなかった。

「赤にもいろいろありますから、奥様なら、華やかに着こなせますよ」

とマリーが励ますように言ってくれた。

「そんな……マリー、アリア、本当にいつもありがとうございます」

フィオナは二人に褒められて、耳まで赤くする。

最後にもう一度鏡を確認をした。彼女たちはセンスが良く、いつもの普段着よりもずっとおしゃれに仕上がっている。こういう色も似合うのだと初めて知った。

（これならば、アロイス様の隣に立っても大丈夫よね？）

フィオナは少しドキドキした。


準備が整うとアロイスが部屋まで迎えに来てくれた。今日の夫は濃いグレーの上下を着ていた。相変わらず金糸の髪も硬質な光を湛えるエメラルドの瞳も輝くばかりに美しい。顔が綺麗だと何を着ても似合うのだと、フィオナは夫の端整な横顔を見上げながらそう思った。

そして玄関ホールを抜け、馬車までエスコートされる。こんなことは王都での夜会以来でどきどきしてきた。馬車が屋敷の門扉から出る頃には、フィオナの胸の高鳴りは頂点に達した。

結婚後初めてのプライベートな外出にお買い物。気持ちはこれまでにないほど浮き立った。

馬車が緩やかな坂道をぽくぽくと下り、色とりどりの屋根を持つ街へ近づいていく。真っ白な壁を持つ家々が立ち並び、ブーゲンビリアが咲き乱れていた。

フィオナは、窓にべったりと顔をつけかねないほどの浮かれぶりだ。

「ああ、フィオナ窓から顔を出したりしないでね。一応、君は領主の妻だから。それと王都みたいに道路が整備されているわけではないから、揺れるよ。危ないから落ち着いて座って、フィオナ」

苦笑しながらアロイスがたしなめる。しかし、彼も強くは言えない。彼女を家に閉じ込めてしまっていたのだから。久しぶりの外出となればフィオナがはしゃぐのも無理はないのかもしれない。

「意外だな。フィオナは、家のなかよりも外の方が好きなの？」

夫の言葉にフィオナは目を瞬く。そういえば外出がこれほど嬉しいのは初めてかもしれない。ついうっかりはしゃぎすぎてフィオナは恥ずかしくなり顔を赤らめた。

「今まではどちらかというと家の方が好きでした。でも結婚して王都のお屋敷のお庭を散歩したり、ここに来てから窓から外を見ていたりするうちに外に出たくなってしまって。ルクレシアの街の屋根の色がとても綺麗で、家の一つひとつが可愛らしくて、いつかは行ってみたいと思っていたんです。それが叶《かな》うなんてすごく嬉しいです」

フィオナは考えながらゆっくりと話す。話すことは得意ではない。いまだに会話が弾むということが、どういうことなのかわからない。彼に上手く伝わっただろうかとどきどきする。

「そう、今まで君が外出の許可を取りに来たことがないから、すっかり家のなかが好きなのかと勘違いしていた」

アロイスが微かに眉根を寄せる。

「いいえ、外出するには準備も大変ですし、皆の手を煩《わずら》わせてしまいますから」

フィオナが慌てて言う。

「私が王都ではあまり外出しないようにと言ってしまったから、気を使わせてしまったね」

そう言って笑みを浮かべる夫に、フィオナは焦って首を振る。言いたいことが上手く伝わっていないようだ。

「あのそうではなくて、外出の準備をするとマリーもアリアもジェームズも皆が忙しくなってしまいますから、それに馬車も出さなくてはならないし」

「それでは何のために彼らがいるのかわからないじゃないか」

アロイスが驚いたように言う。

「え？　あの、そういうものなのですか？」

今までそんなふうに考えたこともなかったのでフィオナはきょとんとする。

「マリーもアリアも君が外出すると聞いて張り切っていなかったかい？」

確かに服選びにも力が入り、髪型も化粧もこうでもないああでもないと二人は楽しそうだった。

「そうですね。そんなこと思いもしませんでした」

フィオナがそう言って目を丸くすると、アロイスが柔らかく微笑んだ。

「これからはもっと外出が増えるよ。こちらでは教会が運営している孤児院に挨拶に行こうと思っている。それから、君を地元の名士に紹介しなくてはね」

「なんだか、今から緊張しちゃいます」

フィオナが膝の上でぎゅっと両手を握りしめる。いよいよルクレシアでの社交の始まりだ。

「フィオナ、今日は君の誕生日祝いなのだから、好きなように過ごすといい」

そう言って微笑むアロイスに、フィオナは嬉しそうに頷いた。自分の生まれた日を誰かが祝ってくれる。人生にこんな素敵なことが起きるなんて思ってもみなかった。


馬車は街で一番大きなマルシェについた。もちろん、領主夫妻だけで外出というのは出来ないので、護衛が少し離れて目立たないようについてきている。人が行き交うなかを連れだって見て回った。

初めて来る海辺の街は新鮮で、園芸店はその一角にあった。たくさんの可愛い花々が店先を飾る。フィオナは胸を躍らせ、うきうきしながら広い店内を見て回った。

彼女は、まず育てやすく可愛いヒマワリの種を買う。想像していたより、縞《しま》模様が可愛くて大きな種だ。これは庭師アダムスのお薦《すす》めで、初心者には最適らしい。王都はここよりずっと寒いのでヒマワリを見ることはなかった。今から咲くのが楽しみだ。それから、ハイビスカスを選ぶ。

そして何よりも気に入ったのが、この地方に来て初めて見たプルメリア。フィオナはもともとあまり物欲がないので、こんなことは初めてだ。どうしても庭にこの花を咲かせたい。しかし、狭くて目立たないという条件から限りなく外れていっている。すでにヒマワリからして……。

「アロイス様、これ、とっても可愛くて綺麗です」

「……」

夫は片手を軽く口元に当てたまま、反応がない。フィオナはアロイスに一生懸命、図鑑で仕入れた花の魅力を訴えた。果ては、ここにある花々が、街の景観にどれほど貢献しているかを力説し始める。

こんなにしゃべったのは生まれて初めてかもしれない。

「わかった。いいよ、それを買おう。君は意外と交渉が上手なようだ」

と苦笑する。とうとうアロイスが折れた。嬉しい。フィオナはプルメリアを買ってもらえて大満足だった。


その後二人は南国の花々に彩られた明るい雰囲気の店で昼食をとった。それほど格式ばった店ではなくてフィオナはホッとした。聞けば、ここら辺では王都ほどマナーが厳格ではないとのこと。

美味しい料理に舌鼓《したつづみ》をうち、欲しかった種と花の苗を買ってもらったことが嬉しくて、フィオナはひたすら花の話をしてしまい「フィオナ、皿の料理が減っていないようだから、もう少し食べようか」と笑顔で窘《たしな》められ赤面した。こんなことは初めてだ。今まで食べることもおろそかになるほど、しゃべってしまうということはなかった。この土地に来て、だいぶ気持ちが緩んでしまったようだ。

それともこんなふうに誰かと向かいあって、話しながら食事をすることに飢えていたのだろうか。

「次はどこへ行きたい？」

食後の茶を飲みながら夫が聞いてきた。今日は本当にフィオナの行きたい場所に付き合ってくれている。

「浜辺に行ってみたいです。いつも窓辺から眺めていて、ぼんやりと行ってみたいなと思っていたので」

「わかった。そうしよう。のんびり散歩するのもいいかもしれない」

ゆっくり食事をしてお茶を飲んでいたので、日はだいぶ傾いている。海風の吹く気持ちの良い浜辺を少し歩いた。真っ白な砂が眩しく、波頭はキラキラと輝き、水しぶきを上げる。潮の香りが心地よい。さらさらとした砂が少し歩きにくくて、すぐに浜辺から出た。

フィオナは寄せては返す波に触れてみたかったが、あまりにも子供っぽいし、服を汚してしまうかもしれないので諦めた。

そのとき、一陣の風が吹いた。

「フィオナ、風が強いから帽子を飛ばされないように気を付けて」

アロイスが笑う。フィオナは慌てて、しっかりと帽子を押さえた。子供の頃、帽子が波にさらわれたことをふと思い出す。帽子を拾ってくれた親切な男の子は今頃どうしているだろう。夫に話したら呆れられてしまいそうな気がして、黙っていた。

視線を上げるとアロイスが眩しそうに目を細め煌めく海を眺めている。そこには、心から楽しんでいるような自然な微笑があった。

――彼も海が好きなのかもしれない。

フィオナはやっと夫との共通点を見つけた気がした。


帰りにもう一度街へ行き屋敷の使用人たちへのお土産《みやげ》に焼き菓子を選んだ後、アロイスが宝飾店に入ろうと言いだした。フィオナは今持っているもので十分だったので、あまり気は進まない。

「アロイス様のものを何かお買いになったらいいのではないですか？」

「私のものも買うけれど、フィオナのものも買うよ」

扉を押して、店に入ると、店主はすぐに彼が領主だとわかり挨拶に来た。二人は速《すみ》やかに二階にある別室へと通される。この特別扱いのような空気になかなか慣れない。

「アロイス様、私は本当に充分です。何もいりません」

フィオナは店主を気遣い、小声で夫に耳打ちする。

「フィオナ、自分の領地に金を落とすのも領主の務めなんだよ」

とアロイスがなんでもないことのように返す。結局この土地の名産である美しいサンゴの飾りを夫婦揃いで購入した。

「領地にいる間、街に出る時はドレスも宝飾品も、なるべくここで手に入れたものを身につけて」

「手持ちのものがたくさんあるのにですか？」

贅沢に慣れていないフィオナは、高価なものを買ってもらうたびに気が引ける。

「地元のものを領主の妻が身につけていると地域の活性化につながるんだ」

そうは言われてもフィオナにはさっぱりわからない。やはり貴族としての教養が足りないのだろうか。フィオナは素直に「はい」と返事をする。何と言っても彼は花を育てることを許してくれたのだから。

帰り際に店先にあるコーラルピンクの可愛らしいサンゴの腕輪が目についた。フィオナがじっと見ているとそれも買ってくれた。まるでねだったようで恥ずかしくて真っ赤になる。でも、とても嬉しい。

「これは夜会用のドレスには合わないから、普段使いね」

などとアロイスが言う。そういうものなのかと思い、フィオナは頷いて礼を言った。

「アロイス様。普段使いってことは、今身につけていいってことですよね」

と言うと彼が声を立てて笑う。初めて見た。いつも微笑んではいるが、それは同じ表情で、そこには何の感情も伴ってはいない。それが今は本当に楽しそう。この人は私が結婚したローズブレイド公爵と同じ人なのだろうかと不思議に思うほど。

早速フィオナは可愛らしい腕輪を、包みから取り出した。アロイスが留め金をつけてくれる。少し気恥ずかしい。かざしてみるとサンゴの優しいコーラルピンクはフィオナの白い肌によく映えた。

楽しい一日ではあったが、フィオナはすっかり疲れてしまった。湯浴みも夕食も気を抜くと目が閉じてしまいそう。アロイスが何か話していたが、眠くて右から左に抜けていく。うつらうつらする妻

を夫が温かい目で見守っていることに気づかなかった。

その夜フィオナは、楽しい思い出を胸に、お気に入りのベッドにもぐり込む。アロイスが今日も花を贈ってくれたので、部屋の中には甘い香りが漂っている。嬉しい。

(そういえば、アロイス様は、いつまでここにいるのだろう……)


翌朝、食堂へ降りていくとアロイスは、もう出かけた後だった。

「私はお見送りをしなくてよかったのですか」とマリーに聞くと「明け方のご出立でしたので、奥様は起こさないようにとおっしゃられました」と答える。

フィオナは夫になんだが悪いことしたような気がした。そういえば今まで彼のことを玄関でお迎えやお見送りをしたことがない。最初に見送りはいらないと言われたこともあるが、妻としてどうなのだろうと思う。いつまでも彼の言葉に甘えるわけにはいかない。


フィオナはアロイスがわざわざ誕生日を祝いに来てくれたことに、遅ればせながら気がついた。忙しい合間を縫って来てくれたのに、感謝が足りなかったと反省する。彼はまるで留守がちなのを詫びるように、昨日はフィオナをとても甘やかしてくれた。

結婚当初は、家に帰ってこないアロイスには父のように愛人がいて、そこに入り浸りなのかと思っていた。だが、最近ではそれは違うのではないかと考えるようになっていた。王妃から、第三王女との件を聞いたせいかもしれないが、最初に勝手に思い込んでいたよりも、ずっと潔癖な人のように感じる。

フィオナには男性のことはよくわからないが、愛人がいるかもしくは娼館《しょうかん》通いしている人というのは、きちんとした格好をしていても、どこかだらしなさがあるような気がした。例えば、フィオナの父ジョージのように。

しかし、アロイスは清潔感というか清涼感がある。仕事が忙しいだけなのだろうか？ いつも柔和な笑みを浮かべているように見えて、ビシリとした凛々《りり》しさが見え隠れする。なぜ、彼は「詮索するな」などと言うのだろう。フィオナは首を傾げた。

「奥様、花の苗が届きましたよ」

その声を聞いた瞬間フィオナの頭は、花壇を花で埋め尽くす計画でいっぱいになった。早く苗を植えたい。しかし、ここでも厳しい使用人たちの目があるので、マナーに気を付けながら迅速《じんそく》に朝食をとる。

フィオナは大ぶりの帽子に手袋という日焼け対策をアリアによって施されたあと急いで庭に向かった。

「奥様、廊下を走らないでください」

とマリーやジェームズから注意を受ける。フィオナは日々彼らに躾《しつ》けられていた。主人に対して、常に一定の距離を保つローズブレイド家の使用人を、最初はよそよそしく感じていたが、今では彼らが大好きで敬意を抱いている。屋敷の皆が、日々少しずつ成長していく彼女を温かい目で見守ってくれている。そんな気がした。

柔らかい土を踏みしめ、瑞々しい緑の生い茂る庭をしばらく歩くと、アダムスが仕事場に使っている小屋へ着いた。そこかしこから草の香りが立ち上る明るい陽光の中、彼は既に草むしりを始めていた。

「奥様、草むしりが終わるまで少しお待ちくださいね」

フィオナに気づいたアダムスが声をかける。花壇にと思っていた一角がきらきらと光る白い貝殻で囲われていた。

「これ、アダムスがやってくれたんですね。素敵です！」

フィオナは感激したように言うと、アダムスの横に並んだ。

「私も一緒にやります」

わくわくした様子で宣言した。フィオナはアダムスから、草むしりのこつや、草は手が切れやすいから気を付けるようにといろいろレクチャーしてもらってから作業に入る。雑草は根から取り除かないと、またすぐに生えてきてしまうという。幸い彼女はこつこつとやる単純作業が好きなので、嬉々《きき》として取りかかった。

フィオナはシャベルを使うのは初めてで、サクッと土に入れる感触が新鮮だ。水を含んだ土の香りが立ち上る。いつの間にか夢中で草むしりをする。しばらく作業を続けていると柔らかい土の中から白くて厚みのある丸いものが見えてきた。結構大きくてなんだか丸まったエビのように見える。フィオナが指でつついてみるとその白い物体が突然うねった。

「ひゃああ！」

素っ頓狂《とんきょう》な声を上げ、びっくりして飛びのいた。慌ててそばにやって来たアダムスがフィオナの掘った穴をのぞき込む。

「ああ、奥様、大丈夫ですよ。これ幼虫です。こいつがいるってことはこの土は栄養があって花を育てるのに向いてるってことですよ！」

アダムスは嬉しそうだ。だが、フィオナは早くも草むしりから脱落した。代わりにアリアがシャベルを握っている。

「アリア、虫、怖くないんですか？」

フィオナは後ろで作業を見守りながら、こわごわ尋ねた。

「何をおっしゃっているのですか、奥様。可愛いじゃないですか」

アリアはとても楽しそうで、南国の太陽にも負けない明るい笑みを浮かべている。早くもアロイスの言う通り、虫でギブアップしてしまった。フィオナはちょっぴりアリアを羨《うらや》ましく思う。

結局、フィオナは水やり係となった。今は柔らかい土の上に埋まっている可愛らしい種があの大きなヒマワリになるのかと思うと楽しみだ。プルメリアの苗はアダムスに任せたので、しっかり根付くだろう。

「奥様、植物は毎日愛情を持って話しかけると伝わるんですよ。とてもよく育ちます」

アダムスの話にフィオナはなるほど頷く。その日から彼女の植物への声かけが始まった。そうやっていると不思議と情が湧いてくる。三日もするとそれが彼女の日課となった。

朝食が済むと明るく陽《ひ》の差す庭を小走りに抜け、花壇に向かう。

「今日も頑張っているわね。お水美味しい？　もっといる？」

フィオナはにこにこと発芽したばかりの双葉に話しかけながら、お気に入りの真鍮製《しんちゅう》のじょうろで水をやる。ヒマワリがすくりと太陽に向かって成長する姿を想像すると、楽しみで自然と頬が緩んでしまう。

「フィオナ、とても楽しそうだね」

「ひゃっ！」

出し抜けに頭上から降ってきた声に、フィオナはびっくりして飛び上がった。誰もいないと思っていたのだ。

「あれ？　邪魔しちゃったかな」

そこには微笑むアロイスが佇《たたず》んでいた。しかし、まったく気配がしなかった。いつから、そこにいたのだろう？　というかいつ戻ったのだろう？　ヒマワリに話しかけていたのを聞かれてしまっただろうか。だとしたら、とても恥ずかしい……。フィオナの心臓はバクバクとなり、頬に熱が集まる。

「フィオナ、今日の予定はジェームズから聞いてる？」

夫が何事もなかったように、さりげない口調で切り出す。そういえば、朝食の席で、アロイスが戻り次第、ルクレシアの関係施設へ挨拶に行くと聞いていた。フィオナが水やりを終えると、二人は連れ立って屋敷へ戻った。

その後、一週間ぶりに戻ってきたアロイスとともに、いつもより慌ただしく早めの昼食を軽く済ませ、外出の準備をする。

アリアとマリーが髪を結って化粧を施してくれた。訪問着はここに来てから仕立てたもので、薄く光沢のある生地を使った淡黄色のドレスだった。肩口とスカート部分に細かいプリーツが入っており、フィオナの細い体をカバーするふんわりとしたデザインだ。大粒の真珠のネックレスとサンゴの髪飾りを付け、唇にコーラルピンクの紅を落とす。淡い色彩でまとめ、明るく清楚《せいそ》な仕上がりだ。フィオナは鏡を見て二人の侍女に感謝の言葉を伝えた。

今日は大切な挨拶がある。早くも緊張してきた。

「とてもお似合いですよ。奥様、本日は私がお供いたします」

微笑むマリーに、フィオナの気持ちは少し落ち着いた。

この間、街に遊びに行ったのとは違い、今度は正式な訪問である。フィオナは綺麗な訪問着に感動しつつも、やはり固くなってしまう。

「フィオナ、綺麗だよ」

自信のないフィオナにさりげなく褒め言葉をかけてくれる夫に赤面する。緊張とは別の意味でどきどきした。

そして、いつかの王宮の舞踏会のときのように、アロイスの許可をもらい挨拶の文言を馬車の中でおさらいし始める。公の場での挨拶は何度やっても不安だ。

「フィオナなら大丈夫」

アロイスはフィオナが膝で握りしめている手を落ち着かせるようにポンポンと優しく叩《たた》く。そのときになって、ようやく気づいた。いつも馬車では向かい側に座る夫が、今日はフィオナの横に座っている。

(あれ？　近い？)

しかし、そんなどきどきも、馬車を降りる頃には緊張で霧散した。そしてフィオナはアロイスに取られた手を、無意識でぎゅっと握りしめる。

(ローズブレイド公爵夫人として、きちんと挨拶出来ますように)

とフィオナは心の中で祈りを捧《ささ》げた。

がちがちに緊張する妻の様子を面白がって、夫が横で笑いを堪《こら》えていることなど気づきもせずに。

二人が向かった先は教会が母体になっている孤児院だった。古く歴史のある石造りの建物で、礼拝堂のステンドグラスが強い陽光を受け色とりどりの綺麗な影を床に落とす。中に一歩入るとひんやりとした静謐《せいひつ》さに包まれた。

円柱が等間隔に並ぶ天井の高いアーケードを抜け施設内を巡り、子供たちの様子を遠くから見学する。どのような教育を受け、日々どのように生活しているかなどの細かい報告をシスターから受けた。

領主であるアロイスは孤児院に大口の寄付をしている。今日は街の代表や商家の主人など地元の有力者が来ていた。広い応接室に通され、フィオナはアロイスから皆に紹介され、一人ひとりに挨拶を終えてほっとした。続いて報告会やら会議のようなものが始まる。内容はさっぱりわからないながらも、フィオナはアロイスの隣に座り微笑んだ。

実は、昼食の際にアロイスに口酸っぱく言われていた。「私のそばから離れないでね」と。そんなこと念を押されなくても大丈夫だ。彼から離れるつもりなど毛頭ない。

フィオナは雑談でおかしなことを言ってしまったらどうしようかと、会議の間中心配だった。その点、隣にアロイスがいれば安心だ。微笑んでいれば済むのだから。言われなくても積極的にそばにいる。

会議が終わり、雑談が始まってからは、むしろ夫を追いかけていると言ってもいい。こんなことは結婚以来初めてだ。地元の名士やご大人に話しかけられても困る。ローズブレイド家は領主で高貴な血筋。フィオナが生まれ育った家とは格式も立場も違うので、うっかりとおかしな受け答えは出来ない。下手《へた》をすれば公爵家に泥を塗ってしまう。それではアロイスにも日頃お世話になっている使用人たちにも申し訳ない。

だがしかし、そう上手く事は運ばなかった。

「閣下、少しご相談したいことが」

などとアロイスが呼ばれてしまった。どうやら内緒の話のようだ。「ちょっと失礼」と言って彼だけが行ってしまう。フィオナは「行かないで」と縋《すが》りつきたい思いだった。

夫に置いていかれ、迷子のように心細くなる。ここはフィオナにとってはまだ馴染みのない土地で、今日会う人々は皆初対面だ。領主の妻としてどう振る舞うのが正解かわからない。

そして、一緒に来たマリーは、今使用人控室にいる。フィオナは、マリーと一緒にいることにした。彼女がいれば心強い。少し年上の彼女はいつもフィオナをフォローしてくれる。そっと廊下をのぞくと、マリーはまだ迎えに来ていないようだ。心細いフィオナは、控室へと向かった。

教会という施設は外敵から守るためなのか妙に入り組んでいる。似たような通路ばかりあり、フィオナは方向がわからなくなってしまった。天井が高く薄暗い廊下はがらんとしていて誰もいない。すっかり迷子になってしまった。歩き回るのをやめ、途方に暮れる。

(どうしよう……)

すると、円柱の陰からひょっこりと小さな男の子が顔をのぞかせた。

「お姉ちゃん、僕と遊ぼう」

人懐っこい笑みを浮かべ、ぱたぱたとフィオナの元へ走り寄ると、ドレスの裾《すそ》を引っ張る。五歳くらいだろうか、くりっとした大きな瞳と茶色のふわふわした髪が可愛らしい。ここの孤児院の子のようだ。たとえ子供でも、このがらんと静まり返った場所に誰かがいることにフィオナはほっとする。

「遊ぶって、何して遊ぶの?」

「うんとね。かくれんぼ！　お姉ちゃん鬼ね。目つぶって十数えて」

全く人見知りのない子だ。フィオナは結婚する前から、あまり家から出ないたちだったので、子供をどう扱ってよいのかわからなくて戸惑った。

「あ、ダニエルなにやってんの！」

そこへ十歳くらいの女の子が慌ててやって来た。そしてダニエルと呼ばれた男の子の腕を引っぱって連れていこうとする。

「駄目だよ。ダニエル、その人、貴族のとっても偉い人なんだよ」

貴族には変わりないが、フィオナは別に偉くはない。偉いのは夫のアロイスだ。フィオナは「そんなことないから大丈夫よ」と言ったのだが、少女はぷるぷると首を振ってダニエルと呼ばれた子の腕を引っ張る。

「やだー！　僕、このお姉ちゃんと遊ぶ」

男の子が駄々をこねる声が、がらんとした廊下に響く。

「だから駄目だって」

女の子が慌てて、何としても動かない男の子を引きずっていこうとした。

「嫌だ！　はなしてよ」

と叫び、少女の手から逃《のが》れようと抵抗する。

フィオナが慌てて仲裁しようとすると、騒ぎを聞きつけてシスターたちがやって来た。

「まあ、申し訳ありません、奥様。躾《しつけ》が行き届きませんで」

などと恐縮しながら、フィオナに頭を下げる。ふらふらしていたのはフィオナなので、

「気にしないでください。私が勝手に声をかけたんです」

と慌てて言う。

すっかり騒ぎになってしまった。迷子になって彷徨《さまよ》っていたのは自分なので、男の子が叱《しか》られてしまうのはかわいそうだ。フィオナは申し訳なく思う。

すると男の子は「わああ」と泣きだした。かなり情緒不安定なようだ。それとも子供というのはこういうものなのか、フィオナには判断がつかない。いずれにせよ自分が原因のような気がして、ただ狼狽《うろた》えた。

そのうち男の子が外国語で叫びだす。シスターたちは「わけのわからないこと叫ばないの」「大切なお客様がいるのだから静かにしなさい」などと言い聞かせていたが、フィオナには彼が何を言っているのかはっきりとわかった。

「僕だって貴族だ。偉いんだ。おうちに帰りたい！」

彼はフィオナが勉強している外国語、東方のカプロニ王国の言葉を使っていた。王都の夜会でこの言語を話す賓客がいた。だから、簡単な会話なら聞き取れる。外国の子がなぜこの孤児院にいるのだろう？　フィオナは不思議に思った。後でアロイスに聞いてみよう。

「フィオナ、どうしてこんなところに？」

声をかけられ、振り返るとアロイスが立っていた。静かな口調、いつもの微笑。しかし、フィオナ

は気づく、彼がとても不機嫌だということに。

「心配したんだよ。なぜ黙って応接室から出ていってしまったの？」

案の定、畳みかけるように言ってくる。

「いえ、あの。マリーのところへ行こうと思って……」

フィオナはアロイスのいつもより強い視線の前でしどろもどろになった。

「私は、そのマリーと一緒に、君を探していたんだよ」

彼の後ろでマリーが心配そうに顔をのぞかせる。彼女のそんな顔は初めて見た。罪悪感に胸が締め付けられる。

「……ごめんなさい」

こういうアロイスを見るのは二度目だ。微笑んでいるのにピリピリした感じ。そう、王都の屋敷の庭が燃えたとき以来だ。何か触れてはいけないものに触れてしまったのかもしれない。フィオナは、ダニエルの事情を聞くのをやめにした。言い訳もだめ。こんなときは素直に謝るのが一番だ。悪いのはフィオナなのだから。夫に気圧《けお》され、貝のように口を閉ざし、目を伏せる。

「フィオナ、別に怒っているわけではないよ。心配していたんだ。だから、そんなに萎縮《いしゅく》しないで」

真摯な声音に驚いて、思わずアロイスを見上げた。笑ってないし、怒ってもいない。気遣わしげな深いエメラルドの瞳に引き締まった口元。彼はとても真剣な表情を浮かべていた。決して機嫌が悪いわけではなく、心からフィオナを心配していたのだ。

「私、迷子になってしまって」

ああ、そうか。この人は本当のことを話すとき瞳の色が深くなるのかと……。

王都の屋敷が襲撃されたときも機嫌が悪かったのではなく、フィオナを心配していたのだろうか？

それから二人は馬車に揺られて、ローズブレイド家の荘園に向かう。馬車のなかでは、交わす言葉も少なく、フィオナは気まずさを覚えた。

「慣れない場所ばかりで疲れたろう。今日はここで最後だ」

穏やかな微笑を浮かべ、労《ねぎら》いの言葉をかけてくれる夫にフィオナは精一杯の笑みを返した。


夕景に広がるブドウ畑は圧巻だった。王都にいたとき、チェスターから領地でワインを作っているという話は聞いていたが、まさかこれほどの規模とは思っていなかった。ワイナリーで作られたワインはルクレシアの街に卸《おろ》されるという。長距離を馬車で揺られると味が落ちるという理由で王都カーナヴォンにはあまり出回っていないらしい。

「フィオナ、ここの管理人を紹介するから」

そう言われて、瀟洒《しょうしゃ》な邸宅に連れていかれた。そこにはこのブドウ園で働く者たちが三十人ほど暮らしているという。充分な広さだった。挨拶に出てきたのは熊《くま》のように大きな壮年の男性でローレンスと名乗った。先代の頃から、ここの管理人をやっていると言う。

「綺麗で可愛らしい奥様ですね」

ローレンスに褒められた。アロイスの妻となったせいか、皆がフィオナを褒めてくれる。アロイスに気を使ってのことだろうが、褒められ慣れていないので、恥ずかしい。彼女はその度に赤くなる。慣れない賛辞にどう対応していいのかわからないのだ。アロイスはそんな妻の様子を、目を細め優しく見守っていた。

それから施設をざっと見学した後、夫は管理人と話があるからマリーと一緒にいるようにと言い残して行ってしまった。

マリーがフィオナのために、このブドウ園で飲まれているブドウ茶というものを淹れてくれた。客間で一服すると少し緊張がやわらぐ。

「このお屋敷は、昔、旦那様のご家族が別荘として使っていたのですよ」

「そうだったんですね。落ち着いた雰囲気で、とても素敵です」

客間の調度品はどれも磨き込まれて飴《あめ》色で、どっしりとしている。代々手入れをされ大切に使われてきたのだろう。フィオナが今住んでいる白を基調とした開放感溢れる邸宅とはまた違った味わいある雰囲気だ。

「はい、旦那様がお一人でもう使わないから、ここで働く者たちの住まいにと」

と言ってマリーがいつものきりっとした表情を柔らげ、微笑む。

フィオナはアロイスが使用人に慕われている理由が何となくわかった気がする。たとえ、自分が使わないからといってもなかなか出来ることではない。でも彼はそれが出来てしまう。少なくともフィオナの父母や姉は土地や建物に執着心が強い。自分の土地に他人がただで住むことを許さないだろう。

また、一時間以上馬車に揺られて家に戻る頃には夜もとっぷりと更けていた。

さすがに疲れてフィオナは食欲が湧かない。アロイスに誘われるまま、小サロンに移動してお茶を飲み軽食をつまむ。大きく開かれた窓から気持ちのよい夜風が入り、微かに潮の香りを運んでくる。

「どうしたの、フィオナ。食欲がないね。疲れたというより、元気がないように見える。孤児院でのことを気にしているのかい？」

意外にも夫の方から聞いてきた。顔を上げると真剣なエメラルドグリーンの瞳とぶつかる。なぜだか疲れ方がいつもと違うのだ。初めてのことばかりで緊張していたというのもあるが、喉に小骨が刺さったようで。

「気になることがあるのなら、言ってごらん」

穏やかな口調に促されるまま、フィオナは気になっていることを口にした。

「孤児院で会った男の子、僕は貴族だって、カプロニ語で言っていました」

少なくとも王都では、孤児院に貴族の子弟が預けられているなど聞いたことがなかった。

「……」

アロイスが沈黙した。

「これも詮索になっちゃうんですよね」

フィオナはちょっと悲しくなり目を伏せる。

「あの孤児院では外国の貴族の子供たちを預かっているんだ」

アロイスが答えてくれると思っていなかったので驚いた。目が合うと彼が淡く微笑む。素の表情で、それだけで緊張がほどけていく。

「あの子はね。ダニエルと言ってカプロニ王国の子だ。君も言語をちょっと学んだよね。王都での夜会にも来ていたし、彼らは援助を求めにこの国に来るんだ。政情が不安定で、最近ここまで彼《か》の民が流れてくる。だから、あの孤児院では積極的に彼らを受け入れているんだ」

そう言って少し俯いたアロイスのエメラルドの瞳には憂いが見えた。彼の白い額に金糸の髪がかかり、端整な顔に翳《かげ》りを作る。

「なんだか、あの子、とっても不安定な感じで……。気になってしまって」

素直に不安を口にした。

「大丈夫、あそこのシスターたちは慣れているし、とても温かい人たちだから」

そう言って、アロイスがそっとフィオナの小さな手を包み込む。それだけでフィオナは安心感を覚えた。綺麗な顔立ちに似合わず、彼の手は大きくて硬く、ごつごつとしている。それでいてじんわりと温かい。

「フィオナ、君の不安はなるべく取り除きたい。だから、今は答えられる範囲でいいかな?」

真剣な表情でアロイスが聞いてくる。

「はい」

夫の言葉が嬉しい。少しずつ彼が心を開いてくれている。そんな気がした。

その後「お休み」を言って二人は別れた。今フィオナは、アロイスを前よりもずっと身近に感じている。すべてを話したからと言って人と人の距離は近くなるものではないのかもしれない。

アロイスは、実家の嘘吐きな家族よりよほど信頼が置ける。秘密があってもいいのかもしれない。今悲しんでいるのか、楽しいのか、嬉しいのか、寂しいのか、そんな相手の気持ちを感じ取ったり、お互いの気持ちを伝えあったりすることが、大切なのではないか。

優しい気持ちに包まれて、フィオナは安心して、いつもの深い眠りに落ちた。今夜もいい夢が見られそう。

「ルクレシアは観光や商業が盛んな土地だから、コミュニティーを大切にしないといけないよ」とアロイスから言い聞かされている。こちらに来てからというものフィオナは、彼と連れ立って出かけることが多くなった。

なんでも、領主たるもの領地に金を落とすのが大切なのだそうだ。しかし、フィオナは気が引ける。名産のサンゴや大粒の真珠の飾りを買ってもらい。この地方特有の薄くてさらりとした布を使ったドレスを何着か作ってもらった。

そして、夜には時折格式のあるお店で二人一緒に食事をする。

「閣下、これは奇遇ですね」

「まあ、お美しい奥様ですこと！」

そういう場に出入りすると、ほぼ毎回地元の名士に会うので、挨拶したり、時には談笑したりして、フィオナは彼らの顔を順調に覚えていった。時々忘れることもあるが、そういうときはアリアやマリーが、彼女たちがいないときはアロイスがそっと耳打ちしてくれる。

偶然の出会いでも、挨拶だけにとどまらず話し込んでしまうことも多い。最初はフィオナも楽しめる雑談から入り、だんだん時事や政治などの固い話になる。この辺りの人たちは商会や農園の経営なども夫だけではなく妻も参加しているので、女性も知識が豊富だ。

話題から一人置いていかれるフィオナは、そんなとき微笑むようにしている。長く微笑んでいると表情筋が引きつって口角が落ちそうになり、指で上げたくなるが、そこはなんとか堪えている。

前についうっかり、無意識で指を口角に持っていきそうになり、寸でのところでアロイスにぎゅっと手を握られ阻止された。胸を撫で下ろしたのも束の間、相手のご夫婦に「まあ、仲がよろしいことで」などと言われ赤面した。

「アロイス様、どうやったら、微笑み続けられるのですか?」

とちょうど執務室からサロンに降りてきた夫に聞いてみたら、なぜか少し嫌な顔をされた。フィオナから見た彼は微笑みの達人だ。彼に聞かずして誰に聞けと言うのだろう。

「フィオナ、訓練あるのみだよ。でなければ、目の前にいる人を君の好きな花だと思えばいい」

いつもは微笑んでいる夫に真顔で返された。フィオナは目からうろこが落ちたような気がした。それ以降、心が空っぽの笑顔が板についてきたように思う。

アロイスは、ちょくちょく家を空けるが、最近は長くても一週間くらいだ。結婚後すぐのように長く留守にすることはない。

「この時期は毎年ここで領主としての仕事をするんだ。そのあと王都で仕事を済ませて北にあるここより広い領地に行く。冬はそこで過ごそう」

「それは、私も一緒に行くということですか？」

「もちろん」

夫の答えを聞いてほっとする。ただ、ローズブレイド家の領地の広さはキャリントン家とは比較にならない。

「アロイス様は、そこでも忙しいのですよね」

フィオナがポツリと漏らす。夫はきっと働きづめだろう。少し寂しい。

「まあ、広い領地だからね。それなりに仕事もある。私一人ではたいへんだから、フィオナにも手伝ってもらおうと思っている」

アロイスのその言葉にフィオナはぱっと顔を輝かせる。彼からそんなふうに言ってもらえるとは思っていなかった。少しは必要としてくれているのだろうか。

「はい、頑張ります」

世話になっているローズブレイド家のためにもとフィオナは張り切った。

「無理せず少しずつ覚えていけばいいから」

夫はいつもフィオナに無理しないでいいと言ってくれるが、それはそのまま夫の負担になってしまうのではと最近では考えるようになっていた。彼はいつも忙しい。

そういえば、キャリントン家にも領地はあったのに、父はいつも暇そうで愛人宅に入り浸りだった。

「なんだか、不思議です。アロイス様は領地でいろいろとお仕事があって忙しいのに、私の父はずっと王都にいてほとんど領地に行ったことがないんです。それで領地の経営なんて出来るのでしょうか？」

アロイスがそれには答えず苦笑する。そこでフィオナは自分の失言に気づいた。ついうっかり心に浮かんだ疑問を素直に口にしてしまったが、これはキャリントン家の問題であってアロイスに聞くべきことではない。その上家の恥だ。

「すみません。私ったら」

フィオナは自分の発言に狼狽えて真っ赤になった。考えなしに、なんてことを言ってしまったのだろう。

「大丈夫だよ、フィオナ。キャリントン家の面倒は一年間見ると言ったからね。今は領地で真面目《まじめ》に仕事をしているよ」

それを聞いてほっとしつつも、不忠議な気がする。いつもフィオナよりもアロイスや使用人の方がキャリントン家の動向を知っている。

夫を見ていると、領地経営とはこんなにも忙しいものなのかと驚かされる。結婚した当時は姉に吹き込まれたことを信じてしまい、アロイスが暇なのかと思っていた。

きっと王宮の図書館で眠っていたのは、働きづめで疲れて仮眠を取っていたのだろうと今では思っている。夫は使用人や領民に慕われ、まじめで働き者だ。自然と彼に対する尊敬の念が湧いてきた。誠実なその姿勢に秘密があることすら忘れそう。

初めの頃は、貴族的な美しい顔立ちで、いつも変わらぬ笑みを浮かべたアロイスが、何を考えているのかわからなくて緊張していたが、慣れてくると全く気にならない。彼は常に情緒が安定していて、たいてい機嫌がよいようだ。フィオナの家族のように突然怒り出したり、姉のように「いつでもフィオナが正しいのよ！」などと訳のわからないことをいきなり言い出して泣き喚《わめ》いたりしない。

王妃が「難しい人だから」などと言っていたので、てっきり気難しいのかと思っていたが、全くそんなことはなく、むしろ穏やかだ。

そのうち、アロイスが留守にすると、だんだん寂しさを覚えるようになった。マリーに「旦那様がいらっしゃらないときは植物の観察日記をつけてはどうですか」と勧められ、言われた通りにしてみると、意外に楽しくて夢中になった。そして夢中になって、やっと寂しさが紛れた頃にアロイスは帰ってくる。

今日はヒマワリが咲いた。フィオナはどうあってもアロイスに、育てたヒマワリを見て欲しい。最近の彼は食事の時間以外はほとんど執務室に籠っていて、ジェームズが資料を持って出たり入ったりしている。先ほど、ブドウ農園の管理人も訪ねてきていた。忙しいのだとは思うが、たまには花壇に来てほしい。

「アロイス様、ヒマワリの種は食べられるのだそうですよ」

フィオナは朝食の席で、アロイスが興味を持ってくれるのではと思い、庭師のアダムスから仕入れた知識を披露した。

「そうだね。ここの郷土料理にもあるよ」

「え、そうなのですか？」

フィオナはまさか郷土料理になっているとは思わなかった。

「炒《い》って食べても美味しいけれど、ここでは、肉料理やサラダにも使われている」

「どんな味がするのですか？　一度、食べてみたいです」

俄然《がぜん》、興味が湧いてきた。フィオナの青い瞳がきらきらと輝く。

「私はなかなか美味しいと思うよ。王都では食べられないから、フィオナがよければ、今夜食べに行こう」

「はい、ぜひ！」

フィオナは楽しみでわくわくした。

（あれ、なんの話をしていたんだっけ？）

そして、あたかも自ら選んだかのように、今夜もフィオナは苦手な格式の高い店に料理を食べに連れていかれ、地元の名士たちと交流をはかるのだった。

◇

「フィオナ、そろそろ家庭教師が来る時間だよ」

「もう、こんな時間！　遅れてしまうわ」

フィオナはアロイスに促され朝食の席を立つ。ダンスに教養の勉強と今日も忙しい一日が始まる。

ルクレシアに来て、しばらくは遊んでいたフィオナだが、孤児院への訪問以来、また家庭教師が付いた。教養、マナー、ダンス。特に教養に重きを置いて指導されている。彼女が、また雑談怖さに逃げ出すと困るからだ。

フィオナは素直なので覚えは早いが、あまりたくさんのことを一気に処理出来ない。午後のお茶の時間、二人で窓から海を眺めながめているとき、フィオナはぽつりと弱音をはいた。

「アロイス様、私、時々教養の先生が、知らない国の聞いたことのない言葉で話されているように思えるんです」

フィオナは自分で言っていて、混乱してきた。

「ん？　……何だか楽しそうだね」

アロイスがふと視線をそらして俯いた。やはり上手く伝わらなかったようだ。

「いえ、そうではなくて、時々頭がぼうっとなって、言葉がぐるぐる回っているような感じなんです」

「やっぱり楽しんでいるように聞こえるよ」

とアロイスが首を傾げる。フィオナはそんな彼の反応が、もどかしい。いつも驚くほど察しがよいのに、なぜか伝わらない。それどころか、彼が口元に手を当て、笑いを堪えているようにすら見えた。夫の肩が微かに揺れている。きっと気のせいだ。

「まあ、理解出来なくても、この言葉は聞いたことがあるという程度でも構わないと思うよ」

そう聞いて、フィオナは少しほっとした。領地の政治的・歴史的背景など聞いてもわからないし、勉強しなくてはと思っても複雑な内容はなかなか頭に入ってこない。

アロイスが再び口を開く。

「でもね。権威のある人間って、そういう話を若い女性にするのが好きなんだ」

「どうしてですか？」

フィオナが目を瞬いた。するとアロイスは、「どうしてだろうね」と言って苦笑する。

「だから、話しかけられたら、上手く返すことを考えるのではなく。興味を持って聞いてあげれば、いいんだよ」

初めて聞く話だ。

「え、それだけでいいのですか？」

「そう、皆、君の意見は求めていないよ。ほとんどが、持論を披露したいだけだ」

「そういうものなのですか？」

フィオナは不思議な気がした。

「そうだよ。感心して聞いてあげればいい。ただ、あまり見当違いの相槌《あいづち》を打つと相手も冷《さ》めてしまうから、そのための教養だよ」

そんなこととは思いもよらなかった。

「アロイス様は、いろんなことをご存じで、すごいですね」

フィオナが眩しそうに夫を見る。彼は姉のイーデスとあまり年が変わらないにもかかわらず、落ち着きがあり、理知的で博識だ。フィオナはそんな夫を尊敬している。するとアロイスが何やら居心地の悪そうな顔をした。

「えっと、フィオナ。私には、それやらなくていいから」

「はい？」

フィオナが不思議そうな顔で聞き返す。

「あ……いや、何でもない」

彼らしくなく、はっきりしない言い方だ。それに「話を途中でやめるのは、気になるからだめだよ」と、この間彼自身が言っていた。

そういえば、フィオナはこんなところでお茶を飲んでいる場合ではないことを唐突に思い出す。

「そうだわ。アロイス様、ヒマワリが咲いたんです。見に行きましょう！」

ヒマワリの見頃を逃してしまう。もしかしたら花壇が気に入って、また花の購入を検討してくれるかもしれない。そうすれば庭師のアダムスも大喜びするだろう。

アロイスは妻に引きずられるように「フィオナの花壇」に連れ出された。頬を上気させ目を輝かせる彼女に嫌とは言えない……。

◇

「奥様、今日はハーフアップにしましょう。それから横を少し編み込みましょうね」

マリーが鏡の前で器用に髪を編み込んでいく。ここはフィオナの私室で彼女は今ドレッサーの前に座っている。今夜、ローズブレイド夫妻はルクレシアの名士が集まる会合に出席する予定だ。

「マリーはいろいろな髪型を知っているのですね」

感心しながらフィオナは言った。マリーやアリアのお陰で社交の場で、ほぼ同じ髪型にしたことがない。二人の侍女は流行に敏感で、ドレスに合わせてアレンジしてくれるのだ。

「休みの日に街で流行《はや》りを見てきますから」

「休みの日に？　そういえば、マリーもアリアも休みの日は何をしているのですか？」

今まで聞いたことがなかった。この美しい侍女たちは休日何をして過ごしているのだろう。

「私は、街を散策してから、図書館に行くことが多いです。本が好きなので」

「だから、物知りなのですね」

いつもいろいろ教えてくれる。フィオナも見習いたいと思っていた。

「アリアは休みには何をしているのですか？」

「私は甘いものが好きなので、ケーキなどを食べに行きます」

するとマリーが「ふふふ」と笑いを漏らす。

「え、何？」

フィオナが不思議そうに目を瞬かせる。

「いえ、あの、その店にあるケーキや焼き菓子を全種類食べなければ気が済まないので、全種類制覇するまで店に通います」

「それはすごい……。それならいろんなお店の一番美味しいケーキを知っているのですか？」

「ええ、お好みに合わせて紹介出来ますよ」

アリアはとてもスタイルが良い。それほど甘味を食べてどうやって体型を保っているのか不思議だ。

「そういえば、ルクレシアで今一番流行っているものって何ですか？」

ここのところ年配の紳士や婦人との社交ばかりで、フィオナは街の流行りには疎《うと》い。

「ガレットです」

二人の侍女が口を揃えて言う。きっと素晴らしいものなのだろう。

「ガレットって何ですか？」

フィオナは青い瞳を輝かせた。好奇心ではちきれそうだ。


からりと晴れた翌朝、ガラス張りの大きな窓からはさんさんと陽が降り注ぐ。朝食後のサロンで、ここのところいつも忙しいアロイスが珍しくのんびりと茶を飲んでいた。最近は社交ばかりで、二人でデートすることはめったにない。フィオナは勇気を出して声をかけてみた。

「アロイス様、ルクレシアの下町の方で、そば粉を焼いたパンケーキのようなものが流行っているそうです」

フィオナの言葉にふとアロイスの口元が綻《ほころ》んだ。大きな窓からふわりと風が入り、彼の白いシャツが揺れ、金色の髪が綺麗な額にかかる。

「隣国から入ってきたガレットだね。誰から聞いたの？」

やはり、アロイスも知っている。彼は領内のことならば知らないことはないと二人の侍女が言っていた。

「マリーとアリアです。あの、いつも格式の高いお店ばかりなので、たまにはそういうお店に行ってみたいなと思ったんです」

緊張しながら食べる会食は味がしない。今日は二人だけで、ゆっくり食事をしたい。彼は連れていってくれるだろうかとドキドキする。

「わかった。誰も知り合いの来ない店に行こう」

「はい」

夫とのお出かけが楽しみだ。


フィオナはいつものようにドレスではなく、簡素な白のワンピースに身を包み、初めてマルシェに行った日に買ってもらったお気に入りのサンゴの腕輪を身につける。髪にもサンゴの飾りをつけ編み込んでもらった。今日はアロイスと初めてのお忍びでのお出かけだ。

フィオナは出かける前に何度も鏡を確認し、どきどきしながら玄関ホールに降りていった。

「フィオナ、サンゴの飾り似合っているよ」

アロイスがサンゴの腕輪にふと目を留め微笑む。気づいてくれたことがとても嬉しい。初めてのデートで買ってもらったのだ。フィオナにとっては楽しい思い出だ。

今日は彼も下町に行くとあって、シンプルな格好をしている。白のシャツに黒のヴェスト、ズボンとブーツも黒でまとめていた。髪はいつものように撫でつけず、さらりと流している。逆にそれがとても新鮮で、シンプルに装うほど、彼の魅力が引き立つ。


今回はお忍びとあって、馬車にローズブレイド家の紋章はない。

「お忍びで街へ行くから、フィオナも一応顔を覚えておいて。私の護衛のグレッグとヘンリーだ」

グレッグは黒髪でヘンリーは赤毛、二人とも屈強な若者だ。

「本日お供させていただきます、グレッグです」

「ヘンリーです。奥様、よろしくお願いいたします」

二人とも感じよく微笑み頭を下げる。

「こちらこそ、よろしくお願いしますね」

とは言ったもののガタイのいい彼らは見るからに護衛という感じで、彼らに張り付かれたら、すぐに領主夫妻とばれてしまいそうだ。

「大丈夫だよ。フィオナ、絶対にバレないから」

フィオナの考えを読んだようにアロイスが言う。彼がそういうのならばきっと大丈夫。

◇

二人は大通りで馬車を降り、連れ立って街を歩いた。ルクレシアの下町は人出が多く活気がある。王都の下町とは違いごみごみとした印象はなく、入り組んだ狭い道が迷路のようだ。

アロイスはフィオナが歩きやすいように先導してくれる。

「なんだか迷ってしまいそうです。アロイス様は、随分詳しいのですね」

「ここら辺には、よく来るからね」

そう言う彼のエメラルドの瞳がいつもより明るく煌めいて見えた。


石畳の街路を挟むように、色とりどりの木組みの民家が建ち並び、たくさんの花々が窓辺や玄関にところ狭しと飾られている。売り子と客の声が響き、荷馬車が通る市場の喧騒《けんそう》を抜け小道を行く。

「明るくて賑《にぎ》やかな街ですね。それに花で溢れています」

人でごった返しているが、それは決して不快なものではなく、漂う花の香りも心地よい。

「ここの住民はフィオナと同じで、皆花が好きなんだ」

アロイスの表情がいつもより柔らかい。彼は自分の治める領地を愛しているのだろう。ほんの少しいつもと違う夫の表情に、フィオナの胸はどきどきと高鳴った。

「そ、そういえば護衛の方々はどこへ行ったのでしょう？」

フィオナは少し恥ずかしくて急に話題を変えた。

「目立たないように言ってあるからね。ちゃんとついてきているから大丈夫だ」

「え？」

探したけれど人込みに紛れた彼らがどこにいるのか、ちっともわからない。

「フィオナ、そんなことより、もうすぐ店に着くよ」

きょろきょろしていたら、アロイスに笑われてしまった。

「はい、楽しみです」

フィオナの頭の中は今日初めて食べるガレットのことでいっぱいになった。


海辺に下る途中にその店はあった。海に面したカフェは混んでいた。木のテーブルが軒先にいくつも並び、真っ白なクロスがかけられている。

アロイスが慣れた様子で席を取り、注文してくれた。まもなく出来立てのガレットと地元の果実で作られたシードルが運ばれてきた。四角く畳まれた茶色の生地の中央がこんもりと膨らみ、中にはとろりとしたチーズやハムが入っていて、その奥に卵の黄身がのぞいている。粗く削った黒コショウがかかっていた。出来立ての熱々のガレットからはバターのよい香りがする。

フィオナは早速、ガレットにナイフとフォークを入れる。口に入れた瞬間生地の香ばしさとバターの香りとチーズのコクが広がる。

「ものすごく美味しいです。塩加減もちょどいいです」

思わず頬が緩む。

「そう、フィオナが気に入ってくれて良かった」

アロイスが満足げに目を細めた。

フィオナはシードルで喉を潤す。口に含むと泡がシュワッと弾けた。周りから、カチャカチャと食器のなる音やグラスのぶつかる涼しげな音が響く。人々は大きな声で話し、賑やかに笑う。それが耳に心地よい。しんとした中で、豪華な食事をいただくのもいいが、フィオナはこんな気取らない雰囲気が好きだ。それはアロイスも同じようで、硬質な光を湛えるエメラルドの瞳はいつもより明るく、形の良い唇は柔らかく弧を描いている。彼と同じ気持ちでいられることがとても嬉しい。


その後、港を案内してくれた。領主としての仮面をかぶっていない彼はいつもより、ずっと若々しく新鮮に感じる。二人は屋台の並ぶ広場をひやかし、桟橋《さんばし》まで足を延ばした。初めて大きな船を間近で見て、フィオナははしゃいだ。

「ここら辺には子供の頃よく来たんだ」

彼が子供の頃の話をするのは初めてだ。

「ご家族でですか？」

「そうだね。家族と来ることもあったが、屋敷を抜け出すこともあった」

と言ってアロイスが懐かしそうに目を細める。フィオナはその話を聞いて驚いた。

「え？　抜け出したんですか」

彼がそんなことをするなんて意外だ。

「ああ、見つかって、こっぴどく叱られたよ」

「アロイス様でも、叱られることがあったんですね」

彼が叱られる姿など全く想像がつかない。

「私はそんな完璧な人間ではないよ」

苦笑するアロイスのエメラルドの瞳が、ほんの少し翳りを帯びた気がした。フィオナから見た彼はいつも完璧で一分の隙もない。ふと夫は疲れないのかなと、整った横顔を見上げなら思った。

少しずつでいいから彼を知りたい。いつか心を開いてくれるのだろうか……。


散策の終わりにマルシェの園芸店に立ち寄り、フィオナはとうとう念願のブーゲンビリアを買ってもらった。夕闇せまる街をそぞろ歩き、夜も更けてから帰途につく。

二人きりで人目も気にせず、とても楽しい一日だった。そんな日々がずっと続くと思っていた。たとえ夫が秘密を抱えていたとしても……。

◇

その日、フィオナは黄昏《たそがれ》せまる中、サロンからぼうっと外を眺めていた。ここから眺める夕景は最高だ。

「フィオナ、ちょっとこっちに来てごらん」

いつの間にか戸口にアロイスが立っていた。今日も夫は忙しいらしく、ほとんど顔を合わせることはなかった。もうそろそろ陽が落ちる。少し残念だけれど夕日は明日また見ればいい。

フィオナは夫についてサロンを出た。それから廊下をしばらく歩き、いつもは使わない二階の西側に向かう幅の狭い通路へ入った。フィオナがここに来るのは初めてだ。

「アロイス様、どちらへ？」

不思議に思い声をかける。

「特等席」

と言って彼は微笑む。

夫について廊下の突き当りに行くと、右手に小さな片開きの扉があった。アロイスが金色の鍵を取り出す。鍵穴に差し込むとカチャリと音がした。真鍮製のドアノブを回すとその先には何とか人がすれ違えるくらいの狭い階段が続いている。


アロイスが手を差し出した。フィオナは一人でも上れたが、彼に手を取られ引かれるようにして、薄暗く急な階段を上る。そして上階に着くと意外に広い廊下が続き、明かり取りの窓から西日が差す中を、手をつないだまま歩いた。その先には広いバルコニーが見えてきた。

「ここは……」

絶景だった。夕日に染まる街と海が一望出来る。二人は言葉もなく海を見つめた。爽やかな潮の香りを含んだ風が頬を撫でる。太陽は海に滲《にじ》むように沈み、残照に包まれた美しい街並みが刻々と色を変える。やがて辺りは闇に包まれ、藍《あい》色の空に降るように星が瞬き始めた。

「ここは先代のお気に入りの場所だった」

アロイスがぽつりと呟く。彼が自分の父親の話をするのは初めてだ。

「子供の頃、一度ここへ連れてきてもらった」

薄闇の中で彼の美しい横顔の輪郭だけが浮かぶ。フィオナは低く穏やかな声に耳を傾ける。下手なことを言えば、彼が黙ってしまいそうな気がした。こうして話をしてくれることが嬉しい。

「お前が爵位を継いだら、この場所を譲ると父に言われたよ」

「だから、特等席なのですね」

夜のとばりが下りる中、彼がふと小さく笑ったような気がした。

ぽっかりと生まれたての銀色の月が天空に昇る。しばらく沈黙が落ちた後、彼が燭台《しょくだい》に火を灯《とも》す。蝋燭《ろうそく》の炎がエメラルドグリーンの瞳に揺らめく。なぜか彼が寂しげな表情を浮かべている気がしていたのに、予感に反して魅惑的な笑みを浮かべていた。

フィオナの心臓がトクンとなる。すっと通った鼻筋に、形の良い薄めの唇、涼やかな目元、彼の整った容貌《ようぼう》が蝋燭の明かりに浮かび上がる。その整いすぎた面立《おもだ》ちは微笑を浮かべていなければきっと冷たく見えるだろう。金糸の髪とエメラルドの瞳を持ち、スラリと背が高く気品のある姿は、雄々しさよりも優美さが先に立つ。

彼はとても頼りになるけれど、二人でよく出かけるようになってからは、夫というよりも兄に近い感情を抱いていた。けれども、時折、こうやって男性を感じさせる。そんなときフィオナはどうしていいのかわからない。ただ、どきどきとするばかりで。

「フィオナ、手を出して」

フィオナがおずおずと手を出すと彼はそっと金の鍵を握らせた。それは手のひらにひんやりとした感触を残す。アロイスの温かい手がフィオナの小さな手を優しく包み込む。

「これはこの屋敷のマスタキーだ」

驚いて顔を上げると、そこにはフィオナをじっと見つめる真剣な緑の双眸が。

「君に持っていてほしい」

それは、フィオナとアロイスの部屋をつなぐ扉も開けることが出来るのだろうか。彼が大きな背を屈《かが》め、フィオナの耳元で囁《ささや》く。

「使いどころは君にまかせる。ただ肌身離さず持っていてほしい」

「はい」

驚きと戸惑いで返事をするのがやっとだった。手を握られたままで、お互いの額がくっつきそうなほど近い。彼の真摯な眼差《まなざ》しや柔らかく弧を描く口元に色気を感じ胸の鼓動が速くなる。握られた手が彼のもとに引き寄せられ、片腕でふわりと抱きしめられた。でも、熱を感じたのは一瞬で。

「そろそろ冷えてきたね。下に降りようか」

優しくフィオナに声をかけると、彼はすっと体を離した。温《ぬく》もりが消えていくようで、少し名残《なごり》惜しい。

それから、狭い階段を下り言葉少なに長い廊下を歩き、フィオナを部屋まで送ると、いつもと変わ

らぬ微笑とともに彼は「お休み」と告げた。

その晩、フィオナは先ほどのアロイスの様子が気になり、なかなか寝付けなかった。金色の鍵をぼんやり眺める。アロイスは肌身離さず持っていろと言っていた。フィオナはベッドから起き出すとチェストを開けた。

そこにはアロイスからもらったメッセージカードを入れた小箱と、サンゴの腕輪、小さなエメラルドのチャームがついた金のネックレスが入っている。ネックレスは二回目にマルシェに行ったとき、アロイスに買ってもらったものだ。

フィオナの瞳の色と同じだからと言ってサファイヤは買ってもらっていたが、アロイスの瞳と同じ色の石はほとんど持っていない。彼は珍しくそれを買い渋った。「フィオナ、こんな安物つけるの？」困ったようにそう言ったのを覚えている。フィオナは金の鎖に鍵を通すとそれを首から下げた。

（あなたの秘密はいったい何？）

窓から差す月の光が妙に冴えざえとしている。そのせいか珍しくなかなか寝付けなかった。

幕間　アロイスの事情　～彼が新婚初夜に出かけた理由～

アロイスは呼ばれてしまった。よりによって新婚初夜に。どうしても外せない緊急案件だった。

新妻の様子が気がかりだ。しかし、家を出るときに見た彼女の顔には、驚きはあったものの、怒りや悲しみなどの感情はなかった。最初から結婚生活にそれほど期待を持っていないのだろう。

彼女の気立てがよさそうな分、アロイスは心に僅《わず》かな痛みを感じた。きっと妻の心に初夜に戻らなかった夫の記憶が深く刻まれるだろう。

婚前にキャリントン家に送り込んだ使用人は皆フィオナを褒めていた。彼女は突然降って湧《わ》いた公爵家との縁談に浮かれることもなく、日々勉強に勤《いそ》しんでいたらしい。この縁談を多少訝《いぶか》しんでいるようではあったが、それだけで思い悩む様子もなかったという。

結婚式も滞りなく終了した。非の打ちどころがない出来と言っていい。誓いのキス以外は。緊張で息をすることも忘れ、今にも倒れそうになっていたフィオナを思い出すとつい頬《ほお》が緩んでまう。仕方なく、頬に軽くキスを落とした。おそらく彼女は今まで、男性に触れられたことすらなかったのだろう。

アロイスはフィオナと約束したように、一年間キャリントン家の生活を支える心づもりでいた。だが、それは思った以上に困難を伴った。

結婚式後すぐに呼び出された仕事は済ませたが、アロイスが解放されることはなく、

「旦那《だんな》様、キャリントン家で少々問題が発生しております。キャリントン卿との間に子が出来たと言って、ミランダという若い女が乗り込んできており、モーガン男爵と名乗る怪しい中年男性と居座っているようです」

とチェスターから報告を受けた。

早く新妻に会って会話の一つもしなければと思うものの、騒ぎが大きくなれば面倒になる。アロイスは護衛のグレッグとヘンリーを連れ、すぐにキャリントン家に赴いた。

◇

その頃《ころ》キャリントン家では――。

「ちょっと、うちの夫の子供を産んだって、どういうことよ！　庶民のくせに馬鹿《ばか》なこと言っているんじゃないわよ」

メリッサがミランダの頬を張り、さらに掴《つか》みかかる。

「痛い！　痛いじゃない。どうすんのよ。顔に傷がついたじゃない！　金払え！」

ミランダが口汚く叫ぶ。するとモーガン男爵も声を張り上げる。

「マダム、なんてことなさるのです。ミランダがけがをしてしまったではありませんか。これは賠償

問題ですぞ！」

メリッサがまなじりを吊《つ》り上げる。

「はあ？　大げさなのよ。だいたい、あなた、男爵とか言っているけれど、嘘《うそ》でしょ！　夜会で見たことないもの。怪しすぎぎんのよ！」

「おばさん、貴族がそんなに偉いの？　旦那に簡単に浮気されたくせに」

ミランダがメリッサを挑発する。

「なんですって！」

あっさりと若い女の挑発に乗り殴りかかるメリッサをジョージが必死に止める。

「やめないか、メリッサ！　やめてくれ！」

そんな修羅場の最中、キャリントン家に到着したアロイスはうんざりしていた。フィオナの親でなければ捨て置くところだ。

「グレッグ、ヘンリー。悪いが、あのバカ騒ぎを止めてきてくれ」

連れてきた二人の護衛に命じると、速《すみ》やかに騒ぎは鎮まった。

ミランダと男爵にはアロイスが、「証拠《しょうこ》を提出しなければ庶子として認められないし、それでも居座るつもりならば憲兵に突き出す」と言うと、すぐに大人《おとな》しくなり這《ほ》う這《ほ》うの体《てい》で逃げだした。

「それで、なぜここまで騒ぎが大きくなったのですか？」

アロイスは静かな声で問うた。掴みあいのあった居間は荒れ放題で、食器が割れ、椅子《いす》やテーブルが散乱し、腰かける気にもなれない。

「あのあばずれが、うちの夫の子を産んだと嘘を吐《つ》いたんです」

どっかりとソファーに腰かけたメリッサが、口角泡を飛ばしアロイスに訴える。

「いや、でも男子だと言うし」

なぜかジョージは子供を庶子として認めようとしている。

彼らは十中八九《じっちゅうはっく》詐欺《さぎ》だろう。公爵家との婚姻を聞きつけて、キャリントン家を狙《ねら》ったのだ。上手《うま》くいけば、慰謝料や養育費としてたんまり金を引き出せると考えたのだろう。彼らにしてみれば女にだらしのないジョージは格好の餌食《えじき》。彼はまんまとそれに引っかかっていた。

しかしながら、彼は見たところお人よしとは程遠い人物である。

「呆《あき》れましたね。証拠もないのに、なぜ庶子として認めようとしたのですか？」

アロイスが追及する。

「男子だと言うし、家を継いでもらえると思ったからですよ」

いけしゃあしゃあとジョージが言い放つ。

「養育費や教育はどうするつもりですか？」

と問うと、

「公爵家で払ってくれるのではないのですか？」

と当然のように答えた。

結局、公爵家から金さえ引っ張れればそれでよいのだ。呆れるほど短絡的で享楽《きょうらく》的な人物。

「それはありえませんよ。あなたの不始末ですから。うちは何ら関わりない」

きっぱりとアロイスが言う。

「それならば、フィオナとの間に出来た男児をくださいよ。じゃないとうちには跡取りがいないんですよ」

困ったように言うジョージの顔に、狡猾《こうかつ》な色が浮かぶ。以前はイーデスが産んだ子に後を継がせると言っていたのに、相変わらずころころと主義主張を変える。そして呆れるほど浅はかだ。

「なにか勘違いをなさっているようだ」

アロイスは柳眉《りゅうび》をひそめた。

「はい？」

とぼけたように首を傾《かし》げるジョージを見て、実力行使に出ることにした。

「グレッグ、ヘンリー、今からキャリントン卿をご自身の領地にお連れしろ」

このようにだらしがなくて問題ばかり起こす人物を王都には置いておけない。

「はっ！」

二人の護衛が返事をして、両脇《わき》からジョージを押さえ込む。

「え、ちょっと待ってくださいよ！　あなたいったい何を言っているんです？　もう夜中じゃないか！」

「夜中に騒ぎを起こしたのはそちらでしょう？」

アロイスが冷ややかに言い放つ。目を剥《む》いて喚《わめ》くジョージを護衛二人が連れていく。

「おい、やめろ！　こら、はなせ！」

問答無用《もんどうむよう》で馬車に放《ほう》り込まれる夫を、びっくりしたように目を見開き、口をあんぐりと開けたメリッサが見送った。

◇

キャリントン家の領地は、昔銀などが採れ街も栄えていたらしいが、今は見る影もなくさびれている。しかも領主館は傷《いた》み、雨漏りも放置されていた。

着いてすぐに領主としての勤めをきちんと果たすよう指導したが、それは骨の折れることで、ジョージは領主としての教育を受けていないのか、はたまたさぼっていたのか、ろくに仕事が出来ない。意に反してアロイスはしばらく滞在することとなった。

「今後の領地の改善案と建て直し計画を書面にして提出してください。それから毎月の収支報告も忘れないように」

なんとか使えるように修繕した執務室でアロイスが申し渡す。

「いまさら、そんな小難しいことを言われてもねえ」

根が怠《なま》け者なジョージはのらりくらりと躱《かわ》そうとする。

「義務が果たせないのなら、金は出せません」

「はい？　一年間支援してくれるって話ではないんですか？」

ジョージが慌てたように言う。

「もちろん支援ですから、金を渡すだけで終わるわけがないでしょう？　どのような使われ方をしたのか当然報告してもらいます」

キャリントン家は、昔は栄えていたので領地も王都からそれほど離れてはいないが、ジョージがこんな調子ではなかなか家に帰れない。何も言わずに王都に置いてきたフィオナのことが気がかりだ。

「私の領地はあまりよくない土地ですし、街も過疎《かそ》化してさびれています。管理を厳しくしたからといって、そうそう採算が取れるものではありませんよ。閣下、あなたのように領地に恵まれている方とは違うんですよ」

ことここに至って、ジョージはアロイスを閣下と呼び始めた。妙に卑屈だ。当てこすりだろうが、今更名前で呼ばれるのも嫌だった。

「採算が取れなければ、没落するだけですよ」

「なんだって。あんた、妻の実家を没落させる気か！」

ジョージが気色《けしき》ばんで叫ぶ。正体を現した。アロイスはこれがこの人の地なのだなと冷静に判断を下す。

「私には関係のないことです」

にべもなく言い放つ。取り繕う必要もない人間だ。

「なら、そのときはフィオナとは離縁するのですね？」

ジョージは途端に狡猾な表情を見せた。

「離縁などしませんよ。彼女には何の落ち度もありませんから」

「なぜだ！　私の娘を返してくれ」

まるで娘を思う父親のようなセリフだが、事実は違う。

「今度は、レイノール商会の次男に嫁入りさせるつもりですか？」

アロイスがそう切り返すと、ジョージは顔色を変え、気まずそうに黙り込む。図星のようだ。

噂《うわさ》は聞いていた。マコーレ・レイノールは、いまだに美しいフィオナにご執心らしい。そして、ジョージは悪辣《あくらつ》な商売をするレイノール商会とつながっている。フィオナはその事実を知らない。

「とにかく、あなたを領地から出す気はありませんから、今まで働いてこなかった分、きっちり務めてください。私がいいと言うまで、王都へは帰らないように。それとうちから支援を受けたいのならば、レイノール商会との関係は絶つように言ったはずですが。反故《ほご》されるおつもりならば、こちらにも考えがある」

釘《くぎ》を刺して、キャリントン家の領地を後にした。おそらくジョージには蛇蝎《だかつ》のごとく嫌われただろうが、アロイスにとってはどうでも良いことだ。

◇

キャリントン家の領地で仕事を済ませ久しぶりに王都へ戻る。チェスターやマリーに聞くと、フィオナの評判はすこぶるいい。

久しぶりに会った妻は、アロイスの不在を詰《なじ》ることはなかった。詮索《せんさく》しないという約束を律儀《りちぎ》に守っているのだろう。健気《けなげ》だと思った。そして、実家の借金を肩代わりしているアロイスに恐縮し感謝している。

彼女は初対面のときと同じで、相変わらず面白いくらいに考えていることが顔に出る。性格は穏やかで素直。

忙しくてあまり会えないが、たまに長い時間一緒にいても負担になることはない。フィオナはまだ緊張しているようだが、アロイスにとっては次第に気楽に付き合える相手となっていった。

健気で誠実な彼女が父親の過《あやま》ちを知る必要はない。

第四章　二人の距離と絆

　アロイスから鍵《かぎ》を預かった次の日は、海辺の街には珍しく、雨が降った。激しくはないが大粒の雨で、今日は庭に出られない。フィオナの部屋から見える街の景色《けしき》は雨に濡《ぬ》れ、ワントーン暗くなったようだった。しかし、陰鬱《いんうつ》さはなく、雨に浮かぶ街も美しい。ザーという雨音が耳に心地よく響く。

　そんな日に限って、マナーもダンスも教養の座学もお休みだ。最近活動的になったフィオナは少し退屈を覚える。久しぶりに刺繍《ししゅう》でも刺そうかと思い立った。夫にハンカチを贈ろう。ローズブレイド家の紋章は複雑で、つるバラの中で獅子《しし》が剣を手にしている勇ましいものだ。それに夫のイニシャルが入ったものをと思い図案化してみた。

　何とか満足のいく図案が完成して、フィオナは銀の糸を選んで刺し始めた。アロイスは金髪にグリーンの瞳《ひとみ》を持っているが、なぜかフィオナがイメージする彼の色は銀だった。貴族らしい華やかな雰囲気を持つ人なのに不思議だ。どこか凛《りん》としている。

　しばらく刺繍に集中していると、珍しくアロイスがフィオナの部屋にやって来た。もちろん、廊下側のドアからノックの音とともに。

「フィオナ、おいで。暇でしょ」

　断定している口調だ。どうやらアロイスはフィオナが目の前にいなくても彼女の考えが読めるらしい。前は刺繍を退屈しのぎなどと思わなかったのに、それが今は……。いつの間にか彼女は少しずつ変わってきていた。

「お仕事の方は大丈夫なのですか？」

「問題ないよ」

そう言うと彼は微笑《ほほえ》んだ。今日は雨で庭にも出られないし、ちょうど時間を持て余していた。フィオナは遊び相手が出来たとばかりに、いそいそと刺繍の道具を片付けて、彼の後についていく。


すっかり夫に懐いたフィオナの姿を微笑ましそうに、マリーとアリアが見送った。

「最初の頃《ころ》はどうなることかと思いましたけれど、旦那《だんな》様と仲が良くてよかったです」

とアリアが口にすると、マリーも嬉《うれ》しそうに頷《うなず》く。

「奥様が穏やかで優しい方で、本当によかったわ」

実はアロイスは人当たりがソフトなようで、選《え》り好みをするたちだ。嫌いな人間に対しては、徹底的に無関心を貫く。

今は王都の屋敷で留守を預かっている執事のチェスターも、主人のフィオナに対する態度を見て、ほっとしていた。アロイスはとても妻を大事にしている。忙しいのに無理をしてでも時間を割《さ》いてフィオナと過ごす。二人が表面だけの冷たい関係の夫婦にならなくて良かった。

◇

フィオナは遊戯室に足を踏み入れた。ここに来たのは、ジェームズに屋敷を案内された日以来だ。

「これから、何をして遊ぶのですか？」

嬉しそうに問うフィオナに、アロイスは「ふふっ」と笑った。彼の瞳《め》が悪戯《いたずら》っぽい光を浮かべる。

「フィオナは可愛《かわい》いね。小さな女の子みたいだ。そうだな……かくれんぼでもする？」

楽しげに誘うように言う。

「え？」

その美しい微笑に惑わされ、一瞬きょとんとした。アロイスに可愛いと褒められたのではなく、ましてや本当に二人でかくれんぼするのではなく、揶揄《からか》われたことに気づく。

「しません。それに私は子供ではありません」

フィオナは少し赤くなり、むきになって言い返す。幼い頃、実家でやったかくれんぼでは、姉のイーデスにすら見つからなかったのが、彼女のひそかな自慢である。それを言いたいのだけれど、口にすれば、アロイスに更に揶揄われそうだ。夫に子供扱いされるのは嫌だった。くるりと背を向けた彼の肩が小刻みに揺れている。

「いいですよ。別に大声で笑っても」

最近気づいたのだが、夫は時々意地悪だ。フィオナはいつもさりげなく揶揄われてしまう。彼女がいじけ気味に言うと、いつの間にか隣に来たアロイスが彼女の頭にぽんと優しく手を置いた。

「玉突き、やってみる？」

フィオナはついうっかり「うん」と言ってしまいそうな勢いで頷いた。王都で流行《はや》っていると噂《うわさ》には聞いていたが、やったことはなかったので楽しみだ。

アロイスに木製のスティックを渡され握り方から教わった。

ゲームのルールはいたってシンプルで、台の上に載ったボールを相手より先に落とせば勝ちだ。

最初は上手《うま》く当たらなかったのに、だんだんボールに思い通りに当たるようになり、フィオナは楽しくなってきた。いつの間にか夢中になる。

しかし、アロイスには一回も勝てない。彼はそんなフィオナに付き合ってくれた。なぜだか途中から、明らかにフィオナに勝たせようと手を抜いているというより、フィオナの都合のいい位置にボールを打ってくる。

アロイスの厚意を無駄にしないとばかりに、つい力んでしまった。勢いよく突くと、びりっと布の裂ける音がして台に貼《は》られていた黄緑色の布が破れた。

「まあ、どうしましょう！」

布は高価なものだと聞いている。フィオナがあたふたしながら謝ると、アロイスが「気にしなくていいよ」と言って声を立てて笑う。

その後二人は休憩を取ってお茶にした。

「午後からはチェスをしようか」

今日は一日、遊んでくれるらしい。フィオナは少女のように青い瞳を輝かせた。チェスは、イーデスとジョージがやっていたのを見たことがある。そのときはフィオナが相手ではつまらないからと入れてもらえなかった。

教わってみると駒《こま》の動きを覚えるのに手間取ってゲームどころではなかった。アロイスは「慣れれば楽しいよ」と言ってくれたが、フィオナはあまり頭を使うことは好きではない。彼の相手になれなくて少し残念だ。

フィオナから見てアロイスは不思議な人だった。結婚当初、彼との心の距離はものすごく開いていて、縮まることはないと思っていた。それなのに、今では誰よりも信頼出来るし、安心出来る。秘密の多い人なのに。

外は雨で大きな窓から見える景色は早くから夜の闇《やみ》に沈み込んでいるのに、二人でとる夕食はとても楽しくてなぜか気分が浮き立つ。そんなときは燭台《しょくだい》に灯《とも》された炎がいつもより、きらきらと明るい光を放っているような気がして、窓から見えるどんよりとした鈍色《にびいろ》の景色すら鮮やかに目に映る。

何気ない会話の折に彼のエメラルドグリーンの瞳と視線を交わすと、胸の鼓動が速くなり、頬《ほお》に熱が集まり、妙に息苦しい。どこも具合は悪くないのに。

一緒にいると安心出来るはずなのに、どうしてどきどきするのだろう。フィオナは戸惑い、その思いに名前を付けることを躊躇《ちゅうちょ》した。期待してしまうのが怖くて。

◇

その日は、いつものように教養の座学やマナー、ダンスのレッスンに明け暮れた。アロイスはまた出かけてしまい、食事の時間もお茶の時間もフィオナ一人だ。

レッスンの合間を見て息抜きに庭に出る。花壇の世話をし、庭師のアダムスと今度は何を植えようかと相談した。もちろんアロイスを説得するのはフィオナの役目だ。着々と花壇の花は増えている。

しかし、ひと段落してしまうとなにか物足りない。侍女のマリーやアリアが話し相手になってくれるが、なぜか寂しい。アロイスがいないからだ。その穴を埋められない。

最初は実家の借金を肩代わりしてくれたので、感謝の気持ちでいっぱいだった。愛も会話もなくても別に大丈夫、自分はただ夫に尽くすだけと思っていたはずなのに、今は思いのほかフィオナの中で彼の存在が大きくなってきていた。


その晩、アロイスに以前もらったメッセージカードを丁寧に読み返し、そろそろベッドに入ろうかという頃、誰《だれ》かがドアをノックした。

(誰だろう？　マリーかアリアかな？)

しかし、開いた扉の向こうに立っていたのは、アロイスだった。フィオナは慌ててメッセージカードを隠す。本人に見られるのは、とても恥ずかしい。

「フィオナ、それ」

目ざとい彼にすぐに見つかる。フィオナは赤くなり、慌ててそれでも丁寧にしまう。彼は、

「ありがとう、持っていてくれたんだね」

と目を細め、優しい笑みを浮かべる。

それだけで顔が赤くなり、心臓が煩《うるさ》く音を立てた。

しばらく放《ほう》っておかれたので、これから、話し相手になってもらえるのだろうか。フィオナは早速お茶の支度をと思い、はたと気づく。そういえば、彼はフィオナの夫なのだ。意識したとたんに緊張して、またどきどきし始めた。こんな時間だし、さすがにただ話に来たのではないとわかる。二人は夫婦なのだし。

最近では愉快な遊び相手だと思って、忘れがちだった。結婚式から随分経《た》っているし、もうそういう夫婦の営《いとな》みはないものなのだろうと思い込んでいた。なぜ、今になって……。どう振る舞うのが正解なのかわからないまま、フィオナは混乱する。

そもそもフィオナには経験のないことだ。普通の妻はどうやって夫を部屋に招き入れるのだろうか。それすらもわからず、戸惑っていた。彼女は実家でまともに教育を受けてこなかった上に、家の事情に振り回され社交にも顔を出さなかったので、男女の秘めごとについての知識がほとんどない。

だから、夫になんと声をかけたらよいのかわからない。「お待ちしておりました」「いらっしゃいませ」「ようこそ」どれがいいのだろう。こんなことなら実家で母に聞いておけばよかった。などと見当違いのことを考えて、フィオナの思考はどきどきするよりも、頭を悩ませるという残念な方向に進んでいく。

いや、ここは多分「こんばんは」だ、という結論が出たところで、ふと視線を落とすと、アロイスの手元にランプが二つ揺れていた。

(なんでランプが二つ?)

フィオナが目を丸くして見上げると、いたずらっぽいエメラルドの瞳にぶつかった。

「ちょっと散歩しない?」

軽い口調でそう言うと、アロイスは楽しそうに微笑んだ。なぜだかはしゃいでいるように見える。そのせいか、いつもの彼よりほんの少し幼い。どうやら彼はまたフィオナと遊んでくれるらしい。

フィオナは今まで頭を悩ませていたことなどすっかり忘れ、いそいそと夜着の上に大きめのケープを羽織り、足取り軽く彼の後について部屋を出た。


光量を落とした広く薄暗い廊下を抜け、狭い通路に入る。しばらく歩くと小さな扉の前で止まった。その向こうには綺麗《きれい》な夕景を一緒に見たあのバルコニーへ続く狭い階段がある。

「フィオナ、前に渡した鍵を持っている?」

「はい」

当然だとばかりに、フィオナが首から下げた鍵を取り出すと、アロイスが驚きに軽く目をみはる。彼女は言いつけ通りにちゃんと肌身離さず持っていた。それなのに彼は「フィオナいい考えだ。約束を守ってくれて……偉いよ」と言いつつ「くくっ」と笑いが収まらない。フィオナはほんの少し気を悪くした。結構いい思い付きだと思っていたのに。

「そんなに笑わないでください」

何がおかしいのかと言わんばかりに抗議する。

「いや、失礼。寝るときまで身につけているとは思わなかったものでね。今度、鍵を下げるためのネックレスを注文しよう。その調子で肌身離さずにね」

と前半は笑いながら、後半は真面目《まじめ》な口調で付け加える。

しかし、彼のエメラルドの瞳はまだ笑ったままで、片手で口元を覆っている。多分、「肌身離さず」は比喩《ひゆ》だったのだろう。あいにくフィオナに比喩は通じない。言いつけは守っているとばかりに得意げに鍵を取り出してしまった自分が恥ずかしい。当然彼もこの場に鍵を持ってきているのだろう。

気を取り直して、フィオナは金色の鍵を鍵穴に差し込んだ。ノブをひねるとカチャリと音を立てドアが開いた。上に伸びる急な階段はこの間より暗く、少し不気味に見えた。夕方と夜更けでは受ける印象が随分と違う。

「足元に気を付けて」

そう言われて、ランプを手渡された。片方の手で手すりに掴《つか》まり、フィオナは慎重に階段を上った。

夜の静寂に、階段を踏む音がギシリと響く。

「なんだか、暗くて怖いです」

「そう？　この時間に、ここから見る月のない夜空は最高だよ。星降るようで」

そういうものなのだろうか。月がなければかなり暗いではないか、少し不気味だなと思いつつ、フィオナは曖昧《あいまい》に頷いた。

「今夜は星を見に来たのですか？」

夫はロマンチストなのだろうか。

「違う、夜の散歩だよ。だが夜空を見るのもいいかもしれない。今夜は少し変わった月が出ている」

アロイスはとても機嫌がよさそうだ。そういえば、今夜はフィオナの手を引いてくれない。最近は手を引かれて歩くことが多かったので、少し違和感がある。しかし、よくよく考えてみると片手にランプ、もう片方は手すり、両手は塞《ふさ》がっていた。

間もなく広い廊下に出た。そして、このあいだ、瞬きをするのも惜しいほど綺麗な夕景を見たバルコニーの横を通る。しかし、残念なことに夜空には赤く大きな月が浮かんでいた。それはそれでとても綺麗だが、美しさの分だけ気味の悪さが増す。血を連想させた。

「やっぱり不気味です……」

ランプの明かり越しにそんなフィオナの反応を見て、アロイスが笑っている気配がする。

「足元に気を付けて」

広い廊下を彼の後について黙々と歩く。バルコニーと反対側の壁にはいくつかの部屋が並んでいた。アロイスに聞くと、今は使っていないから掃除していないと言う。よく考えたら、ここが屋敷の主人の場所ならば、自分が掃除しなければならないのではないか？　フィオナは鍵を持っている。

「アロイス様、今度、私がお掃除に来ましょうか」

フィオナがそう言うと、彼は少し困ったように眉尻を下げる。

「いいよ。フィオナはそんなことしなくて」

とやんわり断られた。

思ったより廊下は長く続き、しばらく歩いていくと脇《わき》にまた狭い通路が見えてくる。アロイスが慣れた様子でそこへ入っていく。ところどころに明かり取りの窓があるので廊下にはぼんやりと月明かりが差す。

しんと静まり返った廊下には微《かす》かな衣擦《きぬず》れと二人の足音しかしない。暗さにも慣れて足元に不安もなくなった頃、アロイスがフィオナに手を差し伸べた。いつも察しの良い彼が今夜はタイミングをずらしている。今はそれほど足場も悪くない。

「大丈夫です。一人で歩けますから」

そっけなく言ってしまった自分が少し恥ずかしい。これではまるで、今まで手をつないでくれなかったからと拗《す》ねているようだ。実際その通りなのだが。と、そのときフィオナの背後でガサリと音がした。突然聞こえてきた音にフィオナは驚き、手に持ったランプを落としそうになった。

「フィオナ、どうしたの？」

アロイスがすぐに彼女を支える。

「い、今音が。何もないのに音がしたの」

そう言いながら震える。口調も無意識に砕けてしまっていた。

「何もいないのに音がするわけないでしょ。大方ネズミだろう」

「ひっ！」

フィオナは無意識のうちにアロイスにしがみついた。彼は慌てたフィオナの手から危なげに揺れるランプを取り上げ、片腕で彼女を抱き寄せる。

「今度はどうしたの？」

「ネズミ嫌い……」

「えっ？」

アロイスが微かに首を傾《かし》げる。ランプに照らし出された彼の艶《つや》やかな金糸の髪がサラリと揺れた。

「あの……あのね。子供の頃、父にひどく叱《しか》られて、屋根裏部屋に閉じ込められて。そのとき、ねずみが出て、すごく怖かったんです」

フィオナは怯《おび》え、カタカタと震えた。温かくて大きな夫の手が彼女の華奢《きゃしゃ》な背中を優しくさする。

「そうか、君は子供の頃そんな目に遭っていたんだね」

フィオナはかぶりを振る。

「私が言うことを聞かない子だったから」

「フィオナ、君は素直でいい子だよ。他《ほか》に苦手は？」

アロイスが穏やかに問いかける。

「蜘蛛《くも》です」

即答だった。

「わかった。要するに屋根裏が苦手なんだね」

「あの、でも、ここは好きです。景色がとても綺麗だし、広いし、バルコニーは素敵だし、夕方までなら楽しいです。それにアロイス様と一緒ならいつでも大丈夫です」

フィオナが慌てて言い募るとアロイスが目を瞬き、笑みを深めた。

「ありがとう。この場所を好きでいてくれて」

ここはきっと彼にとって大切な場所なのだ。

二人は廊下にある長椅子《いす》に並んで座る。しばらく肩を抱かれていると——その温《ぬく》もりに——フィオナは少しずつ落ち着いてきた。

夜は不思議な空間を紡ぎだす。日頃面と向かっては話しにくいこともすんなりと口に出来るときがある。どちらからともなく、ポツリポツリと話し始めた。

「そういえば、アロイス様は、お父様とお母様どちらに似ているんですか？」

フィオナは初めて彼に父母のことを聞いてみた。

「母似かな。フィオナは父の顔も母の顔も知らなかったね。執務室に肖像画《しょうぞうが》がかけてあるから、今度見においで」

彼がフィオナの疑問に答えてくれるのがとても嬉しい。

「はい、楽しみです」

屋敷に彼の家族の肖像画がないことを不思議に思っていた。執務室にあるとは思わなかった。フィオナは夫の執務室に行ったことがない。今度行ってみよう。きっととても美しい母なのだろう。

「フィオナは誰に似たのかな」

アロイスの呟《つぶや》きに、

「私は、父似だと言われます。白茶けた金髪がそっくりだって」

と言ってフィオナは小さく笑う。だから、今もランプの光を反射してキラキラと輝くアロイスの美しい金髪に憧《あこが》れる。とても素敵。

「白茶けた金髪だなんて、誰にそう言われるの？」

そんなふうに聞き返されるとは思っていなかったので、フィオナはびっくりした。

「え？　誰にって、姉に」

つい正直に答えてしまったが、なんだかイーデスの悪口を言ってしまったようで落ち着かない。

「それで君は自分に自信がないのか」

フィオナはアロイスの言葉に慌てた。

「あ、いえ、別にそんなことは全然なくて。あの、マリーやアリアが毎日丁寧にお手入れをしてくれて、いつも褒めてくれて……」

「君は、あまり父親には似ていないと思う。フィオナの鮮やかな青い瞳や淡い金髪の方がずっと綺麗だ」

「え？」

薄く微笑む彼の煌《きら》めく緑の双眸《そうぼう》が謎《なぞ》めいて見えて、フィオナの心臓はドキドキと高鳴った。そんなふうに言われたのは初めてだ。姉のイーデスは、母のメリッサ似の美人で羨《うらや》ましかったが、アロイスにそう言われると家族の誰にも似ていなくていい気がしてくるから不思議だ。

ランプにほのかに照らし出された彼のエメラルドの瞳が揺れ、目が合うと口元がゆっくりと柔らかく弧を描く。なんだか艶《なま》めかしい。フィオナは頬に熱が集まり恥ずかしくなって下を向く。胸の鼓動がまるで早鐘のよう。暗くて良かった。

結婚する前は生活に追われ自分の見た目など気にしたことはほとんどなかったが、結婚してからはそういうわけにはいかなかった。

マナーも完璧《かんぺき》で見目もよいアロイスの横に並ぶのだ。王都の夜会では値踏みするように突き刺さる視線と、見劣りする自分に気が引けた。ローズブレイド家の使用人や領民は温かく迎えてくれるけれど、今でも彼の隣に自分がいていいのだろうかと不安になる。彼はそんなフィオナの不安をこうやって鎮めてくれる。とても優しい人。


「そろそろ行こうか」

アロイスに促され、再び並んで廊下を歩き始めた。フィオナはまたネズミが出るのではとおっかなびっくりする。

「あと少しだけれど、駄目そうなら言って。背負ってあげるから」

そう言ってアロイスが笑う。揶揄われているのだ。

「だ、大丈夫です！」

フィオナは真っ赤になって首をプルプルと振る。羞恥《しゅうち》心が恐怖に勝った。

また狭い廊下に入り、ドアの前で立ち止まる。フィオナの持っている鍵で扉を開けると階段室だった。少し埃《ほこり》っぽい階段は長く続いて、ランプの光の届かない先の方はぽっかりと闇に飲み込まれている。そこを二人でランプを片手に下りていく。

「なんだか、このお屋敷迷路みたいです」

やっと暗さに慣れてきたのか、フィオナの声に僅《わず》かに好奇心が宿る。

「そんなに複雑ではないよ。右手を壁について歩けばここに出る。ここを下れば外だよ。はぐれても大丈夫だから安心して」

「はぐれるのは、嫌です」

そう言うとフィオナはアロイスのシャツをしっかりと掴む。

「フィオナは随分と怖がりなんだね」

前を歩くアロイスがふふと笑う。

「これが怖くない人なんていませんよ。きっとアロイス様くらいです」

フィオナが少しむきになって言い返した。アロイスは時折ここに一人で来るらしい。フィオナには信じられないことだ。階段を下りきったところで、アロイスが立ち止まる。その先にはまた扉があった。正面と右手の二つだ。

「右手のドアを開けてごらん」

言われた通りに扉を開けてみると短い上り階段が続いていた。しかし、それは天井にぶつかって途切れている。アロイスはそこを上り、天井を押し上げた。それと同時にふわりと月明かりが差し込む。フィオナがのぞき込むと、そこは庭だった。目の前に大きな木と茂みが広がっている。アロイスに手を引かれて、フィオナは急な階段を上りきった。

「この通路は庭に出るのですね」

しかし、ローズブレイド家の庭は広い、夜ということもあってフィオナはそこがどこら辺かわからない。

「フィオナ、こっちだよ」

そう言ってアロイスは、大木の近くにある深い茂みまで、フィオナを連れていく。茂みの中に入ってみると二人の姿はすっぽりと隠された。

「ちょっとここからのぞいてごらん」

屈《かが》んだアロイスに言われるままに茂みの間からのぞくと、少し離れたところに月明かりを浴びるフィオナの花壇が見えた。

「あんなところに花壇が……」

「ここは周りから見えないけれど、庭を見渡せて、誰がどこにいるのかすぐにわかる。隠れるには最適な場所だよ」

昼間、フィオナが庭で植物の世話をしていると、時折アロイスが音もなくどこからか現れる。どうやらこの通路を使っていたようだ。どうりで気づかないはずだ。普段は紳士でとても大人《おとな》なのに、時々まるで子供のような悪戯をする。フィオナはアロイスを呆《あき》れ半分に軽く睨《にら》む。

「アロイス様。ひどいです」

フィオナの抗議などどこ吹く風で、彼はくるり背を向けて笑っている。今夜の散歩はこの種明かしのようだ。何も夜更けにやることもないのに。彼はとても優しいけれど、どこか意地悪だとフィオナは思う。彼女が失敗したり、怖がったりすると時々楽しそう。ただ、本当に困ったときは、助けに来てくれる。そういう人だ。

いつの間にか月は中空まで昇っていて、血のような赤みが抜け、銀色に輝いていた。そのまま、アロイスに手を引かれて庭を歩く。昼は色鮮やかに花の咲き乱れる花壇が、夜は月の明かりを浴びて銀色に光って見えた。しんとしたヒマワリはまるで眠っているよう。

鮮やかな色彩は奪われ、月の光が織りなす銀色の景色が広がる。しばらく見惚《みほ》れていると、ゆるりとアロイスの腕がフィオナの腰に回り、優しく引き寄せられた。

「えっ……」

いつもよりずっと近い距離に、フィオナが驚いて声を上げる。アロイスが静かにというように、人差し指を唇の前で立てた。その仕草に色気が漂う。彼を魅力的な異性として意識してしまう。どきどきしながら頷くと、フィオナの淡い金色の髪をアロイスの長い指がゆっくりと梳《す》いていく。

「フィオナ、そんなに固くならないで、結婚式じゃないんだから」

笑いを含んだ柔らかい声が耳をくすぐる。アロイスのエメラルドの瞳の奥に見たことのない光が揺らぐ。恥ずかしいのに彼から目をそらせない。

「私、あの、とても緊張していたから、結婚式のときの記憶がなくて……何か粗相を？」

「大丈夫、君は完璧だった」

アロイスが笑う。式の間中、倒れそうなほど緊張していたので記憶が飛んでしまっていた。優しく髪を梳く彼の指が心地よい。それなのに胸の鼓動はどんどんと速くなり、フィオナの透けるように白い頬はバラ色に上気する。

（どうか彼から見えませんように）

フィオナはふわふわとした不思議な感覚に包まれた。

「ただね、誓いの口づけだけは出来なかった。君が緊張のあまり今にも倒れそうだったからね。だから、やり直し」

彼が、耳もとでそう囁《ささや》く。アロイスの長い指がすっとフィオナの頬を伝い、頤《おとがい》を軽く押し上げた。

触れる彼の指先が熱を帯びる。唇に柔らかい感触が落ちた。甘い痺《しび》れを感じ、フィオナはそっと目を閉じる。胸を高鳴らせながら。

二人揃《そろ》って屋敷に戻ると夜遅いにもかかわらず、まだ数人の使用人たちが立ち働いていた。「こんな夜中に庭で散歩ですか？」と執事のジェームズからは呆れられ、マリーには「旦那様、こんな夜更けに外に出るなんて、奥様が風邪《かぜ》を召されたらどうするのですか」と苦言を呈された。

フィオナの部屋の前までアロイスが送ってくれた。

「お休み、フィオナ。いい夢を」

アロイスはそう言い残してフィオナの額に軽くキスを落とす。名残惜《なごり》しそうにフィオナの頬に触れ、それから踵《きびす》を返し、寝室の扉をぱたんと閉じて廊下へ出ていった。意外にあっさりしたその別れに、フィオナは呆気《あっけ》にとられ目を瞬く。

（あれ？　やっぱり私、魅力ないの？）

夜中の散歩ですっかり疲れてしまったフィオナは、ふかふかのベッドに横になる。

彼にとって自分はどういう存在なのだろう。

翌朝早くにフィオナはアロイスを見送りに玄関ホールに立っていた。彼がまた出かけてしまう。

「フィオナ、私はしばらく留守にする」

朝起きるとふいといなくなっていることが多いアロイスが、珍しく今後の予定を告げた。いつもそんなことは言わない。フィオナはどきりとした。

彼はいつものように穏やかに微笑んでいる。

「はい……」

わざわざ言うということは、遠くに行ってしまうのだろうか？　また、結婚当初のように長く留守にするのかもしれない。今朝の彼は少し疲れて見えた。まだ仕事が残っていたのに昨晩はフィオナに付き合ってくれたのだろう。でも、何だか、おかしい。上手く説明は出来ないが、彼がいつもと違うのだ。微笑は同じなのに……、同じだから？　最近の夫は素の笑顔を見せてくれていた。それなのに今は、精緻《せいち》に彫られた美しい仮面のよう。

フィオナは胸騒ぎを覚えた。

「今日から、クロードとザカリアが遊びに来るよ」

アロイスが明るい調子で言う。

「え？」

彼らに会うのは久しぶりだ。

「ハスラー家の領地は隣なんだよ。この時期は毎年遊びに来る。私が戻ってくるまで、フィオナが二人をもてなしてあげて」

「はい」

そう言われてフィオナはほっとした。二人のことを頼んでいくということは、アロイスは近いうちに帰ってくるのだろう。遠くに行ってしまうわけではないのだ、きっと。フィオナは必死で自分に言い聞かせる。

しかし、クロードは彼の部下だ。ならば、アロイスの今回の留守は仕事ではないのだろう。

(アロイス様は、いったいどこへ?)

フィオナがそう思い至ったとき、彼を乗せた馬車は出発していた。

遠くなっていく蹄《ひづめ》の音を聞いていると、心がさざなみのように揺れる。こんな感覚は初めてだ。

いつか、彼の心に手が届くのだろうか。

◇

フィオナは、クロードとザカリアが来るのが楽しみで、アリアやマリーと相談しながら、彼らの部屋に花を生けた。気に入ってくれるだろうか。二人はフィオナにとって、領地に来てから初めての客だ。茶と菓子の準備も整い、フィオナはどきどきしながら彼らの到着を待つ。

午後になると、待ちに待ったハスラー兄妹が遊びに来た。彼らは土産物《みやげ》をたくさん持ってきてくれた。フィオナが飲んだことのない甘い香りのするお茶や、綺麗な色をした珍しいお菓子。それに美しい織物。

フィオナは彼らを歓迎し、旅の疲れを労《ねぎら》った後、お茶を楽しんだ。王都の噂話や美味《おい》しいお菓子が食べられる店の話を聞いた。

そういえば、こちらに来てから、何かとアロイスは連れ出してくれるようになったが、王都で連れ立って外食したことはない。あの頃は二人の距離は遠く、こんなに仲良くなれるとは思っていなかった。ましてや彼がいないだけでこれほど寂しくなるとは……。今度王都に行くことがあったら、彼と出かけてみたい。

「なんだか楽しそうですね。私も王都にいる頃、もう少し出かければ、良かったです」

羨ましそうにフィオナが言うと、クロードとザカリアが顔を見合わせた。

「それは、夜会並みに大変かもしれません」

とクロードが言う。

「そうよね。お忍びならばいいけれど」

「どういうことですか?」

フィオナがきょとんとして首を傾げる。

「そりゃ、公爵夫妻ですから。有名店などに行ったら、なんやかんやとすり寄ってくる輩《やから》もいますし、始終人目に晒《さら》されます。爵位が高くなればなるほど注目も集まりますからね」

それを聞いてがっかりした。やはりアロイスに言われた通り外出は控えて正解だったのだ。今思うとフィオナのためだったのだろう。

ここの領民たちは皆フィオナを温かく迎えてくれるが、王都の夜会では突き刺さるような視線を感じ絶えず緊張を強《し》いられた。まるで一挙手一投足を観察されているように。そんな中で、ザカリアとクロードがそばに来てよくフォローしてくれた。彼らはとてもありがたい存在だ。

「ここの領地で、時々有名店に行くけれど、皆気のいい人ばかりで、マナーにはこだわらない方が多くて、気楽です」

フィオナはこの土地で自分を値踏みするような視線を感じたことがない。

「そうですね。気質でしょうか。南方の人たちは陽気で細かなことにこだわらない人が多いです。うちの領地もおおらかな人たちが多いわよね、お兄様」

ザカリアがクロードに言う。

「おおらかというよりがさつだけれどね」

と言って二人は笑った。

「いずれにしても王都で店に入るには気も張るし金もかかる。僕はあまり好きではないです。まあでも、そこら辺は男爵家なので気楽ですが」

そういうものなのかとフィオナは思った。彼らは随分と洗練されていて、社交慣れしている。都会的でとても素敵な人たちだ。そんな彼らを見ていると自分はこの地位に安穏としていていいのだろうか、もっと相応《ふさわ》しい人がローズブレイド公爵夫人となるべきだったのではないかと、感じてしまう。

王妃グレースから、アロイスがフィオナを選んだ理由は聞いているので、この結婚は両家の利害の一致だとわかっている。だから引け目を感じる必要などないはずなのに、時折不安になるのだ。フィオナの目にはアロイスがとても損をしているように映る。

――本当に私でよかったの？

アロイスは社交の後いつも褒めてくれた。挨拶《あいさつ》が上手《じょうず》になったとか、所作がとても美しくなったとか。あれはフィオナが劣等感に苛《さいな》まれないため、自信を持たせるための優しい気遣いだったのだ。今朝別れたばかりなのに、もう彼に会いたい。フィオナは寂しさにふと涙ぐむ。

最近は、彼がそばにいることに慣れすぎて、いないと不安に感じる。ついこの間まで、夫がいなくても楽しく暮らしていたのに、どうしてしまったのだろう。フィオナはそんな寂しさをぐっと飲み込む。今は大好きなザカリアとクロードが楽しめるよう精一杯もてなさなくては。

そして話題は彼らの領地に移った。とても質の良いレモンとオリーブが採れるという。ザカリアは美容にいいからとオリーブオイルを持ってきてくれた。領地の名産なのだそうだ。食用だけではなく、肌に塗るといいらしい。美しい小瓶にサラリとしたオイルが詰められている。

「ああ、でもフィオナ様はまだお若いから、いらないかもしれませんね」

そうは言っても年齢はザカリアとさほど変わりない。

「塗ると肌が綺麗になるのですか？」

俄然《がぜん》興味が湧《わ》いた。今まで自分の容姿などあまり気にしたことはなかったが、最近綺麗になりたいと切実に思う。

「あまり塗りすぎると肌荒れの元です」

「そうなのですか？」

ザカリアは随分と詳しい。彼らの領地はルクレシアより雨が少なく乾燥しやすいので、オイルが重宝しているそうだ。

「少し乾燥したなってときに、一、二滴手に取って薄く延ばして使うといいですよ。ちょっと手で試してみます？」

「ええ、ぜひ！」

ザカリアがフィオナの手を取る。女性二人だけで盛り上がると思いきや、意外にクロードも詳しい。彼は普通に話題に入ってきている。フィオナが一番遅れを取っていた。彼らはオイルを使ったパックの仕方なども教えてくれた。

「僕もオイルを使ってますから」

「だから、お二人とも肌が綺麗なのですね」

とフィオナが感心して言うと、ザカリアは喜び、クロードは苦笑した。ザカリアは新しい化粧品を購入すると、兄のクロードで試してから使うらしい。どうやらこの兄妹は妹の方が強いようだ。

フィオナがふと視線を感じて顔を上げるとアリアがオイルに熱い眼差《まなざ》しを注いでいた。彼女はフィオナと目が合うと少し赤くなって狼狽《うろた》える。どうやらアリアもこのオイルに興味があるらしい。横にいるマリーに窘《たしな》められていた。後で二人にもお裾分《すそわ》けしようとフィオナは思った。今さらながら、彼女たちは美しい。

実家では家事で手がぼろぼろに荒れていたのだが、結婚してから、アリアやマリーが一生懸命手入れをしてくれるので、肌も髪も綺麗になり、手荒れも治った。オイルを定期的に彼女たちのために購入してはどうだろう。今度アロイスに相談してみよう。とても使用人を大切にする人だから、きっと力になってくれるはずだ。


晩餐《ばんさん》では、ここの料理はとても美味しいとハスラー兄妹は大喜びで、たくさん食べていた。フィオナもそう思う。今日みたいに皆で食べる料理は格別美味しい。

食後のお茶の時間には、彼らの領地経営などのちょっと堅い話もした。

フィオナはだいぶこういう話題にも慣れてきて、聞き役にならなれる。西隣の領地で同じ海に臨んでいるのに気候も少し違うらしい。ここよりずっと乾燥していて日差しが強いと言っていた。少し前ならば、言葉の意味もわからず楽しめなかった話題も今はすんなりと理解出来る。教養を学び、領地の社交で実践しているお陰だ。フィオナはいつの間にか、そういう会話を楽しむことが出来るようになっていた。嬉しいことに、ザカリアとクロードに彼らの領地にも遊びに来てほしいと招待された。

たくさん笑って、とても楽しい夜を過ごし床につく。しかし、頭の片隅にはいつでも不在の夫がいた。少し寝付けなくて、大切な小箱をチェストから取り出す。アロイスの流麗な文字を見ているだけで落ち着いてくる。文字を追っているとそばにいるようで……、それでも拭《ぬぐ》えない寂しさを感じた。

次の日の昼下がり、フィオナが部屋で休んでいた丁度そのときに一通の手紙が届いた。それは王都の本邸から転送されたもので、姉イーデスからだった。最近会うこともなかったから、イーデスはフィオナがここにいることを知らないのだろう。珍しいというか、姉から手紙をもらうのは初めてだ。姉は筆まめな方だが、今までフィオナに手紙をよこしたことはない。何か嫌な予感がする。フィオナはペーパーナイフで丁寧に封を切り、目を通した。

イーデスからの手紙はムアヘッド家の窮状《きゅうじょう》を嘆く内容だった。ローズブレイド公爵に難癖をつけられたせいで夫ロベルトが仕事を失いそうになっており、たいへん困っている。金を融通して欲しいという内容だった。そのようなことを言われてもフィオナは金を持っていない。そして姉はそれを見越している。抜け目なく、金が用意出来なければ宝石を送れと書いてあった。もちろん、そんなことは出来ない。

宝石は、高価なものを買うのが怖くて選べないフィオナに代わり、すべてアロイスが選んでくれたものだ。夫婦揃いのものも数点あり、フィオナの瞳の色と同じものをと言って、アロイスがわざわざ石を選んで作らせた特注品まである。ほとんどが一点ものだ。だいたい夫が約束したのはキャリントン家の救済であって、ムアヘッド家ではない。なんら関係はないのだ。

どうしたものかとフィオナはため息を吐《つ》く。この家の者に秘密で姉に金品を融通するなど無理な話だし、その行為は今まで良くしてくれた彼らに対する裏切りだ。

それから少し長めの追伸に目を通し、フィオナは息が止まりそうになった。どうしよう……。まずは夫に知らせなければ、出来ることならば直接伝えたい。

そのとき部屋にノックの音が響いた。ジェームズだ。

「奥様、どうかなさいましたか？」

どうやら顔に出ていたようで、扉を開けて入ってきたジェームズが心配そうに声をかけてくる。

「いいえ、大丈夫です。晩餐のメニューの相談ですよね？」

フィオナは落ち込みそうになる気持ちを振り払うように立ち上がり、微笑んだ。

今は客を明るくもてなさなければならない。気持ちを切り替えるべく、不愉快な手紙を文机にしまった。もちろん、アロイスからもらった宝物のメッセージカードとは離して。

だが、しばらく気持ちが揺れ動き、彼女にしては珍しく気分がくさくさした。こんな調子ではマリーやアリアにも心配をかけてしまう。感情を押し隠し微笑むということはフィオナが思っていたよりもはるかに難しく大変なことだった。


フィオナはアロイスが外で何をしているのか知らないが、姉の言うことを鵜呑《うの》みには出来ない。今のフィオナは嘘《うそ》吐きの姉よりも、秘密の多いアロイスを信じている。

だいたい、ここのところ領主としての執務に忙しかった彼に、ムアヘッド卿に嫌がらせをしている暇などあるわけがない。ロベルトがアロイスに無実の罪を着せられて糾弾されているなどとイーデスは言っているが、彼はこのところずっとフィオナと一緒にいたし、王都へ行って帰れるほど長い間留守にしたことはない。

それにアロイスは冤罪《えんざい》を吹っかけるようなひどい人ではない。フィオナはだんだんと腹が立ってきた。だいたいムアヘッド家はキャリントン家の窮状に一銭も払わなかったし、見栄っ張りな父母をおだてて逆にたかっていたではないか。


フィオナは気分を変えるため、サロンへ降りていった。するとちょうどザカリアがお茶を飲んでいた。

彼女はフィオナを見ると人懐っこい笑みを浮かべ声をかけてくれる。

「ここから見る景色は最高ですね」

「はい、私も大好きです。日が落ちる頃、よくここでぼうっとしています」

フィオナも微笑む。ここからの景色は本当に心をなごませてくれる。

「私も今日ご一緒しようかしら」

「ええ、ぜひ」

フィオナは嬉しそうに何度も頷く。ちょうど人恋しいところだったので、話し相手が出来たとばかりに喜んだ。二人は夕食までのひととき、他愛《たわい》のない話で盛り上がった。ザカリアは明るくさっぱりした人で、とても大人だ。こういう人が姉だったらよかったのにとフィオナはひそかに思う。

その後、三人で晩餐を楽しみ、夜は皆で遊戯室へ行った。ささやかな玉突き大会が始まる。

フィオナも最初は参加していたが、途中から見る方に回った。彼らはとても上手で、ローズブレイド家で用意した最高級のワインを賭《か》けて兄妹で争っていた。結局、ザカリアの勝利となった。

フィオナとザカリアはお茶にした。クロードは妹に負けたのが悔しいのか、腑《ふ》に落ちないのか、玉突き台でショットの練習をしている。


二人は遊戯室の窓辺にある白いティーテーブルに着いた。大きな窓から入ってくる夜風が心地いい。レースのカーテンがさわさわと揺れる。

フィオナは、思い切ってザカリアにイーデスのことを聞いてみた。

「あの、王都で姉のイーデスがご迷惑をかけていませんか？」

以前夜会の折にイーデスはハスラー兄妹にとても失礼な態度を取っていた。フィオナは彼らがまた不愉快な目に遭っていないか少し心配だ。するとザカリアはその美しい容姿に似合わず豪快に笑った。ブルネットの艶やかな髪が揺れる。

「大丈夫ですよ。近頃は、お茶会や夜会でもあまりお見かけしませんしね」

彼らが迷惑をこうむっていなくてよかったと安心する反面、社交の場に出ないということはやはり金に困っているのだろうかと心配になる。

イーデスは茶会や夜会が好きだ。毎回、上等なドレスをあつらえて現れる。人の賞賛が大好物なのだ。夫ロベルトの部下の妻たちを取り巻きに、会場内を練り歩く。そんな彼女が社交の場へ出ないなど、よほど切羽詰まっているのだろうか。フィオナが顔を曇《くも》らせる。

「心配ですか？　とてもお元気だというお噂は聞いていますよ」

ザカリアが柔らかく微笑む。彼女がそう言うのならば、きっとイーデスは大丈夫なのだろう。姉はまた大げさに書いてきたのだ。子供の頃から、そういう人だった。フィオナは不安を飲み込み、ザカリアに「そうですか」と微笑み返す。

それにしてもアロイスもザカリアも驚くほど正確に相手の気持ちを読む。言葉にする前にわかってしまう。フィオナにはできない芸当だ。そんな疑問が素直に口をついて出る。

「どうやったら、そんなふうに相手の気持ちがわかるのですか？　私も相手の気持ちを知りたいと思うのに、なかなか上手くいかなくて……。あの、でも、機嫌がいいとか、悪いとか、今は怒っているのか、楽しんでいるのかというのはわかるようになってきたのですけれど」

するとザカリアがクスクスと笑い出す。

「それってアロイス様のことですよね。フィオナ様はご主人が何を考えているのか知りたいんですね」

「は、はい」

フィオナは真っ赤になって口籠《ごも》る。

「いつもお二人で何をされているのですか？」

ザカリアが優しく尋ねてくるので、照れながらも素直に答える。

「えっと、お話したり、お散歩したり、時々外にお買い物とか。それから海を見に行ったり、夕日を眺めたり、庭で花を見たり……」

　彼と過ごした日々を思い出すだけで気持ちが浮き立ってくる。

「随分と仲がいいんですね」

　ザカリアが軽く目をみはる。それから慌てたように付け足した。

「あ、ごめんなさい。不躾《ぶしつけ》でしたね。王都にいたときには、お二人にはもうちょっと距離があったような気がしたから」

「ザカリア、失礼だよ」

　いつの間にかそばに来ていたクロードが妹を窘める。別にフィオナは気にならなかった。むしろ、前よりもアロイスと仲良くなれて嬉しい。


　その後、しばらく雑談すると、フィオナは眠くなってきたので先にお暇《いとま》した。二人は宵《よい》っ張りのようで、まだまだ元気だ。もう一勝負すると言っていた。

　部屋へ下がるとマリーやアリアと話しながらのんびりと湯浴みをした。アリアはフィオナがあげたオリーブオイルをとても気に入っているようで、使い心地などを教えてくれる。マリーも気に入っているらしく、安心した。ワンケースいただいたので、使用人の皆に行き渡るといいな。そんなことを考えながら、ベッドに入った。

　しかし、いつもの心地よい眠りが訪れることはなく、頭の芯《しん》が冴《さ》えなかなか寝つけなかった。さっきまで眠かったはずなのに。ザカリアやクロードが来てくれたのが嬉しくて興奮したのだろうか。

やっと、うとうとしかけた頃、ドンという腹の底に響くような大きな物音で目を覚ました。何事かと思いベッドから飛び起きる。王都のことを思い出して嫌な予感がした。何か屋敷に異変があったのだろうか？　カーテンをさっと開けると、庭から火の手が上がっているのが見えた。

「またなの？」

フィオナが呆然《ぼうぜん》としていると、廊下の方が騒がしくなってきた。誰かが争っているような大きな物音が聞こえてくる。心配になって、慌てて扉を開き、廊下に出た。

「奥様、お部屋にお戻りください！」

初めて聞くマリーの切迫した声に、驚いて振り返ると、彼女の手には大きな漆黒の槍《やり》が握られていた。そしてその廊下の先にはアリアがいる。彼女の両手には短剣が握られていた。男が振り下ろす長剣を左の剣で受け流し、態勢を崩した男の腹を蹴《け》り上げる。流れるような一連の動作にフィオナは恐怖も忘れ呆気にとられた。

「嘘でしょ……？」

どうやらこの家は今賊に襲われているらしい。そして、それを武装した美しい侍女たちが迎え撃っている。なんとかそこまでは把握出来た。

マリーが槍を構え加勢に向かう。次々に襲いかかる男たちを問答無用《もんどうむよう》で打ち倒していく。シュッと風を切る音とともに槍を繰り出す彼女は驚くほど強い。撃退され、男たちが悲鳴を上げる。

（これって夢よね？　あなたたち、どうしてそんなに強いの？）

フィオナは恐怖も忘れ、呆然と立ち尽くす。

「フィオナ様は私が！」

金髪の背の高い女がフィオナの腕を取る。

「はい、ザカリア様、頼みましたよ」

「よろしくお願いします！」

アリアとマリーが敵と剣戟を繰り広げながら返事をする。

「え？　ザカリア様その髪色はどうしたのですか！」

ザカリアの髪の色は美しいブルネットだ。それが見事な金髪になっている。どうやら鬘《かつら》をかぶっているようだ。彼女は華やかな色合いのガウンを身に纏《まと》い、しかし腰には長剣を佩《は》いている。フィオナは金髪のザカリアに自室へ連れ戻された。ブルネットも素敵だが、金髪も似合っている。パニックのさなか、そんなどうでもよい感想が頭に浮かんだ。

「扉に鍵を」

言われるままに部屋の扉に鍵をかけた。それと同時に廊下でひと際大きな音が響く。マリーとアリアは大丈夫だろうか。

「ザカリア様、これはいったい？」

フィオナの声が震えた。今になって怖くなってきたのだ。

「申し訳ありませんが、今は説明している時間がありません。続き部屋の扉を開けてもらえませんか」

ザカリアはテキパキと指示を出す。その声は落ち着いていた。まるでこういう状況には慣れているかのように。フィオナは指示に従い、首にかけた鍵を使って、震える手でアロイスの寝室へ続く扉を開けた。

その間、ザカリアはフィオナの頭に手早く地味な色合いのショールをかける。

「賊はフィオナ様が金髪であることを知っています。ショールから、極力髪を出さないでくださいね」

狙《ねら》われているのはフィオナなのだ。なぜ……？

ザカリアの用意したランプに照らしだされたアロイスの寝室には、天蓋《てんがい》付きのベッドと優美なテーブルセットが置いてあるのではなく、短剣から始まって、戦斧《せんぷ》、長剣、槍、弓などの武器がところ狭しと並べられていた。

フィオナは再び茫然自失《ぼうぜんじしつ》となる。

(え？　旦那様は、武器コレクターなの？)

驚きにマヒした頭でそう考えた。そんなフィオナをしり目にザカリアがサクサクと部屋へ入っていく。慣れた様子で、武器の中から小ぶりのメイスを見繕うと足を竦《すく》ませているフィオナの腰に装着する。これらの武器は蒐集品《しゅうしゅうひん》ではなく実戦用だった。

「なんで…？」

フィオナの混乱をよそにザカリアは淡々と説明を始める。

「フィオナ様、メイスはあくまで護身用です。間違ってもご自分から敵に向かっていくことのないようにお願いします。使い方は簡単です。振り上げて殴るだけです。いざとなったら、投げつけて逃げるのも効果的です。では行きましょう」

間違いなくここは武器庫だ。断じて貴族の華麗なコレクションルームなどではない。この部屋はアロイスの寝室などではなかった。フィオナは何も知らずに武器庫の横で安眠をむさぼっていたのだ。今まですっかり騙《だま》されていた。


事実を知って再び呆然となり、ザカリアに手を引かれるまま廊下に出た。表に出た途端、「いたぞ！」「あそこだ！」などと野太い男の叫び声が響き渡り、賊が集まってきた。ほとんどは慣れた手つきで武器を巧《たく》みに操る従者やメイドに阻まれた。すり抜けた強者だけがこちらへ向かってくる。手に斧《おの》や長剣を持って。フィオナは恐怖とショックで棒立ちになる。

「どうして……こんなことに？」

フィオナの小さな呟きは、儚《はかな》く乱闘にかき消された。ザカリアが迫りくる男たちに怯《ひる》むことなく、剣を振りかざし邪魔なコバエのように追い払う。そして、フィオナの腕をしっかりと掴み、ぐいぐいと廊下をつき進む。

二階の廊下から見える吹き抜けの玄関ホールではジェームズとクロードが応戦している。どう見ても賊の方が人数で勝っているのに二人の方が優勢だ。軽々と戦斧を振り回し、一気に三人の賊を倒すジェームズ。長剣で素早く敵を薙《な》いでいくクロード。そしてそこに素朴な庭師アダムスが躍り込んできた。彼は裂ぱくの気合とともに、スコップを振りかざし、賊を殴って沈めていく。いったい何者なの？　この家の使用人たちはどうしてこんなに強いのだろうか？　フィオナはそこでハッと目が覚めた。

「私は戦わなくていいのですか？　私はアロイス様からこの家の留守を預かっています。先頭に立って戦うべきではないでしょうか」

声を震わせて、それでも決意を込めてフィオナはザカリアに言った。

一方、ザカリアはフィオナの発言に驚き、大きく目を見開いた。か弱そうに見えるフィオナの意外な肝の太さに驚きを禁じ得ない。貴婦人ならば卒倒したり、泣き叫んだりしてもいいような状況にあって彼女は気丈だ。きちんと自分の足で歩いてザカリアの後をついてくる。よくいる甘ったれた貴族の元令嬢とは随分違う。アロイスがいたく気に入るはずだ。

「フィオナ様、それは違います。よく聞いてください。彼らはあなたを殺すか、もしくは攫《さら》おうとしています。だから、あなたは身を隠しながら逃げなくてはなりません」

ザカリアは、はっきりと事実を告げる。きっと彼女なら大丈夫だろう。ぼかす必要はない。フィオナの震える華奢な肩に手を置いた。

「アロイス様から、教えてもらっていますよね。避難経路」

「はい？」

「連れていってもらったのでは？　この屋敷の主人しか入れない場所に」

（あのバルコニーのことなの？）

フィオナが震えながらもコクリと頷くと、ザカリアはフィオナの手を引いてあの狭い廊下に送り込む。

「では、私はここで。フィオナ様、どうかご無事で」

と言うと身をひるがえして、廊下に躍り出た。

「きゃああ」と、なぜかとても可愛らしい悲鳴を上げながら。

どうやらフィオナの代役を務めるようだ。それであの金髪に華やかな色合いのガウン……。やっと合点がいった。彼女は群がってきた賊を限界まで引き寄せると長剣を抜き放った。次々に倒していく。

強すぎるザカリアに呆気にとられた。かっこいい。こんな日常とかけ離れた非現実的な状況において、強くて美しいザカリアに対する憧憬《しょうけい》の念がフィオナの中にじんわりと湧いてきた。


アロイスの留守を預かる自分が本当に逃げ出してもいいのだろうか？

しかし、戦えないフィオナは彼らの足手まといだ。ザカリアがフィオナの身代わりとなって、逃がそうとしてくれている。逡巡《しゅんじゅん》したのは束の間でフィオナは狭い廊下を一人奥まで進み、震える手で鍵を開け、小さな扉から狭い階段室へと入った。しっかりと鍵もかけ、ザカリアから渡されたランプを片手に暗く急な階段を上り始める。閉めたドアの向こうから、ドドドっと複数の足音が響いてきた。

彼女は恐怖に背中を押されるように階段を上る。

（どうか、みんな無事でいて。こんな頼りない私で、ごめんなさい……）


小さなランプ一つの頼りない明かり、焦りに足はもつれ、転んでしまう。落としてしまったランプの炎が今にも消えそうだ。いや、消した方がいいのかもしれない。おそらく明かり取りの窓やバルコニーから、光が漏れ居場所を知らせてしまう。フィオナは怖かったが、意を決してランプの灯《ひ》を消した。

ネズミも蜘蛛も怖い。転んで打った足もじくじくと痛む。その上、辺りは真っ暗。アロイスの寝室と信じていた場所は武器庫だった。ずっと騙されていた。フィオナの瞳から大粒の涙がポロポロと零《こぼ》れ落ちる。アロイスはとうとう心を開かなかった。

なぜ、屋敷が襲われて、自分がこのような目に遭うのかわからない。しかし、身を挺《てい》して、屋敷とフィオナを守ってくれている皆のためにも見つからないように逃げ切らねばならない。ショールで涙を拭うとフィオナは立ち上がった。


思えば結婚してから、良い出会いばかりでフィオナは幸せだった。夫となったアロイスはとても立派な人だ。恵まれない人たちに寄付し、王族の血を引く高貴な身分に驕《おご》ることなく、没落寸前の伯爵家から来たお荷物でしかないフィオナにも親切にしてくれた。そればかりか実家で与えられなかった教育まで受けさせてくれた。感謝しかない。

そして屋敷の親切な使用人たち、チェスターはローズブレイド家のことをいろいろと教えてくれた。マリーもアリアも教養もなくマナーもろくに知らないフィオナを馬鹿《ばか》にすることなく、とても優しく温かく接してくれた。陽気でおしゃべりな執事のジェームズ、植物の魅力を教えてくれた素朴《そぼく》な庭師のアダムス。夫の不在で寂しい思いをするフィオナを皆が見守り支えてくれていた。

（どうか誰も傷つかないで……）

祈ることしか出来ない自分を申し訳なく思う。

大丈夫、ネズミなんて怖くない。蜘蛛だって平気。フィオナは自分に言い聞かせ、気持ちを奮《ふる》い立たせると、闇の中を手探りで歩き始めた。

しばらくすると闇に目が慣れてきたが、今度はどちらへ向かえばいいのかわからない。途方に暮れかけたとき、フィオナはアロイスの言葉を思い出す。

「右手を壁について歩けばいい」

彼はちゃんと教えてくれていた。最大限フィオナを怖がらせないように考えてくれていた。それが夜のお散歩だったのだ。足場の悪いところで彼がフィオナの手を取らなかったのはこのときのため。少し怖かったけれど、楽しくてどきどきした。とても素敵なひと時。思い出すとまた涙が零れそうになる。

◇◇◇

アロイスは馬車を捨て、護衛のグレッグとヘンリーとともに、馬を全速力で走らせていた。王都へ向かう途中で暴漢に襲われ、急遽《きゅうきょ》ルクレシアの屋敷に引き返してきたのだ。

だが、時すでに遅く、高台にある白亜の屋敷から、火の手が上がっているのが見えた。

「奴《やつ》ら、屋敷が狙いだったんですね」

グレッグが悔しそうに言う。

「ジェームズやクロードたちがいるから、屋敷が陥落することはないだろう。急ぐぞ」

アロイスは馬の腹に拍車を当てると坂を駆け上がった。荒事など知らぬフィオナが心配だ。きっと彼女は怯えている。

（なぜフィオナのような素朴で心根の優しい女性を妻に選んでしまったのだろう。こんな襲撃の絶えない家に。彼女を守り切れる自信があった。今となってはそれも……）


屋敷に着くと、派手に炎が上がっていた割に建物は無事だった。もう鎮火してきている。打ち破られた大きな扉から、エントランスホールで戦うクロードたちが見えた。

「皆無事なようですね」

少しほっとしたようにヘンリーが言う。賊は徐々に鎮圧されつつあった。

「クロードたちの援護を頼む。私はフィオナを探しに庭へ向かう」

「はい、旦那様、お気を付けて」

部下の言葉を背に駆け出した。

夜に秘密の通路に連れ出したとき、アロイスはフィオナに庭のとっておきの隠れ場所を教えていた。あの場所は敵の位置も確認出来て、なおかつ自身は見つからない。彼女はおそらく庭を一望出来るあの場所にいることだろう。そこで破壊される花壇を見て泣いているかもしれない。なぜ花を育てることを許可してしまったのかとアロイスは後悔に苛まれた。

あのとき、何も欲しがらないフィオナのささやかな願いを断ることが出来なかった。いや違う。彼女の喜ぶ顔が見たかったのだ。無残に破壊された花壇を前にフィオナは涙を流すだろう。かわいそうで、胸が痛む。

この手の賊はまず綺麗に花を咲かせた庭園や温室を狙う。だからローズブレイド家には北の領地の館以外に温室はない。他はすべてアロイスが子供の頃に破壊されたのだ。

彼は襲ってくる敵を躊躇なく倒し、フィオナを探し庭へ向かう。気ばかりが焦った。

第五章　訳アリ公爵の秘密とフィオナの真実

フィオナは暗い茂みの中に隠れていた。近くには、賊がいる。ガタイのいい大男が、彼女のそばを通過しようとしていた。心臓が恐怖でバクバクと激しくなる。気づかれたら終わりだ。フィオナは息を殺し、がたがたと震える。恐怖のあまり悲鳴を上げそうになり、必死で口を塞《ふさ》ぐ。

ここはアロイスが「隠れるには最適だ」と教えてくれた場所だ。無残に破壊されてしまった花壇を見てとても悲しかったが、泣くのを堪《こら》え、今は必死で息を殺す。恐怖がこれほど抗《あらが》いがたいものだとは知らなかった。大丈夫、ここなら絶対に見つからないから。フィオナは祈るようにぎゅっと手を握りしめた。


そのとき誰《だれ》かが、勢いよく駆けてくる足音がした。フィオナは茂みからこわごわとそっとのぞく。月明かりに浮かぶその人はアロイスだった。

(どうして……いるの?)

本当なら嬉《うれ》しいはずなのに、今は恐怖しかない。アロイスもかなり背は高いが、茂みのそばにいる男は小山のように縦にも横にも大きい。こんな大きな暴漢にいきなり襲われたら、ひとたまりもないだろう。

アロイスに気づいた男は、幅広の長剣を下段に構え、隙《すき》を見て襲いかかろうと、木の陰から機会を窺《うかが》っている。アロイスはきっとフィオナを助けに来たのだ。他《ほか》でもない彼が教えたこの場所にいるだろうと考えて。アロイスはいつも察しがいい。しかし、それが今回は裏目に出た。

男がタイミングを見計らったように木の陰から飛び出す。

(どうしよう!)

そのとき「投げつけて逃げるのも効果的です」と言ったザカリアの言葉を思い出した。フィオナは、必死でメイスを男に向かって投げつける。だが、メイスは思ったほど飛ばず、男の体にかすることなく、ドスッと落ちた。その音に大男が振り向く。

顔に傷を持った恐ろしい形相にフィオナは恐怖のあまり震え上がった。逃げるどころか金縛りにあったように体が竦《すく》んで動かない。

しかし、男は襲いかかってくることはなく、声もなくどうっと崩れ落ちた。その先に、口を引き結び、どこか冷たい眼差《まなざ》しをした夫がいた。

「アロイス様」

震える声で彼の名を呼ぶ。

「フィオナ!」

彼は無事だった。月から降り注ぐ銀色の光を浴びて、優しく微笑《ほほえ》んで彼女のもとに歩み寄ってくる。束の間ほっとした。しかし、その手には抜き身の剣が握られ、返り血を浴びていた。アロイスは血を払うように剣を一振りして、鞘《さや》にカチャリと収める。

フィオナは彼が剣を振るうのを知らない。人を斬《き》るのを知らなかった。銀色の月の光に照らされた

アロイスは、凄惨《せいさん》なほど美しくて、血を浴び微笑むその姿は、エメラルドの煌《きら》めく瞳《ひとみ》を持つ恐ろしい悪魔のように見えた。

フィオナは一瞬で血の気が失《う》せ、ふと目の前が暗くなる。倒れる瞬間に力強い男性の腕が彼女を支えるのがわかった。そのまま意識が途切れて……。

◇◇◇

アロイスは、気を失ったフィオナを抱いてサロンへ向かった。屋敷は、カーテンなどが燃えた跡はあるが、深刻な被害は受けていないようだ。もちろん、使用人兼戦闘員たちも軽傷を負った者が数人いるくらいで、皆無事だった。

問題は、事情を知らされていないフィオナがいたということだ。何も知らせぬまま、彼女を二度も怖い目に遭わせてしまった。アロイスの腕の中で青白い顔をしてぐったりとするフィオナを見ると胸が軋《きし》む。どれほど怖かったろう。

とりあえずサロンへ集まり今後の策を練らなければならない。馬車を襲った賊を締め上げたので、首謀者の見当はついている。

やることは山積みだが、アロイスはまず屋敷とフィオナを守った使用人たちを労《ねぎら》った。彼らのお陰で妻も屋敷も無事だったのだから。それから、いつものように賊の後始末班と屋敷の修繕班に分ける。

しかし、三々五々《さんさんごご》に皆が散る前に、彼にははっきりさせたいことがあった。

「フィオナに武器を持たせたのは誰だ？」

穏やかな雰囲気を取り戻しつつあったサロンは、水を打ったように静まり返る。微笑んではいるが、アロイスは怒っていた。屋敷の主《あるじ》が漂わせる不穏な空気に皆の動きがピタリと止まる。

「ひっ」

短い悲鳴を聞いて振り向くとザカリアだった。

ちなみにハスラー兄妹は客として来ていたが、実はアロイスがフィオナにつけた護衛だ。彼らは昔から、アロイスの部下であり、幼馴染《おさななじみ》でもあった。領地が隣同士ということもあり、家族ぐるみの付き合いだ。代々ローズブレイド家の当主はあまり身分差を気にしない。

「ザカリア、なんでフィオナにメイスを持たせたのかな？」

アロイスが笑みを深くして、首を傾《かし》げる。そのさまは端整な顔と相俟《あいま》って、とても魅力的だ。しかし、気丈なザカリアはそれを見て縮み上がる。この人は笑っているときの方がずっと危険だ。

「すっ、すみません！　ちょっと護身用にどうかなって？　ほら！　武器とかって、持っていると安心するじゃないですか」

ザカリアが慌てて弁解する。

「フィオナが使うと思わなかった？　この子、割と無鉄砲だよ？　見ていて気づかなかった？」

サロンのソファーに横たえられたフィオナの顔色は悪い。

「え、まさか！　メイスで殴りかかって、賊に返り討ちにあったのですか！」

ザカリアが血相を変える。フィオナが心配なのだ。

「違う。これは私が人を斬るところを見て、怯《おび》えただけだ。もういいや、時間を取らせて悪かった。皆、仕事に戻って。それから、ザカリアはひと月ほど配置換えがあるかもね」

軽い調子で最後に付け加えたアロイスの言葉に、ザカリアが「ひっ」と小さく悲鳴を上げた。行動的なザカリアはペーパーワークが大嫌いだ。この配置換えは、きっと資料整理をさせられるのだろう。クロードが「馬鹿《ばか》が」と言いながら妹を引きずってサロンから出ていった。彼らは今回後始末班なのだ。


皆がそれぞれの持ち場に散って行く中で、アロイスは自責の念を感じていた。フィオナの安全を優先して、彼女の目の前で、剣を振るい人を斬ってしまった。どれほど怖かっただろう。失念していた。長くこのような生活を送っていると普通の感覚がマヒしてしまうようだ。

あれほど、この家の影を見せないように気を使ったのにこれでは台無しだ。数々の判断の誤りが、フィオナを危険に晒《さら》し、彼女に武器を使わせてしまった。しかもフィオナは自分の身を守るためではなく、アロイスのために使った。あのとき、木の陰に隠れる敵に気づいていたが、フィオナはそれを知る由《よし》もない。

責められるべきは自分だとわかっている。

◇◇◇

うっすらと目を開くと、とても高い天井が目に入る。ここはどこかと慌てて身を起こすと、いつものサロンで、フィオナはソファーに横たえられていた。周りは少しざわついていて、皆が何事もなかったかのように部屋の壊れた個所を修繕している。その雰囲気は活気があると言ってもいい。高価なカーテンが焼け焦げ、調度品が少し壊れている以外屋敷は平常運転のようだ。

（あんなことがあったのに皆平然として……。それともこれは夢？）

フィオナは呆然《ぼうぜん》としていた。

「奥様、大丈夫ですか」

声の方へ顔を向けると、気遣わしげにフィオナを見るアリアとマリーがいた。

「よかった。二人とも無事だったんですね。けがはないですか？　他の皆は大丈夫ですか？」

フィオナはけがもなく元気そうな二人の侍女を見てほっ胸を撫《な》で下ろす。

「はい、大丈夫です。ただ今屋敷を修繕中でして、しばらくご不便をおかけします。もうすぐ奥様のお部屋は使えるようになるかと思います」

とマリーが答える。

「私はいいの。どこででも寝られます。それよりアロイス様はどちらに？」

アリアはハッとして顔を上げ、マリーは僅《わず》かに目を伏せる。

「フィオナ、私ならここにいるよ」

「……」

振り返ると心配そうにのぞき込むアロイスがいた。その姿に、先ほどのことは夢ではなかったのだと怖くなり、フィオナは一瞬身をこわばらせた。彼が剣を振るう人だと、知らなかった。しかし、それも束の間でこの人が無事でよかったと安堵《あんど》の涙が溢《あふ》れる。

「ううっ、アロイス様」

泣きながら、アロイスの首にしがみつく。

「よかった。みんな、生きていて……本当によかったです」

アロイスはぽんぽんとフィオナの頭を撫で、優しく抱きしめる。

「フィオナ、すまない。怖い思いをさせて」

夫の言葉がじわりと心に染み渡り、背中をゆっくりと撫でられて安心する。

しばらくするとフィオナは落ち着いてきた。それを見計らったようにアロイスが口を開く。

「実は君に話しておかなければならないことがあって」

フィオナはゆっくりと首を振り、アロイスから体を離し居住まいを正す。

「いいんです。わかっています。私、覚悟は出来ています」

「ん？　わかっているって、何をどこまで？」

アロイスが怪訝《けげん》そうに首を傾げる。それに合わせて彼の金糸の髪がさらりと揺れた。夫の手が再び彼女の肩に回り、腕の中に引き戻された。フィオナは緊張も相俟ってどきりとする。しかし、今はそれどころではない。彼の部屋を見てこの家の真実を知った。フィオナは意を決して口を開く。

「アロイス様は、武器の密輪をしているのですよね。知ってしまった私も一連托生《いちれんたくしょう》です」

フィオナが生真面目《きまじめ》な表情でそう言った瞬間、修繕や片付けでざわついていたサロンが静まり返った。とうとう言ってしまったと胸がどきどきする。だが、もう決めたことだ。後戻りは出来ない。

もちろん、本音を言えば、改心してほしいが……。優しいアロイスのことだから、きっとやむにやまれぬ事情があったのだとフィオナは信じている。そして、出来うる限り事情を話してほしいと心の中で願った。

しかし、サロンはいつまでも水を打ったように静まり返ったままで……。皆が目を見開いて呆然としている。それに呼応するようにフィオナの緊張は高まっていく。

だが、しばらくするとアロイスが、「くくくっ」と顔を伏せ金髪を揺らし笑い出した。それを合図にしたように場の空気が一気に緩む。そのうちサロン全体にその笑いが伝播《でんぱ》し、使用人たちも笑い始めた。皆、大笑いして、フィオナだけが蚊帳《かや》の外。だんだん恥ずかしくなり、いたたまれなくなってきた。

「あ、ごめん、フィオナ。あまりにも面白いことを言うから、ついうっかり」

そういうアロイスは笑いすぎて涙目になっている。

「いいんです。別に……」

フィオナが恥ずかしそうにもじもじする。アロイスはそんな妻の髪を優しく撫でた。

「フィオナ。私は、外国からの亡命者の手助けをしているんだよ。主にカプロニ王国のね」

「……はい？」

アロイスの言葉の意味を消化するのに少し時間がかかった。カプロニ王国、確か孤児院にそこの貴族だと言っていた子供がいた。

「えっ、じゃあ、犯罪者じゃないの？　いいことをしているんですか？」

フィオナが縋《すが》るように聞くと、アロイスが苦笑した。そばに控えていたジェームズがくすくすと笑い、アロイスに軽く小突かれていた。

「いいこととは違うかな。あの国がつい最近まで政情不安定だったのは知っているよね。今もあまりいいとは言えないけれど、内乱は収まった。私は、そこへ行って技術や情報を持った人、政《まつりごと》の邪魔になって国から弾《はじ》かれ暗殺されようとしている人たちを助ける手引きをしているんだよ。手当たり次第に困っている人に手を差し伸べているわけではない。もちろん、れっきとした国から与えられた職務だよ。だから長く留守にすることもある」

彼は命のやり取りを仕事にしていたのだ。フィオナが気軽に首を突っ込んでいい世界ではない。

「それをよく思わない者もいる。だから、こうして、時たま屋敷を襲撃されるんだ。つまり、警告とか、報復とか、邪魔だとか、そんな感じかな」

とても大変なことをさらりと言う。アロイスの両親もそれがもとで殺されたのだろうか。

「……それは親御さんの代からのお仕事ですか」

アロイスがふっと笑う。

「そうだよ。この仕事はローズブレイド公爵家、コールドウェル公爵家、キャプラン公爵家、リグストーン侯爵家、ファイマン侯爵家、五家での持ち回りなんだよ。機密事項だからね。王族の血を引く者たちで代々、細々と活動している。恨みを買う仕事だから、それなりの財力と武力と権力が必要になってくる。有益な情報や技術が国を有利にし、富をもたらすのも事実だ。しかし、それが絶対的な正義だとは思っていない。私の仕事は、もうすぐ終わりだ。次はキャプラン家の当番。だからと言って平和になるかというとそうもいかないけれどね。恨みは残ってしまうから」

そう言葉を結ぶとアロイスの瞳《め》がふと翳《かげ》る。フィオナは予想もしていなかった事実に驚いた。まさか自分が国の機密事項と関わり合いになるなどと思ってもみなかったのだ。あまりのことに脳内の処理が追い付かない。

しかし、夫が辛《つら》い任務についていたことは確かで。

「あの、辛いお仕事なんですね。それなのに、ごめんなさい。私、とんでもない勘違いを」

フィオナはオロオロとして謝った。

「別にそれは構わないよ。秘密にしていたのは、こちらなのだから。ただフィオナが今回の襲撃でこの家を嫌になってしまわないかと、それが心配だ」

サロンがしんみりとした雰囲気に包まれ、フィオナはきょとんとした。

「え？　なんで嫌になるんです？」

フィオナが驚いたように目を見開く。アロイスも屋敷の皆も武器を手に取り彼女を守ってくれた。

そんな彼らをどうして嫌いになれよう。

「フィオナ、私はこの家が襲撃される恐れがあるのを知りながら、黙っていたんだ。君には私と結婚する前に選ぶ権利があったはずなのに説明もせず、その機会さえも奪ってしまった。その上、初めての顔合わせの時に詮索《せんさく》するなと言った」

アロイスのエメラルドの瞳が憂いを帯びる。

「それはお仕事の性質上仕方がなかったのではないですか？」

「いや、それは違う。事前に危険を知らせていれば、ここまで恐ろしい思いをせずに済んだはず。君を絶対に守れると過信した私の責任だ」

そう言われてみれば、怖くて悲しいと思ったことは事実で。

「確かに、アロイス様のお部屋と信じていた場所に武器がいっぱいあったのには驚きましたし、ちょっとショックを受けました。でも、私は大丈夫です。そういうお仕事なんですよね？」

フィオナが軽く首を傾げ微笑む。だが、アロイスの表情は苦しそうなままだ。いつも自信に満ちている彼の深緑の瞳が不安に揺れている。

「私は君を騙《だま》していた。それどころか君がこのまま私の仕事を知らずに済めばいいと。言えば君が逃げ出してしまうのではないかと恐れて。フィオナ、本当にすまない」

アロイスの言葉は苦い悔恨《かいこん》に満ち、フィオナに頭《こうべ》を垂れる。プライドの高い彼のそんな姿にフィオナは驚いた。

「やめてください。私はアロイス様からたくさんのものをいただいています」

これは心からの言葉だ。彼には感謝してもしきれない。

「フィオナ、これから先も私の妻でいてくれる？」

そう問う彼の表情は真剣だ。フィオナはその真摯《しんし》な眼差しにどきりとした。そう言ってもらえるのはすごく嬉しいが、秘密があるのは自分も同じだ。きっとそのことを話せば、もう彼と一緒にはいられない。そう思うと胸が張り裂けそうだ。

フィオナは彼と出会って生まれて初めて恋をした。これから先もアロイスのそばにずっといたいと思っていた。そして、今彼は真実を告白してくれた。だから自分も話さなければ。

「あの、アロイス様、そのことでお話が……」

「え？」

一瞬アロイスの顔色が変わったが、フィオナは俯《うつむ》いて気が付かなかった。これから言うべきことに集中していた。

「私、キャリントン家の娘ではないのです。それどころか……」

声を震わせて告白するフィオナをアロイスが途中で遮る。

「ん？　ちょっと待って。どうしてフィオナがそれを知っているの？　ジョージが、フィオナはそのことは知らないと言っていた」

と言ってアロイスが首を傾げる。

「え？」

彼の言っていることが理解出来なくて、フィオナは目を瞬いた。自分は今キャリントン家の娘ではないと言ったのに夫は何を言いだすのだろう。

「フィオナ、君との縁談は王家が持ってきたものだよ。ちゃんと調べてあるに決まっているじゃないか。それで、誰からいつ聞いたの？」

濃い緑の双眸《そうぼう》を煌めかせ、引き締まった口元がゆっくりと弧を描いていく。アロイスが嫣然《えんぜん》と微笑む。とても魅力的で危険な感じのするものだった。彼を見ていると、時折、笑顔が恐ろしいもののように思えてくるから不思議だ。フィオナはあまりの迫力に素直に答えてしまった。

「昨日、姉が手紙で知らせてきたんです」

「ジェームズ、手紙は直接ここへ届いたのか？」

アロイスが執事に穏やかに尋ねる。

「いいえ、本邸から転送されてきたものです」

「ならいい。だが、おかしいな。フィオナの件は不用意に話さないとキャリントン夫妻が言っていたのだが」

「え？」

初めて聞く話ばかりで、ますますわからない。フィオナは目を瞬いた。

「ああ、君の姉イーデスもその事実を知らないはずなんだが。だから、彼女がいい加減に聞きかじったことを書いたのか、あるいは……」

すっと細められたアロイスのエメラルドの瞳が鋭く光り、フィオナはぞくりとした。

「あの、いったいなにが……」

フィオナは、微笑んでいるようで剣呑《けんのん》な夫の様子におろおろとする。

「まったく、こういう手を使ってくるのならば、今後は来訪だけでなく、手紙も取り次がないようにしなければならないな」

「はい？」

聞き間違いだろうか？　アロイスが、何かとんでもないことを言っている気がする。

「え、あの」

フィオナは慌てて、目を白黒させた。

「君のことだ。手紙は捨てていないよね。文机の中かな」

そう言いながら、サロンからすたすたと出ていった。信じられないことにアロイスが勝手にフィオナの文机を調べようとしている。

「駄目です。アロイス様」

フィオナはアロイスの後についていこうとしたが、立ち上がると激痛が走った。どうやら、転んだときに足を痛めてしまったようだ。

「奥様、落ち着いてください」

マリーが冷静に言えば、

「そうですよ。旦那《だんな》様に任せておけば大丈夫です」

とアリアが安心だとばかりに微笑む。

「何が、大丈夫なの？　おかしいです。アロイス様が私の文机を勝手に……」

「そんなことより奥様、足を冷やしましょう」

フィオナの弱々しい抗議の声はかき消され、二人が甲斐甲斐《かいがい》しく世話を始めた。彼女たちはフィオナのけがを心配していろいろと話しかけてくれるが、そんなことより彼女たちの体が心配だ。

「私は大丈夫です。マリーもアリアも今日はもう疲れたでしょう？　どうか休んでください」

そこまで言って、フィオナは自分が重大なことを確認していないことに気づいた。

「そういえば、マリーもアリアもどうしてあんなに強いのですか？　というかジェームズも……もしかして、私以外皆戦えるのですか？」

「はい、皆戦えます」

マリーがきりっとした表情で答える。

「なんで……？」

どこの公爵家でも侍女や執事は皆強いのだろうか？　フィオナはそんな話は聞いたことがない。単にフィオナがものを知らないだけなのだろうか。この屋敷にはちゃんと私設騎士がいる。それなのにメイドまで強い。まあ、確かに今回の襲撃は私設騎士だけでは太刀《たち》打ち出来ないだろう。

「ここの使用人のほとんどが、戦闘経験があるからだよ」

アロイスがもう戻ってきた。手にはフィオナ宛《あて》の手紙を持っている。フィオナがその手紙を取り返そうと手を伸ばして空を掴《つか》む。アロイスがさっとよけたからだ。そして彼はあらためてフィオナの横に腰かける。

「地下に、修練場があるから今度フィオナにも見せてあげるよ。私はジェームズとよく手合わせするんだ」

当たり前のようにさらりと言われ唖然《あぜん》とした。この屋敷に地下があることなど知らない。

アロイスはフィオナの髪に優しく手を入れ、引き寄せると額をこつんと合わせた。フィオナはあまりの近さにドギマギした。美しい宝石のようなエメラルドの双眸がすぐ眼《め》の前にある。周りには人がいるのに……。恥ずかしくて頬《ほお》が上気する。

「それより、何だ、この手紙は？　フィオナ、もしかして信じちゃった？」

「まさか！　アロイス様が人に冤罪《えんざい》をかけるだなんて信じていません！」

「いや、そっちじゃなくて、追伸のほう。君が貴族ではなく、親が誰かもわからない庶民の子供だと書いてあるところ」

「……はい、すみません、私、今まで知らなくて」

フィオナは途端にしゅんとして大きな青い瞳を寂しげに揺らす。いくらなんでも庶民と公爵の縁組など無理がある。それに、最初から不釣り合いだと思っていた。そう、もともと彼は手の届かない人だったのだ。一生懸命に諦《あきら》めようとして、フィオナはじりじりとアロイスとの距離を取る。

そんな妻に辛そうな視線を向け、アロイスは彼女の手を優しく握りしめた。

「違うよ。フィオナのご両親はカプロニ王国の貴族だよ。残念ながら、まだ乳飲み子だった君を残して亡くなられたらしいけれど」

「……え？」

初めて聞く話にフィオナの思考は停止した。

「フィオナの御母堂はキャリントン卿の妹だよ。クリステルという女性で、彼女は赤ん坊の頃《ころ》、カプロニ王国の貴族に養女に出されたんだ」

与えられた情報にフィオナの頭はパンク寸前だ。

「あれ？　では、私は……」

「もともと君は外国の貴族の娘で、キャリントン家の養女に入ったということだ」

「……そう、だったんですか」

ということは、これから先も彼のそばにいてもいいということなのだろうか？　フィオナの心は再び揺れ動く。

「フィオナ、私たちは夫婦の誓いを立てた。君が何者であっても、何があろうとも離縁などしないよ」

アロイスのその言葉が、心の奥底までじんわりと染みていく。彼の妻でいられる。これから先もそばにいられる。それどころかアロイスはフィオナがなに者でも構わないと言ってくれた。

フィオナは彼の言葉に涙ぐむ。

「あ、ありがとうございます……」

またイーデスに担がれたようだ。それなのに、頭にくるよりもほっとした。彼と、一緒にいられる。

「それから、ここにいる使用人たちの半数以上がカプロニ王国から亡命してきた者たちだよ」

フィオナが驚きに目をみはった。

「え、亡命って……」

「数年前にカプロニ王国で内乱があったのは知っているだろう？」

それは教養で勉強した。今思うと、カプロニ王国のことを重点的に習っていた気がする。結婚してから、カプロニ語も勉強したので簡単な言葉ならば話せた。フィオナは祖国の言葉を習わせてもらっていたのだ。

「だから、彼らは戦える。あの国では戦える者の方が生き残るのに有利だったからね」

衝撃的な告白だった。ここにいる使用人たちは、戦火のなかを生き抜いてきた者たちなのだ。とても優雅な立ち振る舞いをするいつも優しい使用人たちが本当は……。そんな彼らにずっと元気づけられてきた。フィオナは胸がいっぱいになる。

「それじゃ……」

マリーに、アリア、ジェームズ、サロンにいる使用人たちが、温かい眼差しでフィオナを見守る。

「私たちのほとんどはアロイス様とその先代に助けられたのです」

とジェームズが言う。彼はいつも陽気で戦火の影など微塵《みじん》も感じさせなかった。

「今は落ち着いていますが、つい最近まで、粛清《しゅくせい》の嵐《あらし》でした。私は……私たちはローズブレイド家に救われました」

アリアがフィオナの手をそっと握る。今まで彼女の明るさにどれほど救われたことだろう。

そういえばアロイスは孤児院に大口の寄付をしていた。あそこにはカプロニ王国の子供がいる。

フィオナの瞳から大粒の涙が零《こぼ》れ落ちた。

「フィオナ、彼らの言うことは大げさだから、ローズブレイド家は手伝っただけだよ」

優しく温かい光を湛《たた》えたエメラルドの瞳。決まりが悪そうな表情。頬が少し赤い。彼が照れている。とても優しい人。アロイスがフィオナの涙を拭《ぬぐ》う。

「アロイス様は私をカプロニ王国の遺児と知って結婚したのですね」

彼は初めから結婚に益など求めていなかった。おそらく評判の芳《かんば》しくないレイノール家に嫁がされそうになっていたフィオナを助けてくれたのだろう。

「そうかもしれない。ただ一番の理由は釣書《つりがき》の絵姿かな。あれを見て会ってみたくなった」

「釣書の絵姿？」

フィオナは首を傾げる。そういえば自分の絵姿を見たことがない。イーデスが画家にいろいろ注文していたのは憶《おぼ》えている。

「そんなに綺麗《きれい》に描《か》かれていたのですか？」

だとしたら嬉しい。

「そういうことにしておくよ」

と言ってアロイスがくすくすと笑う。

「そんなことより、フィオナはこれから先もずっと私の妻でいてくれる？」

そう言いながら、ソファーの上でフィオナを優しく抱き寄せた。嬉しいけれど先ほどからずっと人目に晒されている。どきどきしてフィオナは真っ赤になった。でも……、

「はい」

としっかり返事をする。

「フィオナ、私の光」

アロイスはそう言うとフィオナを強く抱きしめた。

フィオナはずっと姉のイーデスという名が羨《うらや》ましかった。イーデス、望まれて生まれてくる子に与えられる名前。しかし、この瞬間、アロイスが囁《ささや》いてくれる自分の名前が大好きになった。

◇

「フィオナ、君の部屋は片付いたから、もう使えるよ」

夜が白々と明ける頃、サロンの大きなソファーで毛布をかぶり一人で座っているフィオナの元にアロイスが戻ってきた。彼は今まで屋敷の者に指示を出したり、彼らとともに片付けをしたりしていた。

「ありがとうございます。私の部屋を優先していただいてすみません」

さすがに申し訳ない気持ちになる。フィオナはただ逃げ回っていただけで、戦っていた彼らの方こそ疲れているはずだ。俯くフィオナの頭をアロイスが撫でる。

「気にしないで、もともと二階は被害が少なかったから。さて、部屋まで行こうか」

そう言うとアロイスは軽々とフィオナを抱き上げた。

「きゃあ、大丈夫です。歩けます」

フィオナは驚きと恥ずかしさで真っ赤になってアロイスの腕の中でジタバタした。

「フィオナ、危ないよ。大人《おとな》しくして。足をけがしているでしょ？」

彼の言う通りなので静かにした。

「は、はい、すみません。……お願いします」

フィオナは耳まで赤くして、彼の腕の中で縮こまる。戦っていない自分が転んでけがをするなど何とも間抜けだ。フィオナはそのまま大人しく運ばれることにした。そんな自分が少し情けない。


アロイスに運ばれ、正面階段を上り二階へ行くとぐっと使用人たちが減ってきた。どうやら被害が大きいのは打ち破られたエントランス付近だけのようだ。マリーにアリア、ザカリアが二階まで上がってきた賊を退けたのだろう。

「……そういえば、アロイス様のお部屋は？」

フィオナがおずおずと聞く。アロイスの部屋だと思っていた場所が武器庫だったので、それならば彼は今までどこで寝ていたのかと気になっていた。

「行ってみる？」

拍子抜けするほど気軽な口調で言う。

「いえ、あの今日はお疲れでしょうから」

フィオナは慌てた。これ以上夫に手間をかけさせられない。自分は今文字通りお荷物だ。

「大丈夫、それほど遠くはないよ」

と言って楽しそうに微笑む。

彼は広い廊下を歩きフィオナの隣の部屋の武器庫へ入った。

「え？　まさか、武器庫で寝ていたんですか！」

と言うとアロイスは声を上げて笑う。

「本当にフィオナは面白いな」

アロイスは軽々とフィオナを抱いたまま、左手の壁の前に行くと、その下方を蹴《け》りつける。カツンと微《かす》かな音がして、壁の一部ががらがらと音を立てて開いた。フィオナが目を丸くしていると「隠し扉だよ」と言う。エメラルドの瞳を悪戯《いたずら》っぽく煌めかせて。

その先には小部屋があり、フィオナが実家で使っていたようなシンプルで装飾のないベッドが現れた。夫は背が高いのに窮屈《きゅうくつ》ではないのだろうか。

「アロイス様、これは……」

「この部屋は執務室とつながっていて、ここは私の仮眠室だ。仕事に便利でね。フィオナの部屋も近いし、なにかあったらすぐに駆け付けられるから、ここで寝起きしていた」

彼は勤勉を通り越して、とんでもない仕事人間だ。

「ここで、休めるのですか？」

「ああ、もちろん」

「屋敷の主人であるアロイス様より立派なベッドで私は寝ていたのですか！　そんなのダメです」

フィオナは驚き、青くなった。ベッドも質素だが、小部屋には必要最小限の調度品しか置いていない。

「大げさだなフィオナ、私はこれで十分だ。寝られればどこでも一緒だよ」

と言って彼は笑う。

いくらでも贅沢出来る身分にあるのに驚くほど質素だ。フィオナよりも数段劣るベッドは、貴族の寝床というより使用人の寝床に近い。

「それにフィオナはローズブレイド家に来てくれた大切な奥さんだからね。主寝室を使うのは当然だ。皆も歓迎していただろう」

確かに屋敷の人たちは、皆最初からフィオナに好意的だった。だから、早くに馴染《なじ》めたのだ。

「はい、皆とても親切です」

「本邸はあのようなことになってしまったし、君は実家に帰ると言うし、逃げられるのではないかと心配してしまったよ」

と苦笑する。逃げる気などなかったし、フィオナが思うより、ずっと彼にも屋敷の人たちにも大切にされて守られていたのだと気づいた。それこそ命懸けで。

今思うと本邸には何か危険があって帰れなかったのだろう。あの頃は事情を知らずに時々落ち込んだりしていた。

「そんな、私絶対に逃げたりしません。とても大切にしていただいているのに。あの、それでローズブレイド家はずっと……寝室がその」

夫婦の寝室が別なままなのかを聞きたいのだが、言いづらい。それに別なのならば、なおさらあのような豪華なベッドで自分一人で寝ることなど出来ない。

「別ではないよ、次からは。だから、あのベッドで構わないよね」

その言葉にどきりとしたが、フィオナは赤くなって頷《うなず》いた。

「はい」

「私は仕事で外国へ行ったときは野宿をすることもあるから、あまり寝る場所にこだわりはないんだ」

「え！　野宿ですか？　そんな、アロイス様は貴族なのにそのような危険な真似《まね》を」

フィオナですら野宿などしたことがない。それを公爵の彼がやってのけるという。

「ふふふ、大丈夫、私は結構頑丈なんだ。この件が片付いたら、そんな真似をしなくても済むからね。それにこのベッドは見た目より、寝心地はずっと快適だよ」

アロイスが楽しげに笑い、フィオナをベッドに下ろす。確かにふかふかだが、フィオナの部屋にある天蓋《てんがい》付きのベッドにはかなわない。

とても華やかで優美に見えた彼は、実は贅沢《ぜいたく》など興味のない人だった。ここに来た頃、買い物をしたがらないフィオナに彼はよく言っていた。領主は領地に金を落とすものだと。それは本当に言葉通りで、自身の贅沢のためではなかった。今ならそれが、よくわかる。

この人は、これから先いくつの知らない顔を見せてくれるのだろう。

「フィオナ」

彼の声は柔らかく穏やかで心地が良い。

「はい」

返事をすると、ベッドに座るフィオナの前にアロイスが跪《ひざまず》き、彼女の華奢《きゃしゃ》な手を取る。彼のその仕草に目をみはった。

「フィオナ、私は生涯《しょうがい》を懸けて君を愛し、守ることを誓う」

アロイスが彼女の白い手にふわりとキスを落とす。その騎士のような誓いにフィオナはドキドキした。そして淡く微笑む彼と目が合った。

「君はきっと勘違いしていると思うから言っておくけれど。私は外交に関わる仕事が本職ではないよ」

「えっと、それは亡命者を手助けするようなお仕事をなさっているということですよね？」

彼の仕事をどういう言葉で表現していいのかわからない。

「本当は国防を誓った王国の騎士だよ。ローズブレイド家は代々国王に直接仕えてきた」

フィオナは大きく目を見開いた。この人はいったい幾つの秘密を抱えていたのだろう。しかし、妙に納得がいく。凛《りん》とした立ち姿に、時折見せる彼の潔さ迷いのなさ。

「これで秘密はなくなった」

そう言って、翳りのない明るい笑みを見せた。初めて見る笑顔。

「あの、アロイス様。私も誓います」

「何を？」

夫の穏やかな問いかけに、フィオナは少し逡巡《しゅんじゅん》してから思い切って言った。

「あなたへの愛とローズブレイド家の秘密を守ることを誓います。あの、微力ですが、命に代えても」

フィオナの言葉を聞いたアロイスの瞳の色が深くなる。

「フィオナ、命なんて懸けなくていい。秘密を背負わせてしまってすまない」

「謝らないでください。私たちは、夫婦ではないですか」

フィオナは彼と生きていくと決めていた。彼が何者であろうと関係ない。覚悟は出来ている。

アロイスはフィオナの隣に腰かけると、愛《いと》おしげに彼女の金糸の髪を梳《す》く。

それから、ゆっくりと二人の唇は重なった。

◇

屋敷が襲撃された二日後、夜が明ける頃にアロイスは王都へ再び旅立った。彼はいろいろ事後処理があって忙しいらしい。結局二人の初夜はお預けのままで……。フィオナも何かと忙しい日々を送った。


自分がキャリントン家の本当の娘ではないと知ったとき、不思議と「ああ、やっぱりそうなのか」と腑《ふ》に落ちた。ただ本当の両親には会ってみたかったとは思う。

今思うとメリッサとジョージが本当の娘であるイーデスを愛することは当然のことだったのだ。ただ、フィオナがこんなに落ち着いていられるのはアロイスのお陰だ。彼に愛され大切にされていると感じられるから、心を乱されることなく、寂しさを感じることなく済んでいる。

――私は大丈夫。愛してくれる人がいるから。

子供の頃から、心の奥底にわだかまっていた孤独が嘘《うそ》のように溶けていき、じわりと胸が温かくなる。お互いを唯一の存在として愛し合う人がいる。そのことが今までにないくらい心を強くする。


三日後、フィオナは北へ向かう馬車に揺られながら、アロイスとの別れ際の会話を思い出していた。

「フィオナ、君と初めて会った日のことを覚えている？」

「王宮での顔合わせのことですか？」

「違うよ。フィオナ、もっと昔」

夫の笑いを含んだ声にフィオナは首を傾げる。

「ハスラー家とは子供の頃から、付き合いがあってね。彼らの領地によく遊びに行っていたんだ。お忍びでね。男爵家の子息だと言って」

そこで彼は言葉を切り、くすりと笑い、口元を綻《ほころ》ばせる。まるでこれから悪戯を始める子供のようだ。

「なんだか楽しそうですね」

不思議そうに首を傾げるフィオナを、アロイスが眩《まぶ》しそうに見る。

「そこで海へ行ったときに、天使のように可愛《かわい》らしい金髪の女の子がいたんだ。貴族の娘だと思う。少々お転婆な子でね。波打ち際まで駆けていって遊び始めたんだ」

「……」

「そうしたら、風で帽子が飛んでしまって、女の子が泣きそうになってね。私が取ってあげたんだ」

フィオナは思い出した。一度だけ家族で行った海岸のそばの避暑地。彼はまさかあのときのお兄さん？

「その子の姉が意地悪でね。私が去った後に、いきなり妹の頬を張ったんだよ」

「……見ていたんですか」

フィオナが恥ずかしそうにもじもじすると、アロイスはフィオナの柔らかな金色の髪を撫で、エメラルドの双眸を細める。


――あのとき、小さな女の子は頭を撫でると泣き止《や》んだ。何かを耐えるようにぎゅっと唇を噛《か》みしめ、大きな青い瞳に涙をためて。そのさまはいじらしい。姉の意地悪な態度が気にかかり、別れを告げてから駆け出したアロイスはもう一度振り返る。その時、姉がいきなり彼女の柔らかな頬を張るのが見えて、アロイスはハッと目を見開いた。かわいそうに、あの子がまた泣き出してしまう。見ていられなくて、少女の元へ足を踏み出す――


「そう、助けに行ったんだけれど。それが傑作でね。泣き出すかと思っていたその子が、姉の腕に噛みついて逆に泣かせたんだよ」

あのときは度肝を抜かれ、アロイスは呆気《あっけ》にとられた。しかし、その少女の行動が痛快で……。思えば、フィオナはあの頃から肝が据わっていた。

アロイスは堪えきれないというように肩を揺らして笑い出す。目の端に涙をためて笑う夫の姿に、フィオナは子供の頃とはいえ、恥ずかしくて真っ赤になった。

「いっ、いつから気づいていたんですか？」

彼といるとどきどきして、本当に心臓に悪い。フィオナは上気する頬を手でパタパタとあおぐ。

「ルクレシアに来て、初めてフィオナと海に行ったとき、君の瞳が海と同じ色をしていたから、あのときの女の子だってわかったんだ。やっぱり、波打ち際に行ったね。靴なんて脱いでもっと遊びたかった？」

優しいけれど、どこか揶揄《からか》うような口調。それなのにフィオナにとっての苦い思い出が、きらきらと輝き、二人のかけがえのない思い出に変わる。出会いは、フィオナが思うよりずっと昔に始まっていた。

アロイスは腕の中にぎゅっとフィオナを閉じ込めると耳元で囁いた。

「待っていてね。すぐに私も北の領地に行くから、そうしたら、昼も夜も……片時も離れず、一緒にいよう」

吐息がかかるほどの近い距離で響く低く柔らかい声にどきどきと胸の鼓動が止まらない。彼が頬にそっと触れるようなキスを落とす。そこから熱がじんわりと広がり、フィオナは首まで朱に染まる。

夫とのそんなやり取りを思い出し、フィオナは馬車の中で、一人赤くなる。ほてった頬を扇子でパタパタとあおぎ、膝《ひざ》に置いた小箱を確かめるようにぎゅっと握りしめた。これにはアロイスからもらったメッセージカードと手製の花のしおりが入っている。

アロイスもフィオナが送ったメッセージカードを大切に持っていると教えてくれた。彼ほど達筆ではないので恥ずかしいと言ったら、「なぜ？　フィオナが私を思って書いてくれたのに」と少し照れくさそうに微笑む。

（あなたが私を気遣って書いてくれたものだから……）

そんな二人の気持ちが重なる。

あの頃、夫をとても遠くに感じていたのに、二人の絆《きずな》はもう紡がれ始めていた。少しでも彼の支えになれたら。

思えば、フィオナにとってアロイスとの出会いは不思議なものだった。

最初は子供の頃に海辺でフィオナの帽子を拾ってくれた優しい少年として現れ、それから十年後品よく美しい青年公爵として、成長したフィオナの前に再び現れた。

姉はアロイスが閑職《かんしょく》についていると言い、フィオナは実際に王宮の図書館でうたた寝をしている彼を見つけ、暇なのかと思っていた。しかし、実は外交関係の仕事をしていて、忙しくて、でもそれは表向きの姿で、本当は……。彼は謎《なぞ》めいていて、万華鏡のようにいろいろな顔は見えてくるのに、それはいつも断片で。フィオナは今やっと本当の彼を見つけた。

優美な微笑の下に隠されている強さと優しさが、たまらなく愛おしい。

ここからがきっと二人のスタートライン。彼と出会えた奇跡に感謝を。

いつの間にか辺りの空気がひんやりとしてきた。馬車の窓外に目を向けると、景色《けしき》は変わりヒースの丘が広がっている。北の領地の館《やかた》では、チェスターの父であるウェズリーが執事を務めているという。彼に会うのが今から楽しみだ。庭ではベリー狩りが楽しめて、秋には他家と合同の狩猟《しゅりょう》大会もあるという。

「奥様、お屋敷が見えてきましたよ」

アリアの明るい声に誘われ、フィオナは軽快に走る馬車の窓から顔を出す。冷気を含んだ爽《さわ》やかな風が頬を撫でる。澄んだ空気は少し肌寒く、草と土の香りを運んでくる。アロイスが北の館は、まだ襲撃されたことがないと言っていた。そのため、バラの咲く庭園も温室もあるそうだ。

——きっと、また楽しい生活が待っている、今度はあなたと。

あなたとお茶を

あなたとお茶を

アロイスは色とりどりの大輪のバラが咲き誇る王宮庭園にいた。一刻も早く仕事を片付けたかったのだが、王妃に茶に誘われては無碍《むげ》に断るわけにもいかない。

「あなたのお屋敷また襲われたのですって？　今度はルクレシアの方だったかしら、随分と賑《にぎ》やかね」

そう言って笑いながら、グレースは優美な仕草で茶を飲む。

「ええ、笑いごとではありませんが」

アロイスは相変わらず感情を窺《うかが》わせない笑みを浮かべている。早く仕事に戻りたいと思いながら。

「でも、あなたのことだから、被害は最小限に食い止めたのでしょう？」

王妃はバターのよい香りがする焼き菓子をつまむ。

「ええ、まあ、皆が頑張ってくれましたから。ただ今回は、フィオナが留守番をしていました」

「あなたにしては少々不手際ね」

艶《あで》やかに微笑《ほほえ》む王妃に、内心臍《ほぞ》を噛《か》みつつもアロイスは変わらなぬ笑みを浮かべる。

「お陰で妻に家業がばれてしまいました」

さらりと言うアロイスに、王妃が軽く目を見開く。

「まだ話していなかったの？　でも、結局逃げられずに済んだのよね？」

グレースが興味深そうに聞いてくる。

「はい、妻は家を好いてくれていますから」

ぬけぬけと言うアロイスにグレースの片眉《まゆ》がくいと上がる。

「あなたって……。まあ、いいわ。なかなか肝の据わった娘《こ》よね。見た目は吹けば飛ぶような風情の娘なのに。それで、来週、外国から賓客が来るのだけれど」

「申し訳ないのですか、しばらくは引き継ぎと、その後北の領地で仕事がありますので、キャプラン家にでも頼んでください」

さりげなく余計な仕事をさせようとする王妃を、さらりと躱《かわ》す。

「はいはい、ローズブレイド公爵家の当番は終わったってことね。随分事務的だこと。そんなあなたを見たら国王陛下もがっかりされるでしょうね」

「先ほど労《ねぎら》っていただきました」

笑みを浮かべながら、清々《せいせい》したようにアロイスは言う。

「あら、残念、あなたの綺麗《きれい》な顔もしばらく見られないのね」

グレースは紅茶に手を伸ばし、一口含み喉《のど》を潤す。

「そうそう、ここへあなたを呼んだのはね。エリザベスがどうなったのか気になるかと思って」

「いえ、まったく」

だいたい知っているし、興味がなかったので、アロイスはバッサリと切り捨てた。さっさと執務に戻りたい。残る仕事を終えて、一刻も早くフィオナのいる領地へ帰りたかった。しかし、王妃はまだ話し足りなかったようで。

「あら、まあ、薄情ね。元婚約者なのに」

アロイスはそれに肩を竦《すく》めただけだった。あれは王家になかば押し付けられたもので、当時は使用人たちの大半がエリザベスに仕えるのかとがっくりしていたものだ。本当にあの婚約は流れてよかった。そうでなければ、フィオナと出会うこともなかった。

「せっかくだから、一応伝えておくけれど辺境伯のところにひっそりと嫁いでいったわ。見張りがついて、もう王都には帰れないことになっているの」

「それはまた気の毒に」

「ちっともそうは思っていないでしょう。遠方に置いておくと何かやらかしはしないかと心配でね。本当はあなたの家に置いて、近くで監視したかったのだけれど」

「ご冗談を」

グレースの言葉に思わず苦笑が零《こぼ》れる。

「エリザベス、馬鹿《ばか》な娘。残念ね。あなたと親子になれるかと思っていたのに」

どこまでが本音かわからない王妃の言葉に、適当に相槌《あいづち》を打ちつつも、アロイスはフィオナを思った。

儚《はかな》げに見える彼女は意外に逞《たくま》しく、北の領地の日常にもしっかり馴染《なじ》んでいるようだ。穏やかで優しいフィオナは、どこにいても皆の癒《いや》しになっている。

あまり離れていると、彼女に忘れられてしまうのではないかと心配になってしまう。それこそ、いつかのように「何しに来たの？」などというような不思議そうな表情で、小首を傾《かし》げられてしまいそうだ。早くフィオナのもとへ戻らねば。

「それで、いつ発《た》つの？」

話して満足したのか王妃が言う。

「今週中には」

「あなたがいなくなると寂しくなるわね」

珍しくグレースが本当に寂しそうに呟《つぶや》く。だが、王都でゆっくりなどしていたら、王家にどんな仕事を押し付けられるかわかったものではない。

「社交シーズンにはまた戻りますよ」

「そう、なら久しぶりにローズブレイド家でも大きな夜会が開かれるかしら？」

「警備の観点からして、大々的なものはむこう二、三年は無理ですよ。まだ家は狙《ねら》われていますから」

アロイスはきっぱりと言い切った。ローズブレイド家に恨みを持つ者たちは、まだくすぶっているだろう。油断は禁物だ。それにフィオナにはもう少しゆっくりしてほしい。彼女をいたわってやりたいと思っていた。新婚早々フィオナには迷惑をかけっぱなしで、家の事情で領地を転々とさせてしまった。

これからはローズブレイド家発祥の地である北の領地で、領主夫人としての本格的な仕事もある。

彼女にはゆっくりと慣れていってほしい。王都の雑音の多い社交界などに振り回されずに。

「残念ねえ、フィオナの奥様ぶりを見てみたかったのだけれど」

「彼女にはあまりちょっかいを出さないでくださいね」

やんわりと釘を刺すアロイスに、王妃は目を細めて笑った。

「まあ、でも新婚早々、二度も屋敷を襲撃されたのに逃げられないなんて。いい娘を選んだようね。莫大《ばくだい》な慰謝料を請求されて離縁されなくて良かったわ。……お幸せに」

王妃の身もふたもない言葉で、茶会は締めくくられた。

アロイスは色とりどりのバラ香る庭園を抜け、長い回廊を渡り、王宮にある執務室へ向かう。

フィオナのために植林して作った木立は、ローズブレイド邸の庭に馴染んでいる。まるで襲撃などなかったかのように。

彼女の好きなコマドリやリスたちも戻ってきている。

――フィオナ、君の喜ぶ顔が見たい。一刻も早く……。

◇◇◇

フィオナは可憐《かれん》な野バラが咲き乱れる庭園にいた。

「奥様、ここを抜けるとコケモモの群生地があるんですよ」

とアリアがフィオナを案内しながら言う。

「実際に実がなっているところを見たことがないから、楽しみです」

アロイスが子供の頃《ころ》、コケモモのジャムをよく食べていたと古参の使用人メリルから聞いて早速やって来たのだ。


適度に水気を含んだ土を踏みしめ、こけももの群生地に向かう。野バラの茂みを抜けるとそこには。

「わあ、こんなにたくさんあるなんて……」

フィオナは赤く可愛《かわい》いコケモモの実に目を奪われた。

「ここは穴場なんですよ」

と一緒についてきた執事のウェズリーが言う。彼はチェスターの父親でその面差《おもざ》しは似通っているが纏《まと》っている空気が全然違う。とても物腰の柔らかい人だ。

「もしかして、アロイス様もここへ摘みに来たことがあるのですか？」

「ええ、御幼少の頃に」

子供の頃のアロイスがこの地にいたのかと思うと感慨深いものがある。

「さ、奥様、たくさん摘んで帰りましょう」

「はい、楽しみです」

早速皆で摘み始めた。今度彼が帰ってきたら、子供の頃の話を聞いてみよう。たくさんたくさん話をするのだ。

コケモモを籠《かご》いっぱいに摘んで満足したフィオナは、厨房《ちゅうぼう》を借りると早速摘み立てのそれを洗い始めた。

「奥様、手が荒れてしまいますよ」

メリルが心配そうに声をかけてくる。

「ふふふ、大丈夫ですよ。水仕事は慣れています」

とは言っても北の領地の水はとても冷たい。フィオナはコケモモの実を傷つけないように丁寧に洗っていく。それから水気を切った。後は鍋《なべ》に入れ、適量の水と砂糖と一緒にかき混ぜて、火を入れ、じっくりと煮詰めるだけだ。

「奥様、先ほどから立ちっぱなしですよ。疲れませんか？」

フィオナが鍋から立ち上る甘酸っぱい香りにぼうっとしながら鍋をゆっくりとかき混ぜていると、マリーが交代を申し出た。

「ありがとうございます。でも大丈夫です。旦那《だんな》様の故郷の味ですから、自分で作ってみたいんです」

フィオナの返事を聞いたマリーとメリルは顔を見合わせて微笑む。フィオナは朝早く起き、コケモモの群生地まで行き、たくさん摘んできた後、休む間もなく、ジャムを作り始めた。昨日、アロイスからもうそろそろ帰れるという手紙を受け取ったのだ。

「奥様、ジャムを詰めるための瓶を煮沸《しゃふつ》しておきました」

「メリル、ありがとうございます」

テキパキと準備を整えてくれるメリルに礼を言いい、熱いうちに深紅《しんく》のジャムを瓶に移す。

手慣れたフィオナの様子に、厨房の使用人たちが驚いていた。

「とても美しい色ですね」

フィオナが感動したようにメリルに話しかける。

「ええ、坊ちゃ……じゃない、旦那様の好物なのですよ」

「ふふふ、アロイス様は坊ちゃまと呼ばれていたのですね」

今の彼からは、なんだか想像がつかない。

「奥様、ずいぶん昔のことです。私がうっかり口を滑らせたなんておっしゃらないでくださいね」

「はい、もちろんです」

フィオナが顔を綻《ほころ》ばせた。アロイスは小さな頃どんな子供だったのだろう。ウェズリーによると彼はこの地で剣術を覚えたらしい。ぜひその頃の話を聞いてみたいものだ。

◇

その日の朝、フィオナはいつもの習慣で、庭の向こうに広がる湖畔《こはん》を散歩していた。

湖面には晴れ渡る空と森林が鏡のように映り込み、優美な姿のブラックスワンがいる。フィオナは魚や水鳥に餌《えさ》をやるのを楽しみにしていた。

今朝もアリアをお供に歩いていると、遠くから馬車が近づいてくる音が聞こえてきた。

「もしかして、アロイス様かしら？」

弾《はじ》かれたようにフィオナが振り返る。彼は一か月後には北の領地に行けるからと言っていたのに、もう二か月が過ぎていた。

またこのまま彼が来なかったら、どうしようかと寂しく思っていたところだ。

「奥様、そんなに走っては危ないですよ！」

アリアの注意も聞こえないほど、フィオナは夢中でエントランスを目指して駆けだしていた。

馬車はもうエントランスの前につけられていた。アロイスが馬車から降りてくる。輝く金糸の髪にスラリとした気品のある立ち姿。彼だ。

「アロイス様！」

振り向いた夫が、その秀麗な顔に輝くばかりの明るい笑みを浮かべる。ずっと待ちわびていた。

フィオナは嬉《うれ》しくてたまらない。転げるように彼の元に駆け寄った。

「そんなに走っては危ないよ、フィオナ」

アロイスが、困ったように微笑みながら、眉尻《まゆじり》を下げる。再会したら話したいことがたくさんあったはずなのに、彼の顔を見た瞬間すべてが吹き飛んでしまった。とりあえず彼が無事でよかったと、フィオナは思う。会わない間に屋敷がまた襲撃されていたらと心配だったのだ。アロイスが優しくフィオナの背中に手を回す。

その日は、久しぶりに二人揃《そろ》っての昼食となった。窓からは磨かれた鏡のような湖と、森林が見える。

「ここもとても素敵な場所です」

彼と一緒だと自然に笑みが零れる。

「ルクレシアからすると寂しい場所だけれどね。商業より農業が盛んな土地だから、街も随分と素朴《そぼく》で落ち着いた雰囲気だよ」

「寂しいだなんて、そんなことないです。いろいろな花が咲いていて、お庭も広くて。それから、温室にも行きました。とても広くて回りきれないくらいです」

「そうか、フィオナは温室を楽しみにしていたね」

「はい、後、あの湖の向こうにはまだ行ったことがないんです」

フィオナが目を輝かせる。

「そう、ならば今度一緒に行こう。それにしても不思議だね。フィオナは街育ちなのに田舎《いなか》の生活は飽きない？」

久しぶりに聞く、アロイスの低く穏やかな声が耳に心地よい。

「ふふふ、お庭に温室や湖や森があるなんてすごいです。花を見たり、ボートで湖に出たり、魚や水鳥に餌をやったり、とても楽しいです。飽きる暇なんてないです。

飽きるどころか日々発見があり、ワクワクしてしまう。彼がいなかったのは寂しかったけれど……。

「そう、よかった」

「アロイス様、今度舟遊びしにいきませんか？　私がボートを漕《こ》ぎます。随分上達したんですよ」

フィオナが張り切って言うと、アロイスが思わずといった感じで、吹き出した。

「ありがとう。楽しみにしているよ」

「必ず遊びましょう」

前のめりで言うフィオナを見てアロイスは楽しそうに笑う。フィオナにとって、こんなに気持ちが浮き立つ食事は久しぶりだ。

昼食後、二人はサロンに移り、フィオナはアロイスのためにお茶を淹《い》れた。

「いい香りがするね」

「はい、ハーブをブレンドしてみたんです」

アロイスがフィオナの淹れた熱い茶を一口含む。

「ああ、何だろう……懐かしい味がする」

彼の言葉が嬉しくてフィオナの口元は自然と綻んだ。

「厨房のメリルに聞いてブレンドしたんです。こちらの地方で昔から飲まれているお茶ですよね？」

「ありがとう、フィオナ」

微笑む夫があまりに素敵で、フィオナは照れて俯《うつむ》いてしまう。

久しぶりに会うと、なんだかまた振り出しに戻ってしまったように感じる。彼とどう距離を取っていいのかわからなくてどきどきして、戸惑ってしまうのだ。

「それで、アロイス様はしばらくこちらで、ゆっくり休めるのですよね？」

今度こそきちんと骨休めしてほしい。また、王都と行ったり来たりの生活になってしまうのだろうか。

「ああ、しばらくはこちらの領地に引き籠《こも》ることにするよ。それよりもここは随分田舎だから、なにか不足はない？」

と言って心配そうにフィオナの瞳《め》をのぞき込む。彼は不思議な人で、フィオナが逃げ出してしまうのではないかと、本気で心配している。絶対にそんなことはないのに。

「ふふふ、大丈夫ですよ。いつも十分すぎるくらいいただいています」

「フィオナは相変わらず欲がないね」

アロイスは目を細め、フィオナの頭を優しく撫《な》でた。そうされるとどきどきして、それなのにほっとする。彼といるとフィオナの心の中はいつも忙しい。

「私は、これから片付けなければならない仕事があるから、午後のお茶の時間に執務室においで」

そう言ってアロイスは悪戯《いたずら》っぽく笑い、頬《ほお》にキスをする。フィオナは耳まで赤くなり、こくりと頷《うなず》いた。

「心配なさらなくても旦那様は逃げませんよ」

と落ち着きのないフィオナを見かねてアリアが声をかける。

フィオナは落ち着かない気分で、何も手につかず午後のお茶の時間を待っていた。

「それを分かっているのだけれど、アロイス様は、いつの間にかいなくなっていることが多いから」

フィオナが部屋で待ちきれなくて行ったり来たりしていると、

「奥様。午後のお茶の時間ですよ」

とマリーが呼びにやって来た。フィオナはいそいそとアロイスの執務室に向かう。


「アロイス様、お仕事の方は大丈夫ですか？　まだお忙しいようでしたら、廊下で待ちます」

とノックをして執務室に入ったフィオナが言うとアロイスが笑いだした。

「そんなに楽しみだったの？」

「はい、とっても」

フィオナがもじもじと恥ずかしそうに言う。

彼と会うのは二か月ぶりなのだ。いつももっと仲良くなれそうと思ったときに彼は仕事やら襲撃の後始末やらでいなくなってしまう。

これから長い期間一緒にいられることがまだ信じられない。

アロイスは人払いをするとフィオナに言った。

「フィオナ、左に風景画があるだろう？」

キラキラと輝く湖畔が描かれた小さな絵がかけられている。

「はい、美しいですね。この湖を描《か》いたものですか？」

「そうだよ。覚えておいてね。その絵の額を掴《つか》んで左に傾けてくれる？」

「え？」

フィオナは目を瞬く。

「秘密の扉が現れるから」

そう言って彼が悪戯っぽくウィンクする。なんだかフィオナもワクワクしてきた。

言われた通りに傾けると、がたりと音を立ててフィオナの真後ろにある大きな本棚が反転した。

「え？　本棚が勝手に動いているわ！」

フィオナは驚きに見張る。

「ローズブレイドの三代目が作った仕掛けだよ。ちょっと探検してみよう」

「はい、ぜひ！」

本棚が反転したその先にぽっかりと闇《やみ》がある。ルクレシアにあった秘密のバルコニーよりすごそうだ。フィオナは目を輝かせた。

「さあ、急ごう、短い時間でこの通路は自動で閉じてしまうから」

フィオナはアロイスに手を引かれてついていった。彼は準備万端でランプをすでに用意している。

「本格的な抜け道ですね」

「確かに抜け道ではあるけれど、これは気分転換にと作らせたものなんだ。ここは昔砦《とりで》だったから、まだ他《ほか》にも本格的なものがあるよ」

「この他にあるのですか？」

「結構複雑だ。でもフィオナは三つくらい覚えておけばいいよ」

といってアロイスは楽しそうに笑う。

「地図はないのですか？」

「地図があったら秘密の抜け道にならないじゃないか」

どうやら頑張って覚えなければならないようだ。

「今日は散歩だから、慣れるつもりでついてきてくれればいいよ。それに一本道だから簡単だ」

アロイスが気楽な調子で言う。

手をつないで、ぎしぎしと音を立てる狭い階段を下りた。先に続く通路は狭く湿り気を帯びている。

久しぶりに会ったせいか、暗いところで二人きりで手をつないでいるだけで意識してしまう。彼の手は大きくて温かく、剣を握るせいかごつごつしている。

「ここは、もしかしてお庭の下ですか？」

「そうだよ」

「いつも歩いているところの下を通るなんて、なんだか不思議な気分です」

通路の天井も壁も石造りで頑丈そうだ。慣れてくるともの珍しくてきょろきょろしてしまう。

「そうだね。もうすぐ到着するよ」

彼の言う通りほどなくして上り階段が現れた。

「どこに出るのですか？」

「どこに出ると思う？」

フィオナの質問に、エメラルドの瞳《ひとみ》を煌《きら》めかせアロイスが楽しそうに問い返す。

「えっと、井戸の中とかですか？」

フィオナは、そんな絵本を昔読んだ覚えがある。

「ああ、そういう抜け道もあるね。この通路は違うけれど。さあ、階段を上るよ。足元に気を付けて」

「はい」

もとよりアロイスに手を引かれているので大丈夫だ。うっかり転んで、彼の負担にならないようにとフィオナは気を引き締める。

階段を上りきると、古びた片開きの扉の前に出た。アロイスが鍵《かぎ》を開けドアノブをひねると、目の前にはいきなり樹木が茂っていた。木をかき分けていった先は、広い温室だった。

「すごい！　温室に出る通路だったんですね」

フィオナは驚嘆した。

「ここで、ローズブレイド家の代々の当主は仕事に疲れるとさぼっていたんだよ」

さぼっていたと言うアロイスの表現がおかしくてフィオナは笑ってしまう。

「アロイス様、私に教えてしまったら、さぼりにならないですよ」

「ふふふ、さぼるときはフィオナと一緒にさぼるから構わないよ」

彼の何気ない言葉が、じわりと胸に染みる。

花や木の茂る曲がりくねった小道を行くと、蓮《はす》の浮く池のほとりに着いた。そこはフィオナのお気に入りの場所だ。錬鉄《れんてつ》製のテーブルセットが置かれている。

そこへウェズリーが計ったかのようなタイミングで、茶の準備をしてくれた。

「では、失礼します」

そう言って、にっこり微笑み執事が去っていくと再び二人きりとなった。

テーブルには熱々のスコーンが載った皿があり、クリームとコケモモのジャムが添えられていた。

「これかい？　フィオナ手作りのコケモモのジャムは」

「はい、メリルに教わって作りました」

「摘むところから始めたんだってね」

と言ってアロイスが、スコーンを割り、クリームとジャムを載せて、口に入れる。

「あの、どうですか？」

それがこの地方の食べ方だと聞いていたが、彼の口に合うかどうか心配だ。

「美味《おい》しいよ」

と言ってアロイスが顔を綻ばせる。フィオナはほっとした。

「よかったです。お口に合って」

「フィオナは食べないの？」

彼の反応が気になって、食べるどころではなかった。

「いえ、私は……」

フィオナはアロイスが美味しいと言ってくれただけで胸がいっぱいだ。すると彼がまたスコーンを割ってクリームとジャムを載せる。気に入ってくれたようだ。

「フィオナ、口を開けて」

「え？」

驚いたことにアロイスがフィオナの口元にスコーンを近づける。

「な、何をしてらっしゃるんですか！」

フィオナは慌てふためいた。対するアロイスは楽しそうにフィオナを見つめ微笑んでいる。

「ほら、フィオナ」

彼が、柔らかい声で微笑みながら、フィオナをせかす。更にスコーンを口元に近づけてくる。どうあっても食べさせる気だ。フィオナは口を開け、彼の手からスコーンをぱくりと食べる。

「美味しい？」

味を聞かれてもドキドキしすぎていてわからない。フィオナは真っ赤になって何度も頷いた。

それから二人は花に囲まれ、夕暮れまで茶を飲んだ。

「アロイス様、お時間があれば明日もここでお茶を飲みましょう。それから、庭がとても広いから、そのうちハイキングもしたいです」

夫の帰りを待っている間に一緒にしたいことがどんどん膨れ上がっていった。

「そうだね。湖でボートに乗って、もうすぐ始まる領都の収穫祭にも一緒に行こう」

「お祭りですか？　楽しみです」

そういえば、フィオナは祭りというものに行ったことがない。どのようなものなのだろう。

「一週間にわたって行われるよ。ちょっと領主としての挨拶《あいさつ》をしなければならないけれど。後はお忍びで市場を見て回ろう」

「挨拶は緊張しますが、すごくすごく楽しみです」

これから先の約束をたくさん交わして、沈む夕日が赤く照らす温室で、二人は微笑み合い、いつまでも寄り添った。

あとがき

初めまして別所燈と申します。

このたびは「訳アリ公爵閣下と政略結婚しましたが、幸せになりたいです」をお手に取っていただきありがとうございました。

この作品はアイリスＮＥＯファンタジー大賞で銀賞をいただいたものです。

宝くじ気分で応募したせいか、あとがきを書いている今でも自分が賞をいただいたという実感が湧きません。どこか夢の中の出来事のようで、まさに作中のフィオナと同じ心境です。

『人生にこんな素敵なことが起きるなんて思ってもみなかった』

『奇跡に感謝を』

そして、ＷＥＢ連載時に感想や励ましなど応援くださった方々にこの場をお借りいたしましてお礼申し上げます。

この物語は、ある晴れた日、信号を渡った直後に突然思いつきました。出だしから最後までストーリーがパッと浮かんだのです。三日ほどであらすじが出来上がりました。

唯一迷ったのが、ノィオナのキャラクターです。最初は気の強いしっかり者で、公爵家の謎をガンガン解いてもらおうと思いましたが、いざ書き始めるとあちこちで喧嘩してしまい、筆が止まりました。

その後、家族との関係や育った環境を考えてぽやっとした子が出来上がりました。フィオナは不遇を不遇だとは自覚していない娘で、人を恨んだり、環境のせいにしたりしません。日々自分なりに楽しみを見つけていき、やがて皆に愛されて本当の幸せを掴みます。

幸せのハードルが低く、とてもヒロインらしいキャラクターだと思います。そのため、旦那様のアロイスが酷い人になってしまうのではないかと、ハラハラドキドキしながら書いていました。丸く収まったようでよかったです。

これを書いたのは二年前のちょうど暑い時期で、作中に出てくるルクレシアは自分の行きたい理想郷で、モデルにしたのはコートダジュール近辺です。そこで、やりたいことをたくさん詰め込みました。

そして、WEB版で書く時、この話には遊びである制限をつけていました。

ヒロイン、ヒーローともに「愛している」という言葉を互いに口にしないということです。

が、書籍では制限解除しました。WEB版では削られているエピソードを新たに書き直し追加しています。楽しんで頂けたのなら嬉しいです。


その他、WEB版ではさらりと流してしまったフィオナの心の動きや、その時アロイスがどうしていたかなどエピソードが盛りだくさんになっています。

さらに、書籍化にあたり、たいへん美しいイラストレーションを條先生に描いていただきました。このような機会に恵まれ、感動に打ち震えております。

この本をお手に取った皆様も映画のワンシーンのような素敵な表紙に心ひかれたのではないでしょうか。

驚くほど素敵なアロイスと、とても可愛らしいフィオナを見るたびにドキドキしています。お陰様で番外編を書くのが捗りました。

繊細で美麗なイラストとともに、本文もハラハラドキドキで楽しんで頂ければ幸いです。

最後になりましたが、これほどのお話、私一人の力では到底書ききれません。

初心者丸出しで、右も左もわからず、編集者様にはたくさんのご助言をいただきました。作品を書いていくうえでとても勉強になり、本当に良い経験をさせていただきました。

改稿途中でアロイスが饒舌なチャラ男になってしまったり、フィオナがヒロインらしからぬ言動をとったりしたりもしましたが、その都度的確なアドバイスをいただき完成までこぎつけました。羅針盤のように頼りになり、たくさんご教授いただき、感謝しております。この場を借りて謝辞を述べさせていただきます。


そして校正を担当された方、ありがとうございました。

この本を出版するにあたりご尽力くださったたくさんの皆様、本当にありがとうございます。

また、このようなチャンスをくださった一迅社様には感謝してもしきれません。


最後にもう一度、この本を手に取ってくださった皆様に感謝を。

どうかこの物語があなたにとって素敵な出会いでありますように。

またどこかでお会いできることを願って。

IRIS NEO

『虫かぶり姫』

著：由唯　イラスト：椎名咲月

クリストファー王子の名ばかりの婚約者として過ごしてきた本好きの侯爵令嬢エリアーナ。彼女はある日、最近王子との仲が噂されている令嬢と王子が楽しげにしているところを目撃してしまった！　ついに王子に愛する女性が現れたのだと知ったエリアーナは、王子との婚約が解消されると思っていたけれど……。事態は思わぬ方向へと突き進み⁉　本好き令嬢の勘違いラブファンタジーが、WEB掲載作品を大幅加筆修正＆書き下ろし中編を収録して書籍化‼

『悲劇の元凶となる最強外道ラスボス女王は民の為に尽くします。』

著：天壱《てんいち》　イラスト：鈴ノ助

８歳で、乙女ゲームの極悪非道ラスボス女王プライドに転生していたと気づいた私。攻略対象者と戦うラスボスだから戦闘力は高いし、悪知恵働く優秀な頭脳に女王制の国の第一王女としての権力もあって最強。周囲を不幸にして、待ち受けるのは破滅の未来！……って、私死んだ方が良くない？　こうなったら、攻略対象の悲劇を防ぎ、権威やチート能力を駆使して皆を救います！　気づけば、周囲に物凄く愛されている悪役ラスボス女王の物語。

訳《わけ》アリ公爵閣下《こうしゃくかっか》と政略結婚《せいりゃくけっこん》しましたが、幸《しあわ》せになりたいです

2021年8月5日　初版発行

初出……「訳アリ公爵閣下と政略結婚しましたが、幸せになりたいです」
小説投稿サイト「小説家になろう」で掲載

著者　別所 燈

イラスト　條

発行者　野内雅宏

発行所　株式会社一迅社
〒160-0022 東京都新宿区新宿3-1-13 京王新宿追分ビル5F
電話　03-5312-7432（編集）
電話　03-5312-6150（販売）
発売元：株式会社講談社（講談社・一迅社）

印刷所・製本　大日本印刷株式会社
ＤＴＰ　株式会社三協美術

装幀　AFTERGLOW

ISBN978-4-7580-9387-3

おたよりの宛て先
〒160-0022 東京都新宿区新宿3-1-13 京王新宿追分ビル5F
株式会社一迅社　ノベル編集部
別所《べっしょ》 燈《あかり》 先生・條《えだ》 先生